お茶と探偵⑱

オレンジ・ペコの奇妙なお茶会

ローラ・チャイルズ　東野さやか 訳

Pekoe Most Poison

by Laura Childs

コージーブックス

PEKOE MOST POISON
by
Laura Childs

This edition published by arrangement with
The Berkley Publishing Group,
an imprint of Penguin Publishing Group,
a division of Penguin Random House LLC.
through Tuttle-Mori Agency,Inc.,Tokyo

挿画／後藤貴志

オレンジ・ペコの奇妙なお茶会

謝辞

サム、トム、アマンダ、ボブ、ジェニー、ダニエルのみんな、バークレー・プライム・クライムおよびペンギン・ランダムハウスでデザイン、編集、広報、コピーライティング、書店およびギフトの営業を担当してくれたすばらしい面々に格別の感謝を。また、〈お茶と探偵〉シリーズの愛読者で口コミでの宣伝につとめてくれたお茶好きのみなさん、ティーショップの経営者、書店関係者、図書館、書評家、雑誌のライター、ウェブサイトの管理者、ラジオ局の関係者、そしてブロガーのみなさんにも心の底から感謝します。本当にみなさんのおかげです！

大切な読者のみなさんには、もうなんとお礼を言ったらいいかわかりません。セオドシア、ドレイトン、ヘイリー、アール・グレイといったティーショップの仲間を家族のように思ってくださり、本当にありがたく思います。これからも感謝の気持ちを忘れず、たくさんの〈お茶と探偵〉シリーズをお届けすると誓います！

主要登場人物

セオドシア・ブラウニング……インディゴ・ティーショップのオーナー
ドレイトン・コナリー……同店のティー・ブレンダー
ヘイリー・パーカー……同店のシェフ兼パティシエ
アール・グレイ……セオドシアの愛犬
ドリーン・ブリッグズ……裕福な慈善活動家
ボー・ブリッグズ……ドリーンの夫。スパの経営者
オーパル・アン……ドリーンと前夫との娘
チャールズ・ブリッグズ……ドリーンとボーとの息子
スターラ・クレイン……広報
レジー・ヒューストン……ボーの共同経営者
サリー……レジーの個人秘書
ハニー・ホイットリー……ブリッグズ家の隣人。夫婦でB&Bを経営
マイケル・ホイットリー……ハニーの夫
ロバート(ボブ)・スティール……投資会社の経営者
シンディ・スパングラー……スパの従業員
ジェマ・リー……化粧品会社の経営者。ロシア出身
マーカス・コヴィ……ウェイター
ピート・ライリー……刑事

1

パルメットヤシがそよ風を受けて悠然とそよぎ、ラッパズイセンが大きな頭を揺らすなか、セオドシア・ブラウニングは煉瓦(れんが)敷きの通路を急ぎ足で歩いていた。通路は大きな前庭をくねくねと抜け、カルフーン屋敷のぴかぴかに磨(みが)きあげられた両開きドアへとつづいている。セオドシアはドアの前に立つと、イノシシの頭をかたどった大きな真鍮(しんちゅう)のドアノッカーの取っ手を持ちあげ、金属のプレートに打ちつけた。

このお屋敷はすべてが堂々としている。

コンコン。ノックの音が屋敷の奥まで響きわたり、イノシシがぎらぎらした目でセオドシアをにらみつけた。

セオドシアは友人でありお茶のソムリエでもあるドレイトンを振り返った。

「楽しみだわ。ドリーンのお宅にお邪魔するのはこれがはじめてなの」

「きっと気に入るとも」ドレイトンが言った。「豪勢で歴史のある屋敷だからね。藍(あい)で巨万の富を築いた有力者のひとり、エマーソン・カルフーンが一八〇〇年代初期に建てたのだそうだ」

「なら、招待されたのはラッキーってことね」招いてくれたドリーン・ブリッグズ——親しい人には〝ドリー〟という愛称で知られている——はオペラを支援する女性の会の会長であり、サウス・カロライナ州チャールストンでも屈指の社会活動家のひとりだ。セオドシアはかねがね、ドリーンにはちょっと鈍いところがあると思っていたが、もしかしたら、彼女が夫ともども関わっている、いくつもの慈善活動から目をそらすため、わざとそうしているのかもしれない。

数秒後、玄関の扉がきしみながらあき、『不思議の国のアリス』の世界にトリップしたような、なんとも異様な光景がセオドシアとドレイトンの目に飛びこんできた。応対に出た男性はパウダーブルーのビロードのベスト、クリーム色のスラックス、完璧に磨きあげた黒いバックルブーツといういでたちだった。けれども、その男性の姿が異様だったのは、エドワード朝風の正装をしているせいではなかった。頭に白いビロードでできた巨大なネズミのかぶりものをしていたからだ。そう、きちんと手入れをされた毛皮と遜色(そんしょく)のない白いビロードの粋な白ネズミだった。丸みを帯びた耳も、ひげのついた長い鼻も、明るいピンクの目もちゃんとついている。

「いらっしゃいませ」ネズミは白い手袋をはめた手（前脚と言うべき？）を背中にまわし、セオドシアたちに深々とおじぎをした。

セオドシアは、きちんと整えた眉をつりあげ、あまり声をひそめずにドレイトンにささやいた。

「招待状には〝チャールストンのネズミのお茶会〟って書いてあったけど、あれは冗談でもなんでもなかったみたいね」

たしかにネズミのお茶会という話だった。少なくともそういうふれこみだった。インディゴ・ティーショップ——ありとあらゆる種類のお茶を提供し、お客を料理で魅了し、そここの収入を得るための場所——から散歩がてら歩きながら、ドレイトンがネズミのお茶会という変わった会の歴史を説明してくれた。

「七十五年前、チャールストンではネズミのお茶会が大流行してね。第二次世界大戦が始まると、軍属が海軍造船所に大挙して押し寄せた結果、この街は爆発的に人口が増加した」

「知ってる」セオドシアは言った。「でも、どうしてネズミなの?」

「それがだね」ドレイトンは言った。「人口増加にともない、ダウンタウンに軒を並べる商店が繁盛するようになってね。殺人的な忙しさなものだから、生ごみを歩道に投げ捨てるようになったのだが、そのせいで、またたく間にネズミが増加したのだよ。市の公衆衛生を担当する役人は、恐ろしい伝染病が発生するのを危惧し、すぐさま〝ネズミ撲滅作戦〟なるものを断行した。志願者が、小さく切った新聞紙に毒入りの餌を包んで、それを路地や床下に置くという作戦だ」

セオドシアは目を輝かせ、ドレイトンの話に耳を傾けていた。

「ネズミ撲滅作戦がかなりの効果をあげたものだから、社交界の名だたるご婦人たちがこの作戦を促進しようと、ネズミのお茶会なるものをひらくようになったというわけだ」

「ネズミはけっきょく、駆除されたのね？」

「チャールストンは公衆衛生の模範都市となった」ドレイトンは言った。「いくつもの主要都市が、当市の手法を学ぶべく、担当者を送りこんできたほどだ」

応対に出たパウダーブルーのベスト姿のネズミがこくこくとうなずくなか、セオドシアとドレイトンは玄関ホールに足を踏み入れた。パステルピンクの上着を着たべつのネズミが待ちかまえていた。このネズミもさっきのネズミに勝るとも劣らず礼儀正しかった。

「いらっしゃいませ」ピンクのネズミが言った。

「お酒を飲み過ぎたみたいな気分だわ」セオドシアは言った。「ピンクの象ならぬ、ピンクのネズミが見えるなんて」

「こちらへどうぞ」ピンクのネズミがめりはりのきいた声で言った。

セオドシアとドレイトンはネズミのあとに従い、赤いタイルの廊下を進んだ。両側の壁に飾られた油彩画は、どれもてかてかした表面に何本ものひびが走っている。一歩進むごとに、がやがやという声がしだいに大きくなっていく。ピンクのネズミが唐突に足をとめ、陽あたりのいいとても広い居間へとセオドシアたちを案内した。すでに五十人ほどのお客でごった返し、上品なティーテーブルが六卓ほど整然と並んでいた。

ピンクのネズミは持っていたクリップボードに目をやった。

「ミス・ブラウニングとミスタ・コナリーのお席は、六番のテーブルになります」

「ありがとう」ドレイトンが言った。

「どこかでお会いしたことはない？」セオドシアはピンクのネズミに尋ねた。青い目が好奇心で輝き、声にからかうような響きがにじんでいる。とびきりの美人なのに、そう言われると必ず笑って否定する。けれども、たっぷりとした鳶(とび)色の髪、バラ色の頰、人を惹きつけずにはいられない笑顔の彼女は、人混みのなかでもひときわ目立つ存在だ。

「そんなことはないと思いますが」ピンクのネズミは言うと、バックルブーツでくるりと向きを変え、大急ぎで次の客をテーブルに案内しにいった。

「誰だったかしら？」セオドシアはつぶやきながら、相当に広い室内のあちこちに目をさまよわせ、クリスタルのシャンデリア、大きな大理石の暖炉、いかにも上流階級らしい客たち、ウェッジウッドの磁器とリード&バートンの銀器が並ぶティーテーブルをじっくりとながめた。「声に聞き覚えがあったんだけど。さっきのネズミ」

「さてね」ドレイトンはセッティングされたテーブルをながめながら言った。「それはともかく、すばらしいとは思わんか？　大胆にも往年のネズミのお茶会をたたえるとは、愉快なことこのうえない」

ドレイトンの口調が熱を帯びはじめると、セオドシアの好奇心にたちまち火がついた。顔見知り程度の間柄にすぎないドリーン・ブリッグズが、なぜ招待してくれたのかしら？　それに、ネズミに扮(ふん)した使用人たちはいったい何者なの？　地元のケータリング会社から派遣された接客のプロ？　それとも雇われた役者たちが衣装を着けて、突飛な役柄を演じているとか？

そんなことをセオドシアはつらつら考えていた。気になって気になってしょうがなかった。

「ドレイトン！」

昂奮した声が響きわたった。セオドシアとドレイトンが振り返ると、ドリーン・ブリッグズが五フィート二インチの赤外線誘導式ミサイルよろしく、近づいてくるところだった。彼女はまずドレイトンに駆け寄ると、つま先立ちになって音だけのキスの雨を降らせ、それからセオドシアを見てこぼれんばかりの笑みを浮かべた。

「セオドシア、来てくれてうれしいわ」ドリーンはセオドシアの手を強く握って上下に振った。「ようこそ、わが家へ」

「お招きいただき、どうもありがとう」セオドシアは言った。「とってもすてきなお宅ね」

「落ち着けるでしょう？」ドリーンの緑色の目が媚びを含んだようにきらめいた。赤みがかったブロンドの髪を細かくカールしてボリュームを出しているが、五十代後半の女性としてはかなり不自然な感じに見える。

「おうかがいできて感激だよ」ドレイトンが言った。

パステルピンクの山東シルクのドレスに身を包み、首に真珠のネックレスをかけたドリーンは、まばゆく光るダイヤの指輪をいくつもはめた手を振った。

「ネズミをモチーフにしたお茶会なんて、おもしろいと思わない？　お仕着せ姿のネズミちゃんが愛らしいでしょ？」

「すてきだわ」セオドシアは応じた。正直なところ、ネズミたち――室内をせかせか歩きまわりながら、なにくれとなく世話を焼いているのが少なくとも四人はいる――は、少しばかり異様に思える。けれども、目の前のこの女性は各種の芸術を支援し、介助犬団体に資金を提供し、ドレイトンの大事なヘリテッジ協会にも相当な額の寄付をしてくれることになっているのだから、目くじらを立てるつもりは毛頭なかった。

「ボーはどこだね？」ドレイトンが訊いた。「きょうはいるはずだろう？」

ドリーンの夫ボー・ブリッグズは自称企業家で、ノース・チャールストンにアパートメントを何棟か所有し、キング・ストリートに〈ギルデッド・マグノリア・スパ〉をあらたにオープンさせている。

ドリーンは細かいウェーブの髪をひと筋、うしろに払った。「そのへんにいるはずよ。お客さまを捕まえて、検討中のペット事業について熱弁をふるっているんじゃないかしら」それからセオドシアの腕に手を置いた。「殿方がビジネスに夢中になっている姿って、かわいいと思わない？　世の中は女がまわしているのも知らないで、世界の覇者のつもりなんだもの」

「たしかにご婦人方の内助の功には頭がさがるよ」ドレイトンが言った。

「あなたってば、世界でいちばん公正なものの見方ができる男性なんだから」ドリーンは甘えた声を出した。「そのリベラルですばらしい考え方を、うちのボーにも叩きこんでやってほしいものだわ」彼女はすばやく息継ぎをしてつづけた。「わたしたちの席はここ」そう言って、肉づきのいい手を振った。「あなたたちふたりは、わたしたちのすぐ隣のテーブルよ」

「ご主人にお会いするのが楽しみだわ」セオドシアは言った。〈ギルデッド・マグノリア・スパ〉の開業にかかわった人物の噂はいろいろと聞いている。雑誌には見開きカラーページで記事が載り、美容・健康ライターがべたぼめする記事を書き、〈ボブ・エリス・シューズ〉や〈ハンプデン・クロージング〉で買い物をするようなリッチで優雅な奥様たちのあいだでは、金箔フェイシャルパックや電気刺激によるフェイスリフトといったスパのメニューが口コミで広まっている。

「いいかげん顔を出してもいいはずなのに」ドリーンは室内を見まわした。すると顔をぱっと輝かせ、大声を出した。「いたわ」ブレスレットをかちゃかちゃいわせながら手を振った。「ボー！」声がいちだんと高くなった。「そうよ、あなたを呼んでるの、かわいいお猿さんってば……必死に手を振ってるのがわからないの？　はやくこっちに来て、セオドシアとドレイトンにごあいさつなさい」

四十ポンドほど太りすぎで、赤毛をうしろになでつけ、シャーペイ犬のように顎をゆさゆさ揺らし、毛穴をきれいに手入れしたボー・ブリッグズが息を切らしながらやってきた。

「ドリー、どうかしたのかい？」

ピンク色のスポーツコートはおなかのあたりがぱつんぱつんで、金色のボタンがいまにもはじけ飛びそうだ。肌は自分が経営するスパできっちりお手入れしているようだが、食事のほうは低カロリーのスムージーとフルーツサラダというわけにはいかないのだろう。

「こちらが、前に話したおふたりよ」ドリーンは言った。「セオドシアとドレイトン。チャーチ・ストリートですてきなインディゴ・ティーショップを経営していらっしゃるの。ほら、あなたの大好物のチョコチップ・スコーンもおふたりのお店で焼いているのよ」

ボーは期待するような笑顔をふたりに向けた。

「いくつか持ってきてくれたのかな?」

ドリーンはわざとらしい仕種でボーをぴしゃりと叩いた。

「なに言ってるの。きょうはケータリング業者がスコーンとサンドイッチを用意しているのよ。セオドシアとドレイトンはお客さまなの。ふたりともお茶を飲みにいらしたのよ。お茶を出すんじゃなくて」

「たまには息抜きをしないといけませんからね」ドレイトンがおどけたように言った。

「さあ、おすわりになって、はやく」ドリーンが言い、周囲の招待客も席に着きはじめた。

「さてと!」彼女はまわれ右をしてホスト席に陣取ったが、その間ずっと、どこか気もそぞろな様子だった。「いいかげん、きょうのすてきなお茶会を始めなくてはね」彼女は下に目をやり、いくらかうろたえた表情になった。「いやだわ、わたしったらシルバーのベルをどこにやっちゃったのかしら?」

ふたをあけてみると、お茶会はとてもすてきだったが、それでも少々、奇妙な感じがするのはいなめなかった。全員が席に着いたあとも、ネズミづくしは終わらないどころか、さらにたくさんのお仕着せ姿のネズミがキッチンからちょこまかと走り出てきた。彼らは白い手袋をはめた手に湯気のたつティーポットを持ち、ダージリン・ティーとアッサム・ティーを注いでまわった。シナモンのスコーンとレモンとポピーシードのスコーンが山盛りになったシルバーのトレイが届けられる頃には、さきほど驚かされたことなど、なかったような気になっていた。それどころか、ドレイトンが同じテーブルを囲むお客たち――その大半が顔見知り程度の間柄だった――を相手に必死に場を盛りあげているのを横目に、セオドシアはすっかりくつろいでいた。もっとも、ドレイトンは礼儀作法にめっぽううるさい。だから、セオドシア以上に社交性を発揮するのだ。

同じテーブルを囲むメンバーが順番に自己紹介をした。ブロンドのふたり、ドリーとダイアナはチャールストン交響楽団の理事をつとめている。消防車のような真っ赤なスーツを着たトウィルビー……エリナー・リグビーならぬエリナー・トウィルビー？……という女性は、なにかの団体の事務局長。それから……いやだわ、ど忘れしちゃった。でも、いま食べているカニとグリュイエールのキッシュが、とっても濃厚でおいしいのはたしかだ。

ドリーンが椅子にすわったまま体の向きを変え、セオドシアの肩を軽く叩いた。

「楽しんでいるかしら？」

口のなかに食べ物が入っているときにそう尋ねられ、セオドシアは急いで嚙み砕いてのみこんだ。

「このキッシュ、最高だわ！」本心からそう言った。「ぜひともレシピを教えてちょうだいね。ヘイリーもきっと気に入ると思うの」ヘイリーは、インディゴ・ティーショップで働くシェフ兼パティシエだ。

「地元でとれたブルークラブというカニを使っているんですって」ドリーンは内緒話をするように、ひそひそと教えてくれた。「チャールストンに新しくできた、最近話題のケータリング業者の料理よ。来週の土曜の〈ギルデッド・マグノリア・スパ〉のオープン記念パーティも、オードブルはそこにお願いしてあるの」

「きょうはずいぶんと大勢いらしてるのね」セオドシアは言った。「スパのお客さまが多いの？」

「いろいろよ」ドリーンは言った。「スパの会員、マスコミ関係、お友だちとご近所の方、仕事関係の方も何人かいるわね」彼女はネズミに扮したウェイターのひとりに手をあげた。

「このオレンジ・ペコを淹れ直してボーに出してあげてちょうだい」それからセオドシアのほうを向いて言った。「あの人の大好きなお茶なの」

「ドレイトンに勧められたのね？」セオドシアは言った。

「ええ、もちろん。きょうのお茶はどれも、ドレイトンと相談して決めたの。いつもながら、適確なアドバイスをしてもらったわ」

「わたしの知るかぎり、最高のお茶のソムリエだもの。インディゴ・ティーショップの一員になってもらえて、ラッキーだったわ」

「よそに取られないよう用心しなきゃだめよ」ドリーンは言うと、おかわりを注ぐウェイターにボーのカップを差し出した。「ポットはティーウォーマーにのせてちょうだいな」

青いネズミは身を乗り出すようにしてティーポットを置いたが、その際、高さのある白いテーパーキャンドルに袖が引っかかった。

シルバーのスタンドに立てたキャンドルが危なっかしく揺れるのを見て、ドリーンが叫んだ。

「ちょっと、気をつけ……」

しかし、遅すぎた。

火のついたキャンドルはさらに数秒、ぐらぐらしたのち、テーブルに横倒しになった。はりぼてのテーブルセンターの真ん中に、真っ赤な火が燃え移った。ガソリンでもかけたみたいに、炎が噴きあがった。次の瞬間、プロの手によってアレンジされたシルクの花、まつぼつくり、ねじれたブドウの蔓(つる)、ドライ苔(ごけ)がいきおいよく燃え出した。

ドリーンのテーブルにいた客たちが悲鳴をあげるなか、ふたりがぱっと立ちあがって、ぱちぱち音をたてる炎をリネンのナプキンではたきはじめた。そんなことをしても、炎をあおぐだけで、けっきょくナプキンに火がつく結果となった。ナプキンはくねくねとねじれながら、間に合わせのたいまつのように燃えあがり、炎をはたいていた人は思わず手を離し、テーブルに落とした。

ボー・ブリッグズが命の危険にさらされているとばかりに、あわてて立ちあがり、そのいきおいで椅子がうしろに倒れた。「消火器を持ってこい！」炎が躍りながらテーブルを焦がしつづけるなか、彼は叫んだ。同じテーブルを囲んでいた人たちはラグビーのスクラムのように揉み合い、ほかのテーブルの人たちはぞくぞくと駆け寄ってきてはああしろ、こうしろと指示を出している。ドリーンはなすすべもなく、頭を抱え、甲高い声できいきいわめくばかりだ。

「誰かなんとかしなさいよ！」黒い革のドレスの女性が大声で言った。

その言葉を合図に、セオドシアはテーブルにあったティーポットをつかむと、右往左往するばかりの客を乱暴にかきわけ、火にお茶をぶちまけた。

シューッという大きな音がして黒煙がもうもうと立ちこめた。けれども、うまくいった。火は消しとめられ、焼け焦げたテーブルセンターがダージリン・ティーでできた茶色い水たまりに浸かっている。

「ありがとう」ボーが大声で礼を言った。「本当にありがとう！」

「よくやった」ドレイトンがセオドシアに声をかけたとき、真っ赤な消火器をおぼつかない手つきで持った青いネズミが現われた。ネズミはノズルをテーブルに向け、食べ物がのった皿に白い泡を噴きつけた。

「よせ、やめろ」ボーがネズミに怒鳴った。もう大丈夫だ、危険は去ったというように両手をあげた。細い巻きひげのような煙がいく筋か、黒焦げになったテーブルセンターから立ちのぼっている。

「なんてことなの」ドリーンはうわずった声で言い、片手で心臓のあたりを落ち着きなく叩いた。「本当に恐ろしかったわ。場合によっては……大変なことに……」彼女はセオドシアに向き直り、顔一面に感謝の表情を浮かべた。「ありがとう、あなたのとっさの判断で助かったわ」

「でも、せっかくのお茶会が台なしになっちゃったわ」セオドシアは悲しそうにほほえんだ。

「ごめんなさい」ほんの数分前まで上品で洗練されていたテーブルが、いまは焼けただれ、見る影もない。上を見れば、天井がひどく煤けている。

「いや、まだ立て直せる」

ボーは言うと、何事もなかったかのようにすっくと立ちあがり、熱意あふれる伝道者のように両手をあげた。ショックが抜けきらない顔で彼を見あげているお客に向かって呼びかけるように。

「そんなこと言ったって、どうするっていうのよ」ドリーンが小声でつぶやいた。

「親愛なる皆さま方。ご不便をおかけして申し訳ない」ぱらぱらと拍手があがるなか、ボーは背広のポケットからハンカチを出して、血色のいい顔をぬぐった。それからおぼつかない笑みで拍手に応え、先をつづけた。「すでに火は完全に消しとめられましたが、ここでおひらきに……あ、いや、会を延期……」

しどろもどろになって言葉を切ったとたん、ボーの全身が激しく震え出した。肩が震え、下腹部が小刻みに揺れ、左右の膝がぶつかり合った。両目がいつもの二倍の大きさになるほど見開かれ、鋭く耳障りな咳がひとつ洩れた。それが呼び水となって激しい咳が次々とあふれ、やがてぜいぜいという弱々しい喘鳴（ぜんめい）に変わった。

ドリーンはさすがに不安な表情になって、水の入ったコップを夫に差し出した。

「これを飲むといいわ、あなた」

受け取ろうとしたボーの手が、大きく震えはじめた。それでもなんとかコップをつかむと、危なっかしい手つきで口もとまで持っていった。

「これを飲めば……」ボーは声を絞り出した。

しかし、飲みたかったはずの水をいざ飲もうとしたとたん、ボーは頭をいきおいよくのけぞらせ、怒ったアザラシの鳴き声を思わせる、つぶれた声を洩らした。コップが手から滑り落ちた。

ガシャーン！　ガラスの破片が四方八方に飛び散った。

「ボー？」とんでもないことが起こっているのを察したのだろう、ドリーンが怯えた声で小さく呼びかけた。

ボーは顔の前で両手をめちゃくちゃに動かしながら、苦しそうにあえぎ、激しく咳きこんでいる。「な……ど……」必死になにか言おうとするものの、まともに言葉が出てこない。

少なくとも五組の手が、水の入ったコップを差し出した。しかしボーはそのどれも受け取らず、お茶の入った自分のカップに必死に手をのばした。それをどうにかこうにか口もとまで持っていく途中、右手の指がこわばって、持っていたカップがするりと落ちた。カップは派手な音をたててテーブルにぶつかり、ボーはがむしゃらに自分の喉をつかんだ。白目をむき、しきりにまばたきしながら、かすれたうめき声をあげた。さらには、脚が急にゴムになったかのように、へなへなとくずおれた。

ばたん！　ボーはジャガイモ袋のように床に倒れこみ、その際、テーブルの尖った角に頭をぶつけた。

うろたえたドリーンは金切り声で助けを呼びながら、身を乗り出してつかまえようとした。けれどもボーの体はあまりに重くてつかみにくく、背広の襟からのぞくワイシャツをつかむのが精一杯だった。

「息をしてないわ！　ハイムリック法の心得がある人はいないの？」

近くのテーブルにいた男性が急いで立ちあがり、手を貸そうと駆けつけた。男性はボーのまうしろに膝をつくと、両腕を彼の胸にまわして体を半分起こした。それから、みぞおちの下で両手をこぶしに握り、腕を引きあげるようにしてすばやく何度も突きあげた。

ボーの目がしばしばたたきながらあいたが、すぐにうつろになり、口の端からは白い泡がぽたぽた垂れはじめた。

「よかった！」ドリーンが歓声をあげた。「いま、まばたきしたわ」

「やれやれ」ドレイトンは椅子にすわりこみ、ボー・ブリッグズの救命措置がおこなわれるのを見守った。

「助かりそう？」首がゴムでできているかのようにボーの頭が不規則に前後左右に揺れるのを見ながら、ドリーンが震え声で尋ねた。

「顔色がよくなってきたわ」黒い革のドレスのほっそりした女性が大声で言った。「もう青くないもの」

「それっていい兆候なのよね？」ドリーンは尋ねると、今度は自分に言い聞かせるように言った。「いい兆候よ、きっと」

一方、ハイムリック法による救命措置をおこなっていた男性は疲労困憊してきたようで、かなり息があがっていた。「喉に詰まったものを……」男性は肩で息をしながら言った。「……取りのぞこうとしているんだが。自力で呼吸できるようにならないと」男性はさらに力をこめて突きあげつづけ、そのせいで当人の顔も赤みがかった紫色に変わっていた。「救急車はまだか？　救命士はどうしたんだ？」

「まもなく来ます！」ピンクのネズミが叫んだ。「サイレンが聞こえてきました」

「誰か交代してもらえないかな」男性はあえぎあえぎ言った。

白いディナージャケットの男性が即座に反応した。今度の人はべつの救命法をためした。ボーの上体を前に倒し、背中を強く叩いた。しかし、うまくいった様子はなかった。大きく見ひらかれたボーの目はうつろで、まるで二個のゆで卵のようだ。恰幅のいい体はヌードルのようにぐんにゃりとして、なんの反応もしめさない。

「あの救命法では助からないわ」セオドシアは小さな声で言った。

それを聞いてドレイトンは顔をしかめ、不安そうに目を大きくした。「なぜそう思う？ボーの身になにがあったと思っているのだね？」

「口から白い泡が出てるでしょ？　それに顔に血の気がなくて、真っ青だわ。あれは毒を盛られたせいだと思う」

「毒ですって！」ドリーンがあらんかぎりの声で叫んだ。「みんな、お茶を飲んじゃだめよ！毒が入ってるわ！」

2

骨灰磁器（ボーン・チャイナ）のティーカップが受け皿にぶつかるすさまじい音が響きわたった。怯えたお客がカップを取り落とし、そのほとんどが一瞬にして粉々に砕け散った。つづいて、誰もかれもが泡を食ったように体を折り曲げ、飲んだお茶を吐き出しはじめた。口に入れたスコーンやショートブレッドも、こっそりと布のナプキンに吐き出された。

一方、ボーの命は風前の灯火（ともしび）も同然だった。突然、激しい発作に襲われ、全身が震えはじめた。ジャケットの金ボタンがはじけて、小さなミサイルのように宙を飛んだ。彼は腕をばたつかせ、床を脚で乱暴に蹴った。その拍子に革のローファーの片方が脱げて飛び、気の毒な女性の頭にぶつかった。

「彼を押さえつけろ。押さえつけるんだ！」ドレイトンが叫んだ。「暴れるのをとめないといけない」

「舌を嚙み切らないように、なにかくわえさせたほうがいい」べつの男性の大声が聞こえた。

黒革のドレスの女性が、ボーの口にシルバーのスプーンを突っこむと、おっかなびっくり飛びのいた。

人垣のなかから、なおも必死な忠告が次々に飛んだ。

「肋骨（ろっこつ）を折らないよう気をつけてやらないと」

「まもなく救急車が到着する」

「体を起こしてやったほうがいい」

もっとも、なにをやったところで無駄だった。ボー・ブリッグズはすさまじい発作に激しく身もだえするばかりだった。頭をのけぞらせ、うつろな目で、口の両端から白い泡を出しつづけている彼を、その場にいた全員が取り囲んでじっと見ていた。

やがて、ボーは喉がつぶれたような声で〝うぐっ〟と言い、最後にもう一度、ぶるっと身を震わせた。数秒後、彼はぴくりとも動かなくなった。

「いやよ、うそでしょ」ドリーンは天上の力に助けを求めるように、両腕を高くあげた。「動かなくなっちゃったわ！　誰かなんとかして！」

指が真珠のロングネックレスに引っかかって、思いきり引きちぎる恰好になった。ぷつんという小さな音がし、アコヤガイからとれた高価な真珠がドレスの前を転がり落ちた。

「主人が！　真珠が！」ドリーンはいまにも気を失いそうな顔をしていた。

セオドシアはドリーンに駆け寄ると、彼女をきつく抱きしめるようにして、両腕をわきにおろさせた。

「ドリーン、落ち着いて」そう言うと、肩ごしにうしろを見やり、ドレイトンにひとこと「椅子を」と告げた。ドレイトンはすぐさまドリーンのうしろに椅子を置いた。「すわって」

セオドシアは有無を言わせぬ口調で言った。ドリーンはやっとのことで口を閉じ、いきおいよく腰をおろした。

「彼のほうはどうするのだね？」ドレイトンは不自然な恰好で横たわるボー・ブリッグズの亡骸(なきがら)をしめした。ピンクのジャケットが黒い灰と白い泡にまみれ、肉づきのいい顔は断末魔の苦痛にゆがんだままだ。

セオドシアは自分のテーブルからリネンのナプキンを二枚取り、ボーの顔にそっとかけてやった。

「それだけ？」女性客のひとりが、顔に恐怖の表情を貼りつかせて尋ねた。「それ以外、なにもしてあげられないの？」

「あとはお祈りするくらいしかできないわ」ふと見ると、好奇心丸出しの野次馬がまわりに大勢集まっていた。

青いネズミがセオドシアの隣に顔を出し、鼻で乱暴に彼女を押した。「なにか手伝うことはありますか？」かぶりもののせいで声がくぐもって聞こえた。

セオドシアはうんざりしたように相手を見た。

「ええ。そのネズミのかぶりものを脱いで、救急隊員を一刻もはやくここまで連れてきてちょうだい」

救急隊員がふたり、ストレッチャーをがちゃがちゃいわせ、携帯型人工呼吸器を手に駆けこんできた。周囲が一気に騒然としはじめた。野次馬があらたに押し寄せ、声はますます大きくなって音の壁と化し、千匹もの蜂が一斉にうなっているようなありさまだった。制服警官がふたり、人垣をかき分けるようにやってくると、救急隊員のうしろで蘇生措置を見守った。あちこちで電話の鳴る音がしはじめた。こっそり写真を撮っている人も、わずかながらいた。

「さあ、みなさん。いますぐここをどいてください」大きな声がした。「見世物は終わりです。ボウイ巡査とジェプソン巡査、始めよう。現場の半径二十フィート以内を立ち入り禁止にするんだ。全員をうしろに移動させて規制線を張り、協力を拒む者は片っ端から逮捕するように」

大声で指示を飛ばしているのは誰かと、セオドシアは顔をあげた。長身で真剣そのものの表情をした男性が、レインコートをはためかせながら駆けこんでくるのが見えた。冷静沈着で、いかにもまじめそうだ。よかった。まさにいま必要なタイプの人だ。

そのレインコート姿の若い男性がボーの遺体のわきに膝をついた。「助かりそうか？」蘇生措置をおこなっている救急隊員の片方に尋ねた。救急隊員はゆっくりと首を横に振った。すでに命がつきているのは火を見るよりもあきらかだった。

「うそよ」ドリーンがうめき声を洩らした。椅子からいきおいよく立ちあがり、セオドシアにもたれかかるようにして夫の様子をうかがった。

「お気の毒です」若い男性はドリーンに言った。

「どちらさま?」ドリーンは怯えた声で訊いた。

「刑事のピート・ライリーです」男性は言った。「あなたは……?」

ドリーンの顎が小さく震えた。「その人はわ、わ、わたしの……」

「あなたのご主人?」ライリー刑事は訊いたが、ぞんざいな口調ではなかった。

ドリーンはうなずいた。

「お気の毒です」ライリー刑事はさっきと同じ科白(せりふ)を繰り返した。「しかし、奥さんもお友だちの方も、どいていただかなくてはなりません」彼はそこでセオドシアをまっすぐ見つめた。「こちらの方を連れていってもらえませんか……べつの場所に」

「わかりました」セオドシアは言った。目が合うと、ライリー刑事は、おや、という顔をした。わたしのことを知ってるの? そこで、そうよ、そうだわと思い出した。数カ月前、この若い刑事が殺人課を率いるバート・ティドウェル刑事とともに、セオドシアのティーショップを訪れたことを。きちんと紹介された記憶はないけれど。


ライリー刑事は仕事がはやかった。ボー・ブリッグズと同じテーブルにいた人たちを集め、さっそく事情聴取に取りかかった。好奇心に駆られたセオドシアは、事情聴取がおこなわれている場所へとにじり寄って、やりとりに耳を傾けた。全員が頭に血がのぼっているか、非協力的かのどちらかだとわかっただけだった。

ボー・ブリッグズのビジネス・パートナーだと主張するレジー・ヒューストンという大柄

な男性は、事情聴取に応じる気をわずかなりとも見せなかった。

「なぜ、おれから話を聞く？」ヒューストンは喧嘩腰で訊いた。「ほかの連中から聞けばすむことだろう」

黒革のドレスの女性はライリー刑事に矢継ぎ早に質問をまくしたてていた。

「あなた、どうするつもり？　このあと、どうなるの？」

ほかにも何人か——仕立てのいいスーツを着た長身の男性と、べつのふたり連れも、どうひいき目に見ても失礼な対応をしていた。

「何事だね？」怒りもあらわにまくしたてている人々をかき分け、ドレイトンがセオドシアのそばまでやってきた。

「いまさっき、担当の刑事さんがボーと同じテーブルにすわっていた全員から話を聞いたの」セオドシアは答えた。「もっとも、これといった情報は出てこなかったけど。それで今度は近くのテーブルにいた人たちがターゲットになっているというわけ」

「つまり、われわれということか」ドレイトンは落ち着かない様子で言った。「しかし、わたしたちは招待客であり、あくまで第三者にすぎない。なにがあったのか、正確なところはなにもわかっていないではないか」

「でも、あそこにいる人たちなら、なにか目撃してるかもしれないわ」セオドシアは壁際にずらりと並んだネズミ姿のウェイターたちを顎でしめした。テレビドラマの『ロー&オーダー』でよくやっている、メディアの前に引きずり出された容疑者のようだ。「いちばん端に若い男性がいるでしょ？」

「髪の毛をつんつんに立てている若者かね？」ドレイトンは訊いた。

「そう。あの人、そわそわしているように見えない？　いかにも不安そうな表情でしょ？」

「緊張しているだけだろう」

「緊張してるのはたしかだわ。でも、なにか言いたそうにも見えるのよね。ほら、いま隣の人としゃべってるでしょ？」

ドレイトンはうなずいた。「ああ」

「さっきからずっとあのふたりを見てたんだけどね、警察官からなにか訊かれると必ず、ふたりとも黙りこんじゃうの。それってどう考えても……あやしいなと思って」

ドレイトンは片方の眉をあげた。「いいかね、セオ、きみは想像力が豊かすぎるし、誰かれなしに疑う癖がある。森に怪物がひそんでいるなどと、本気で信じているくらいだ」

「そうね」セオドシアは言った。「でも、これに関してはわたしの勘が当たっていると思う」


およそ三十分後、セオドシアが話を聞かれる番になった。

ピート・ライリー刑事は真剣なまなざしを向けた。「あなたが〝毒〟という言葉を発したそうですね。なぜそう考えたのですか？　根拠はなんでしょう？」

「確信があったわけじゃないの」セオドシアは言った。「いまだって確信なんかしてないもの。なんとなくそうじゃないかなと思っただけ」そこで、ライリー刑事の目がとても青いことに気がついた。コバルトブルーの目だ。セオドシアは集中しようとかぶりを振った。「毒殺だったの？　お茶のなかに入れられていたの？」

「お茶？」ライリーは首を横に振った。「いえ、それはないでしょう。救急隊員の話によれば、亡くなった方の口にも喉にも毒を摂取した形跡はまったく見られなかったそうです。しかし、鑑識を呼ぶ必要はありそうです。そのあと、遺体をラボに搬送し、いろいろと検査をすることになります」

「それに解剖もね。解剖もするんでしょう？」セオドシアはそこで口をつぐむと、大きく息を吸ってから、先をつづけた。「だって、これはどう見たって……」

ライリー刑事があとを引き取った。「殺人です。ええ、あなたのおっしゃるとおり」

「殺人ですって！」十フィート離れたところにいたドリーンが、突如として叫んだ。彼女は目を白黒させながらうしろによろけ、隣にいた男性の腕にいきおいよく倒れこんだ。

甘美な夏のハーブティーの会

ピクニックテーブルにリネンのテーブルクロスをひろげ、手持ちのなかでもいちばん上等な食器を並べましょう(そうです、これは屋外でひらくお茶会です!)。派手な色使いの陶器のポットに新鮮なハーブをどっさり入れ、ハーブの種が入った小袋をお客さまひとりひとりにおみやげとして差しあげるとよいでしょう。三品からなるお茶会の最初のひと品はハーブが入ったクリームスコーン、つづいてクリームチーズとチャイブ、および卵サラダとディルのサンドイッチを出します。デザートにはミントのアイスクリームを。合わせるお茶はミントの風味をきかせた紅茶がぴったりですが、ほかのチザン(ハーブティーのフランス語)でも。

3

ドレイトン宅の裏のパティオで、急遽、日曜のブランチをとることになった。今日の朝九時にドレイトンから電話があって、誘われたのだ。十一時をまわる頃、ふたりはクリームスコーンとともに、ドレイトンお手製の絶品もののマッシュルームとブリーチーズのオムレツを味わっていた。脚長のセオドシアの愛犬アール・グレイ（ダルメシアンとラブラドールの特徴を少しずつそなえているので、犬種はダルブラドールということにしてある）と、ドレイトンの愛犬でキング・チャールズ・スパニエルのハニー・ビーは主人の足もとに寝そべって、少し分けてくれないかと期待しながら日光浴を楽しんでいた。

パティオは灰色の板石を敷きつめた上にピンクのブーゲンビレアを植えた無数の鉢が置かれていて、そこだけ見ればごく普通だ。でも、裏庭全体は密林そのものだった。背丈のある竹が鬱蒼と生えている藪、びっしりと生えたふかふかの緑の苔、複雑な形をした大きな太湖石が、膨大な数の日本の盆栽コレクションを完璧に引き立てている。風に吹かれた形に成形されたもの、美しく剪定されたビャクシンやオーク、さらには小さくて平らな鉢で丹精こめて育てた、森を表現した盆栽まである。

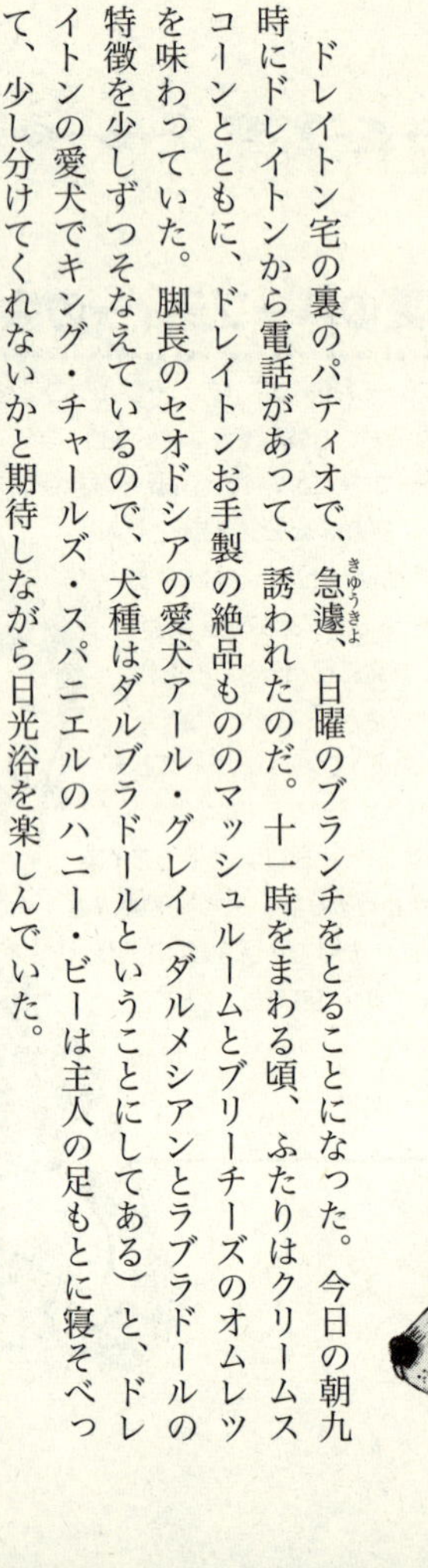

セオドシアが予想したとおり、話題は、きのうの午後のボーの謎めいた死へと移った。

「考えが変わったよ」ドレイトンはクリームスコーンを半分に切って、クロテッド・クリームを塗りながら言った。「きみにはぜひとも首を突っこんでもらいたい。かわいそうに、ドリーンときたら不安のあまり、頭がどうかなってしまいそうなのだよ」

「わたしが首を突っこむ必要なんか、これっぽっちもないんじゃないかしら」セオドシアは答えた。「ピート・ライリー刑事はとても腕のいい捜査官みたいだもの。少なくとも、上司のティドウェル刑事はできる人よ」そう言って、オムレツをまた口に運んだ。おいしい。地元農家が放し飼いで育てた鶏の卵しか使わないのが、ドレイトンのこだわりだ。味が断然いいらしい。

「それはともかく」とセオドシアはつづけた。「ゆうべはティドウェル刑事が現われなくて意外だったわ。いかにも世間の注目を集めそうな、妙な事件なのにね」

ティドウェル刑事とのつき合いはそこそこ長い。去年、ハーツ・ディザイア宝石店が恐ろしいショーウィンドウ破りの被害に遭ったときも、セオドシアは現場にいたし、ティドウェル刑事が捜査を指揮した。これまでにいくつかの事件をふたりで解決してきたうえ、刑事はインディゴ・ティーショップの常連でもある。

「わたしもてっきりティドウェル刑事が捜査の指揮をとるものと思ったのだがね」ドレイトンは言った。「だから、きのう、制服警官をつかまえて訊いてみたのだ。そうしたら、不在ということだった」

「どこに行ってるの？」

「目下、ニューヨークで国土安全保障に関するセミナーのようなものに出ているそうだ。というわけで、ブリッグズ事件はライリー刑事にまかされたというわけだ」

「よかった」セオドシアはうなずいた。「だって、ライリー刑事はかなり頭が切れるという印象だったもの。あの人ならきっと、この……このごたごたをなんとかしてくれると思う」

ドレイトンはセオドシアに向かって首を振り、濃い眉毛を数ミリだけあげた。むっとしているのを伝えようとしているのだ。もしかしたら、いらだっているのかもしれない。いずれにせよ、セオドシアがとんでもないマナー違反をしたように思わせるのが、ドレイトンはうまい。まちがったスコーンの切り方をしたとか、お茶を飲むときに小指をぴんと立てたような気にさせられる。

「無理よ」セオドシアはたまりかねて言った。

ドレイトンはティーカップごしに彼女を見つめた。「いったいなんのことを言っているのだね？」

「あなたのその顔。見ればなにを考えてるのかちゃんとわかるもの。なにかたくらんでるわね。わたしを焚きつけようとしてるでしょ。なにをさせたいのかは、見当もつかないけど」

「そこまで言うなら白状するが……」

「なにかしら？」

「ドリーンと話をしてもらえないかと考えていたのだよ。きみの心遣いをうれしく思うはずだ」

「やってもらいたいことってそれだったの？」セオドシアは訊いた。「ドリーンと話をすればいいのね。つまり……親身になって話を聞いてあげればいいのね？」

「うむ」ドレイトンはかちゃんと小さな音をさせてカップをソーサーに置いた。あきらかに上質な骨灰磁器とわかる音だった。「じっくり耳を傾けてやってもらえるとありがたい」

なにかが煮立っている感じがするけれど、ポットのなかの烏龍茶でないことはたしかだ。

「それで、どんな話に耳を傾ければいいのかしら」

「けさ、ドリーンと話をしたのだが……いや、言い直そう。明け方、ドリーンが取り乱した声で電話をしてきたのだが、その際、力になってもらえそうな人に心当たりはないかと訊かれてね」

「力になってもらえそうな人」セオドシアはオウム返しに言った。「それで、まさかとは思うけど、即座にわたしのことが頭に浮かんだとか？」

「そうとも」ドレイトンは言った。「そんな驚いた声を出さないでくれたまえ。あの気の毒な女性に見識にすぐれたサポート役が必要なのはわかりきっているではないか」

「具体的にはどんなサポートをすればいいの？」セオドシアは気のないふりで尋ねた。

「それはきみのほうがよくわかっていると思うがね」ドレイトンの言葉とそぶりが、かしこまったというか、堅苦しいものに変わった。「自分が優秀で、とても勘が鋭いのは自覚しているはずだ。とくに、きのうの一件に関しては。そのなんだ……殺人と言っていいのかな？」

「ええ、あれは殺人と断言してかまわないでしょうね」セオドシアは言った。「だって、ボー・ブリッグズがジューシーフルーツ・ガムを喉に詰まらせて亡くなったなんて思えないもの」

「たしかに。しかも、きのうきみは、なにやら穏やかでない発言をした」

「ボーは毒を飲まされたのかもしれないと言ったこと？」

「そうとも。やはり勘が鋭い。きみが推理したとおりだったではないか」

セオドシアはすわったまま身を乗り出し、警戒するような顔でドレイトンを見つめた。

「つまり、ボー・ブリッグズ殺害事件の解決にひと役買えと？」

ドレイトンは両肩をあげ、無造作に肩をすくめた。「驚いたふりなどしなくてもいい。なにもこれがはじめてというわけでもあるまいに」セオドシアが大きくため息をついたのを見て、彼は言い添えた。「この手のことは得意なはずだよ、セオ。手がかりを探し出したり、筋のとおった冴えた推理をすることにかけては、とんでもない才覚を発揮するではないか」

「それでも、なんでそこまで必死になって、首を突っこませようとするのかわからないわ。いつもは殺人事件にも、災難にも、ばかげた計画にもいっさい関わるなと、口を酸っぱくして言うくせに。あなたは良識の権化のような存在なのよ」

「今回は酌量すべき情状があるのだよ」

「なんなの、それは？」

ドレイトンは口ごもった。「たいへん言いにくいことなのだが」

「悪いけど、ちゃんと説明してくれなきゃ」セオドシアは言った。「だってあなたのその態度、やけに謎めかしていて、気になってしょうがないわ」

ドレイトンは蝶ネクタイに手をやった。「いわゆる交換条件のようなものなのだよ」

「交換条件のようなものって……具体的にはなんなの？」ドレイトンがなにを言っているのか、セオドシアにはさっぱり見当がつかなかった。いつもなら単刀直入と言っていいほど率直なくせに、どうして持ってまわったような言い方をするのだろう？

「知ってのとおり、ドリーン・ブリッグズはヘリテッジ協会にかなりの額の寄付をするつもりでいてね」ドレイトンは言った。「いまちょうど、検討中なのだよ」美術館と保存会の両面を併せ持つヘリテッジ協会は、ドレイトンにとって大切な存在だ。彼は理事会のメンバーに名を連ね、齢八十を超えた理事長のティモシー・ネヴィルは古くからの親友だ。

「寄付の話なら二日前にあなたから聞いたわ」セオドシアは言った。「でも、ボーが突然亡くなったことで、ドリーンはその決定を先送りにするんじゃないかしら」

「そうとは言い切れん。さまざまな事情から、事態はいくらか複雑になっていてね」

「どんなふうに？」

「ドリーンは、きのうのむずかしい状況のなかできみが見せた対応と迅速さにいたく感銘を受けたそうだ」

「そう。少しでも力になれたのならよかったわ」セオドシアはお茶をひとくち含んだ。「で？どうしていつまでも要点に入らず、だらだら話をつづけているの？」

ドレイトンは顔をしかめた。「けさ、ドリーンからはっきりと釘を刺されたのだよ。きみとわたしが、いわば……私的捜査という形で協力してくれないのなら、その場合……」

「ちょっと待って」ドレイトンがぴりぴりしていた理由にようやく思いいたった。「わたしたちがドリーンの力にならなければ、寄付はしないということ？」

「要するにそういうことらしい」

「寄付をちらつかせて脅してきたの？　冗談抜きで？」

「そうだ」ドレイトンは赤面するあまり、がっくりとうなだれるしかなかった。

「だとしたら、ドリーンは薄情で心が狭い人と言うしかないわ。法律の専門家なら、彼女の要望は昔ながらの恫喝と分類するでしょうね」

「圧力をかけて問題を解決するという言い方ではだめかね？」ドレイトンは言った。「そのほうが法に触れる感じはしないし、威圧的な感じもやわらぐ」

「脅迫よ」セオドシアは不機嫌に言った。二個めのスコーンに手をのばしかけたものの、思い直した。頭がフル回転しているいま、これ以上、糖分を摂取するのは逆効果だろう。「ドリーンの寄付がヘリテッジ協会にとって大切だということはわかったわ」

「協会の継続的な存続のために、非常に必要なものと言える」

「もう少しわかりやすく言って」セオドシアは言った。ドレイトンの言葉はときどき、堅苦しいというより美文調になる。

「そうか……わかった」彼は言った。「この二年ほど、株式市場が乱高下しているのは知っているね？　おまけに金利は低いままで安定している」

「ええ、よく知ってる。わたしの年金なんか息も絶え絶えという状態だもの」

「このかなり深刻な金融情勢の影響を国じゅうが受けているのは言うまでもないだろう」

お金の話をするのがあきらかに気まずそうな様子のドレイトンを見て、セオドシアは自分が口をはさんで、残りの話を引き出したほうがよさそうだと判断した。

「つまり、ヘリテッジ協会を律儀に支援し、寄付をしてくれている人たちが、以前ほど投資から利益を得ていないということね」

「そのとおり」

「そして、その人たちからの寄付が減った。高額の小切手を切ってくれなくなっている」

「そうなのだよ」ドレイトンはいったん口をつぐんだ。「なかには、小切手をまったく切ってくれなくなった人もいるくらいだ」

セオドシアは椅子の背にもたれ、パティオに寝そべっている二匹の犬に目をやった。あいかわらず辛抱強く、おこぼれが落ちてくるのを待っている。セオドシアはスコーンをひとつ取ってふたつに割り、おやつがわりに投げてやった。二匹ともひとくちでのみこんだ――ごくん。おなかをすかせたワニが嚙まずに食べるのにそっくりだ。

「たしかに深刻な状況だわ。だからヘリテッジ協会としては、喉から手が出るほどドリーンのお金がほしいのね？」

「そういうことだ」

「まあ」セオドシアは巧妙に誘導されているのに気づいていた。とはいえ、断る気持ちもいくらか残っていた。ドレイトンを意のままに操ろうとするなんて、ドリーンはいったい何様のつもり？このわたしを意のままに操ろうとするなんて。「わたしになにかできるとも思えないけど」思案の末にそう言った。

「実際のところ、たいした力にはなれないかもしれない」ドレイトンは言った。「しかし、少なくともやってみることはできる」

「わたしたちが内々にボーの死について捜査して、いくつか手がかりを見つければ、ドリーンは小切手を切ることで、その働きに報いてくれるかもしれないのね？」

「そのとおりだ」

「あの人も、ずいぶんとばかげた提案をしてきたものね」セオドシアはつぶやいた。強制されるなんてまっぴらごめんと憤慨したいところだけれど、ドレイトンをがっかりさせたくはない。なんと言っても、いちばん大切な友だちなのだから。セオドシアは大きくため息をついた。「ちょっと調べるだけでよければ……」

ドレイトンが期待するような目で見つめてきた。「引き受けてくれるのか？　いまのは引き受けるという意味かね？」

セオドシアはティーカップをおろした。こんなおかしな依頼ははじめてだ。しかも、ヘリテッジ協会の未来が自分の調査能力にかかっているなんて冗談じゃない。ばかばかしいにもほどがある。とは言うものの……ボーが息を引き取った現場に居合わせたのも事実だ。担当の刑事もまんざら知らない仲ではない。それに正直に言うと、自分も……言うなれば、ものすごく興味をそそられている。

セオドシアはテーブルごしにドレイトンを見つめた。そわそわした様子で答えを待っている。

「ドリーンにはいつ訪ねると言ってあるの？」

ドレイトンは腕時計に目をやった。アンティークのピアジェはいつも五分遅れている。

「十二時だ。急がないと間に合わない」

4

セオドシアは無理強いされるのが好きではない。と同時に、ボー・ブリッグズ殺害事件に強い関心を抱いているのも事実だった。リッチな男性が自分の目の前で息を引き取るなんて、そうそうあることではない。ううん、正確に言うなら、少なくとも五十組の目の前で、だ。その全員が目撃していたにもかかわらず、凶器、動機、犯人、いずれについてもはっきりしたことはなにもわかっていない。

そのせいで事件は興味深く、さらに言うなら、刺激的なものになっていた。

「すみません」ドリーン・ブリッグズが住む桁(けた)外れに大きな家の玄関に配置されていた警官が声をかけた。「ミセス・ブリッグズはただいま、来客の方とはいっさいお会いになりません」

「来客ではない」ドレイトンは言った。「われわれは友人でね。ドリーンもわれわれが訪ねてくるのを承知している」

名札によれば〝パーネル〟という名の警官はリストに目をやった。「スティールさんですか？」

「ちがう」ドレイトンは言った。

「ヒューストンさん？」

「そのリストを見せてくれたまえ」ドレイトンは自分の名前を指でしめした。「これだ。ドレイトン・コナリー。わたしたちのことだ」

パーネル巡査はほっとした顔になった。「でしたら、どうぞ」

「あの」セオドシアは言った。「どうして玄関を見張っているんですか？」

パーネル巡査はほほえんだ。「ご家族に安心してもらうためです。ミセス・ブリッグズがご自分の命もねらわれているのではと心配されているので」

ドリーンは革装の本がぎっしり並ぶ、暖房がききすぎて暑いくらいの書斎で、紫色のビロードの椅子にすわっていた。表情は暗く、白いレースのハンカチで鼻を押さえながら、重たそうなカットガラスのタンブラーに入った琥珀色の液体をちびちび飲んでいた。黒いシルクのドレス姿で、耳には大ぶりのダイヤのイヤリング、髪はカーリーフライがいっぱいに入ったバスケットのようだった。正面に並んだ背もたれのまっすぐな椅子には、二十代前半とおぼしき若い男性と女性がちょこんとすわっていた。

「ドレイトン！」セオドシアたちが部屋に入っていくと、ドリーンは大きな声で出迎えた。立ちあがりはしなかったが、退位した女王が客人を迎えるように片手を前に差しのべた。

「来てくれてありがとう」

ドレイトンは身をかがめ、差し出された手を軽く叩いた。「当然のことだとも。その後、どうだね？」

「つらくてしょうがないわ」ドリーンはグラスの氷をからからいわせ、琥珀色の液体をひとくち含んだ。それからセオドシアに弱々しい笑みを見せた。

「それにセオドシアも。けさ、ドレイトンと話したとき、あなたのことをいろいろうかがったのよ。やり手のティーショップ経営者というだけじゃないのね。聡明で勘が鋭いという話だったわ」ドリーンは人差し指でこめかみのあたりを軽く叩いた。「直感で人を見抜き、人間性を理解するんですってね」

「そういうこともありますけど」セオドシアはあいまいに答えた。

「ご想像のとおり、いまのわたしには、あなたの力がどうしても必要なの」ドリーンは言った。「精も根もつき果てるまで警察に話をしたのに、あの人たちときたら、メモを取って、ふんふんとうなずいては、捜査についてくどくどしゃべるばかり。それなのに、なにから捜査すべきかもわかってないときてる」そこで声を荒らげた。「捜査に手をつけてもいないんだわ、きっと」

「捜査というのは？」セオドシアは訊いた。ドリーンがどうしてほしいのか、はっきり知っておきたかった。

「ボーを殺した犯人を見つけるための捜査に決まってるでしょ！」

「ご主人が殺されたのはたしかなの？」

ドリーンは目を大きく見開いた。「それ以外に考えられる？　だいいち、主人が毒を盛られたと言ったのはあなたじゃないの」

「毒を飲んだように見えるとは言ったわ。でも、わたしはお医者さんでも監察医でもないの。ちゃんと調べなくては」

「もう調べたの！」ドリーンはヒステリックに叫んだ。「けさ、ライリー刑事から連絡があってね。あなたの見立てが当たっていたんですって。わたしの大事なボーは毒殺されたのよ！」

「お母さん」若い男性が言った。「頼むから、あんまり昂奮しないで。心臓によくないじゃないか」

「頭に血がのぼりすぎだわ」若い女性が注意した。

ドリーンはそんなことはないというように手を振った。「ドレイトン、セオドシア、こちらはボーとのあいだに生まれた息子のチャールズと、わたしが前の結婚でもうけた娘のオーパル・アン。ふたりがいるおかげでずいぶんと慰められたわ」

「そう言ってもらえてうれしいよ、お母さん」チャールズは言った。黒い髪にほっそりした体つきで、異常とも言えるほど口数が少ない。もっとも、ドリーンが口をはさむ隙をあたえなかっただけかもしれない。

「それにもうひとり……」ドリーンはわずかにとろんとした目であたりを見まわした。「スターラはいったいどこに行っちゃったのかしら」

「氷を取ってきてと、お母さんがスターラに頼んだんでしょ」オーパル・アンが言った。あどけなさの残る茶色の目をした、若くてかわいい娘だ。大学を出て、まだ一、二年といったところだろう。

「ああ、そうだったわね」ドリーンはもごもごと言った。

「スターラさんもご家族の方なんですか？」セオドシアは社交辞令で尋ねた。

「最近は、自分でもそんな気がしてきてるけどね」黒いショートヘアをつんつんに立たせ、ほっそりした顔を気むずかしそうにしかめた女性が一同を見すえていた。骨張った手のなかで、シルバーのアイスバケットが落ち着きなく揺れている。きのうのネズミのお茶会で、黒い革のドレスを着ていたスレンダーな女性だとセオドシアは思い出した。きょうは、体にぴったりした黒いセーターに、ペンシルスカートを合わせていた。

ドリーンは、こっちへ来てというように指を動かした。「スターラ、ありがとう」

スターラはドリーンにアイスバケットを渡し、セオドシアとドレイトンに冷たくほほえんだ。「こんにちは」

ドリーンが急いで説明した。「スターラ・クレインにはうちの広報を全面的にやってもらっていてね。彼女はチャールストンで〈イメージ・ファクトリー〉という会社を経営しているの」

「どうぞ、よろしく、ミス・クレイン」ドレイトンは言った。

「うちの会社はご存じ？」スターラは尋ねた。「企業イメージのプロデュースと広報戦略を専門とする会社なんだけど」彼女は氷をグラスにせっせと入れているドリーンに目をやった。「それに、危機管理も扱ってる」

「じゃあ、いまのこの状況、つまりドリーンが置かれた状況には危機管理が必要とお考えなのね？」セオドシアは訊いた。長年、広告会社で働いていたから、広報やブランドイメージの管理については知りつくしている。〈イメージ・ファクトリー〉という会社は聞いたことがないから、ひとりでやっている会社なのかもしれない。

「ドリーンはチャールストンの慈善関係と社交界全体でよく知られた存在でしょ」スターラはわずかに威張りくさった口調で言った。「だから、趣味嗜好についてもふるまいについても、完璧なイメージを維持する必要があるわけ。今回の出来事には……今回の出来事の公表には……慎重な対応が求められるのよ」

「ドリーンのイメージはいまも、そしてこれからも完璧だとも」ドレイトンは言った。

けれどもセオドシアの目は、拒食症かと思うほど痩せ細ったスターラ・クレインに注がれていた。自己中心的なキャリアウーマンによく見られる、神経質で押しの強いタイプ。だから、広報やマスコミ対応の場でどれほどの能力を発揮できるのか、疑問だった。というのも、仕事ができる人は総じて性格がよく、思いやりにあふれているものだからだ。なのにスターラは神経質だし、喧嘩腰だし、自分勝手きわまりない。とは言うものの、本当のところはわからない。実はとんでもない切れ者だったりするかもしれない。

「見てのとおり」ドリーンが言った。「スターラは自分の仕事をよく心得ているわ。だから、きょう、同席を頼んだの」

「けっこう」ドレイトンは言った。「では、始めるとしよう」

「ちょっと待って」スターラが言った。「具体的になにをするのよ？」

「ここにいるセオドシアは問題解決の達人だと、わたしからドリーンに教えたのだよ」ドレイトンは言った。「そして、セオドシアはドリーンから話を聞くことに同意した。いくつか質問をし、なにかわかるかやってみるために」

スターラは口をゆがめた。「あなた、探偵なの？」

「そんなんじゃないわ」セオドシアは言った。「すでにわかっていることをふるいにかけようとしているだけ」

「彼女は冷静沈着で良識の持ち主なのだよ」ドレイトンがつけくわえた。

「おもしろいわ」スターラの声には感情というものがかけらもなく、おもしろいとはまったく思っていないのがはっきり伝わった。

セオドシアはドリーンのそばまで椅子を引いていき、彼女の手からグラスを受け取った。それをドレイトンに預けた。「始めましょうか」

ドリーンはこくりとうなずいた。「ええ」

「きのうは警察からいろいろと訊かれたのね？」

「それはもう、想像を絶するほどだったわ」

「それは不可解なことが起こったからよ。テーブルセンターに火がついてから、ご主人が床に倒れこむまでのあいだに、なにかが起こったの」

「ええ」ドリーンは小さな声で言った。

「しかも、ボーのまわりには人が大勢いたわ」セオドシアは言った。「お茶を飲んでいるとき、ぼや騒ぎの直後、それに彼が倒れる直前。みんな、なんとかボーを助けようとしているように見えた。でも、あのなかの誰かがボーを死にいたらしめたかもしれないの」

「お茶に毒が入ってたんだわ」ドリーンは言った。

「お茶以外の可能性だってあるわ」セオドシアは言った。「毒を盛られたからと言って、お茶に入れられたとはかぎらない。毒を盛る方法なんか、いくらでもあるんだもの」

「わたしにはひとつも思いつかないけど」ドリーンは言った。

「いいのよ」セオドシアは言った。「あなたに事件を解決しろと言っているわけじゃないんだから。ただ、少しでも多くのことを思い出して、糸口をしめしてほしいだけ」

ドリーンはからのグラスをちらりと見やった。「意味がよくわからないわ」

「ちょっと切り口を変えてみましょうか」セオドシアは言った。「同じテーブルを囲んでいた人か、すぐ近くにいた人のなかに、ご主人の死を望んだ人がいたにちがいないの」

ドリーンは顔をゆがめた。「動機のある人は誰かと訊いているのね。そんなの考えたくもない」

セオドシアはドレイトンをちらりと見やった。

「考えなくてはだめだ」ドレイトンがドリーンに言った。「とても大事なことなのだから。ボーを殺害した犯人を捕まえたくはないのかね？　法の裁きを受けさせたくはないのかね？」

「そうね」ドリーンは言った。

「同じテーブルだった人を教えて」

ドリーンは眉をひそめた。「ええっと、ボーの共同経営者のレジー・ヒューストンがいたわ。それと、もちろん、スターラも。それから、ご近所のハニーとマイケルのホイットトリーご夫妻に、ロバート・スティールがいたわね」

セオドシアはハンドバッグからペンと紙を出し、いまの名前を書きとめた。

「近くのテーブルには？」

「そう簡単には思い出せないわ」ドリーンは言った。

「チャールズとわたしは三番のテーブルにすわっていました」オーパル・アンが言った。「一緒だったのは金融関係の人と、新しいスパのお客さんです」彼女はセオドシアに目をやった。「招待客のリストを見れば、名前も教えてあげられますけど」

「そうしてもらえると助かるわ。ありがとう」セオドシアはふたたびドリーンに視線を戻した。「ボーがしたことにかっとなったか、不快に思った人がいたにちがいないの。仕事関係で多額のお金を失った人かもしれないわね。あるいは、だまされたと感じた人かも」

「それ、どうしても知らなきゃいけないこと？」スターラが訊いた。

「そうとも」ドレイトンがスターラのほうを見もせずに言った。

セオドシアはもう一度言ってみた。「ご主人に腹をたてていた人がいるはずなの」

「敵のリストを作れということかしら?」ドリーンは悲しみに沈んだ様子で椅子にすわったままもぞもぞと体を動かし、しきりに指輪をいじっている。「でも、ボーに敵がいたとは思えなくて。誰からも本当に愛されていたのよ」涙が落ちはじめた。「やさしくて、頭がよくて、お人よしな人だった。みんなにも訊いてみればいいわ」

誰もかれもがボー・ブリッグズを好ましく思い、絶賛していたわけでないのはたしかだ。なんと言っても、彼は五十人もの招待客が見ている前で殺されたのだから。血も涙もない殺人者並みの手腕がなくてはできないことだ。犯人は、桁外れの自信と図太さを兼ね備えた人物だ。

「気を楽にして、落ち着いて考えてみて」セオドシアはなだめるように言った。「最近、ご主人がどんなことに関わっていたか、ゆっくり思い出すの。あらたなベンチャー・ビジネスとか? 不動産、あるいは投資関係かもしれない」

「あのお金の話をしてあげたらいいじゃない」オーパル・アンが言った。

ドリーンは首を横に振った。「興味ないわよ、きっと」

「興味あるに決まっているわ」オーパル・アンはセオドシアに向き直った。「そうですよね?」

「ええ、まあ」セオドシアは、この秘密めいたやりとりはいったいなんだろうといぶかりながら答えた。「その、お金とやらの話を聞かせてもらえないかしら、ドリーン」

ドリーンは言葉を濁していたが、ようやく真実を話しはじめた。それによれば、ボーは何度も投資で失敗していた。彼が失ったお金、あるいは無駄に使ったお金はそもそも、本人のものではなかった。ドリーンのお金だった。父親と祖父から相続した、けっこうな額の財産がその出所だった。

「母がひどくかりかりしていた理由がわかったでしょう?」オーパル・アンはドリーンの手をぎゅっと握った。「つらかったわね」

「みっともないったらないわ」ドリーンは言った。「あの人はお金もうけに関しては一流とは言えなかったけど、それでもわたしは愛していたの」彼女が顔の前で手をひらひらさせ、その目に涙が光ったのが見えた。「愛していた。ねえ、いまのを聞いた? わたしったらもう、あの人のことを過去形で話しているわ」

「つらい気持ちはよくわかるよ」ドレイトンが言った。

「ありがたいことに、全財産を使われたわけじゃないの」ドリーンは言った。「お金はまだ充分残っているから、家族全員、なに不自由なく暮らせるわ」彼女はドレイトンにほほえんだ。「それに、大事にしたい美術館とチャリティ活動の支援もつづけられる。ただ、これからは……」彼女は洟をすすった。「そういうむずかしい判断をわたしひとりでしなければならないんだわ」彼女は首を横に傾け、サイドテーブルのからのウィスキーグラスを見やった。

「お茶を淹れましょうか?」セオドシアは声をかけた。

ドリーンは大きくため息をついた。「そうしてもらえるとうれしいわ。キッチンの場所はおわかりになる？」

セオドシアとドレイトンはすでに立ちあがって、活動を開始していた。

「もちろん、わかるとも」ドレイトンは言った。

5

「どう思うかね？」

キッチンにふたりきりになるとドレイトンが訊いた。

セオドシアはぐるっと見まわした。

「まず第一に、このキッチンは本格的なリフォームをしないとだめね。ガスレンジはホットポイント社が一九七五年に出していたモデルだし、冷蔵庫なんか氷で冷やすタイプに毛が生えた程度だもの」

「ドリーンのことを言っているのだがね。彼女の説明の話だ」

「わかってる」セオドシアは言うと、かなり大きくて明るい食料庫に足を踏み入れた。戸棚の扉を開け閉めし、お茶の缶はどこかと探した。「実際のところ、ドリーンから話を聞いても意味はないわ。なんにもわかってないんだもの」

ドレイトンは食料庫の前に立って、なかをのぞきこんだ。「ここではたいしたことはわからないと考えているのかね？」

「ええ、そう。この件は警察にまかせたほうがいいって言ったのを覚えてる？　思ったとお

りだった。まあ、チャールストン警察がドリーンからほんのちょっとでも役にたつ情報を引き出せるよう、祈るしかないけど。二、三質問しただけで切りあげちゃったのも当然だわ。ほかのお客への事情聴取はもっとうまくいくでしょうけどね。話を聞く相手が、あのとげとげしいスターラだとしても。ちなみに、あの人には口輪をつけたほうがいいんじゃないかしら」

「まさか、これで調査を打ち切るつもりではないだろうね？」ドレイトンの声からは、すがるような思いが伝わってきた。

セオドシアはべつの戸棚の扉をあけてのぞきこんだ。

「ドレイトン、ヘリテッジ協会への寄付が白紙撤回されるおそれがあるのはわかるけど、わたしにはこれ以上のことはできそうにないわ」

「これからも彼女から話を聞いてやってくれればいい。ドリーンはきみが気に入ったようだ。きみを信頼しているのだよ」

「気を持たせておけと言うの？　ご主人の死に関して、いくらかなりとも力になっているように思わせろと？」

「いや、それでは道理に反する。わたしが言おうとしたのは……」

「まあ！」セオドシアは思わず大きな声を出した。戸棚のなかを探っていたところ、異様な感じの黒と黄色の箱に目がとまったのだ。目にしたものの衝撃で頭のなかがぐわんぐわん言い、うしろに大きく一歩さがった。

「どうかしたのかね?」ドレイトンが訊いた。

「自分の目でたしかめてみて」セオドシアはひそひそ声で言った。

ドレイトンは足音を忍ばせ、そろそろと近づいた。

「真ん中の棚」セオドシアは言った。

ドレイトンは、恐ろしいものが飛び出してくるとでも思ったのか、おそるおそるなかをのぞいた。セオドシアを驚かせたものの正体がわかると、彼も声をあげた。「なんと!」

真ん中の段でごちゃごちゃしたスパイスの缶に囲まれたなかに、オレンジ・ペコの箱があった。隣には、ふたのあいた殺鼠剤の箱。

ドレイトンの顔から血の気が引いた。「まさかそれが……」

「まだなんとも言えないけど、とてもいやな予感がする」セオドシアはあらためて、殺鼠剤の箱をじっくりとながめた。死んだネズミのイラストが箱に描いてあるのだから、なにに使うものかは疑いようがない。イラストのネズミは仰向けに倒れ、小さな四本の脚を宙に突き出している。

「警察がきのう見つけなかったのは、どうしたわけだろうな」ドレイトンが言った。

「戸棚は調べなかったんじゃないかしら」セオドシアは言った。「だって、ネズミに扮したウェイターや招待客から話を聞くので手いっぱいだったもの。それに、人一倍あやしく思われる人たちからも」

ドレイトンは腕を組んで、向かい側の戸棚に寄りかかった。「一部のお客が疑わしいと思っているのだね？」

「こうして毒が見つかってみると、誰もがちょっとずつあやしく思えてくるわね。とくにケータリング担当とキッチンで働いていた人たち」

「しかし、その人たちはスコーンを焼いたり、ティートレイを飾りつけたりでみんな忙しかったはずだ」

「だったら、犯人はネズミ役のひとりだったのかも」

「なんとも滑稽だとは思わんか？　殺鼠剤とネズミとは」

「まったくだわ。グリム童話にでもありそうな感じ。こびととキツネにキューを出して、ヘンゼルとグレーテル登場」セオドシアはすっきりさせようとするように頭を振った。「警察にこの毒のことを知らせなくちゃ」

「玄関を出たところに立っている、どこかやる気のなさそうな巡査に、ということかね？　われわれの身を守る任務を帯びているという、あの巡査に？」

セオドシアは肩をすくめた。「さしあたり、そうするしかないでしょ」


けれども、殺鼠剤が入った黒と黄色の箱を見せたところ、パーネル巡査はぎょっとして息をのんだ。それから制帽を脱ぎ、薄くなりかけたブロンドの髪をかいた。

「そいつは毒なんでしょうか？」箱にはいかにも不気味な頭蓋骨と交差した骨の絵が描いてあるのに、巡査は尋ねた。

セオドシアはこう言いたかった。ちがうわ、〈キャプテンクランチ〉のシリアルが入ってるの、と。けれどもこう答えた。「ラベルのうたい文句どおりなら、超強力な殺鼠剤ということになるわね」

パーネル巡査はまだぴんときていないようだった。「まさか、ここのご主人の殺害に使われたものじゃ……」そう言って、いまも書斎にいるドリーンたちをしめした。

「当たり」セオドシアは言った。

「だとすると、手がかりということになりますね」パーネル巡査は言った。

「それも、重要な手がかりかもしれん」ドレイトンが言った。彼はコンロの前で、やかんのお湯が沸くのを待っていた。

セオドシアは困惑したようにほほえんだ。「あの、パーネル巡査はなにをなさっている方なの？　チャールストン警察での職務は？」パーキングメーターの検針係かデータ入力の担当ではないかというのが、セオドシアの見立てだった。というのも、経験豊かなパトロール警官といった熱意が感じられないからだ。

「週に二回、ちびっこパグ巡査の役をやっていましてね」パーネル巡査は得意そうに言った。「犬の着ぐるみを着て、小学校を巡回するんですよ。子どもたちに安全指導をするのが目的です」

「なるほど」セオドシアは言った。

「この件は連絡しないといけない」パーネル巡査はまだ、不安そうな顔で殺鼠剤の箱を見つめていた。

「ピート・ライリー刑事に連絡して」セオドシアは言った。「殺人課の刑事さんよ。それから、鑑識の人を寄こして、この殺鼠剤を持っていってもらって」そこで人差し指を立てた。

「でも、絶対にさわっちゃだめ」

「さわりませんよ」

「それともうひとつ、書斎にいる人たちには、このことは言わないほうがいい」ドレイトンが口をはさんだ。彼はセオドシアを指差した。「そこのお茶を取ってもらえるかね?」

セオドシアは慎重すぎるほど慎重に、棚からオレンジ・ペコの箱をつまみあげ、ドレイトンに渡した。

パーネル巡査が目を丸くした。「そいつを飲むつもりですか?」

「もちろんだとも」ドレイトンは言い、ティーバッグをカップに入れ、熱々の湯を注いだ。

「よかったら味見してみるかね?」

パーネル巡査は首を横に振った。「とんでもない」

「じゃあ、これから言うことをよく聞いて」セオドシアは巡査に言った。「そこの毒が入った箱は警察の鑑識で分析する必要があるの。検査をして、きのう、ブリッグズさんの命を奪ったのと同じ毒かどうか確認しなきゃいけないの」

「ええ」パーネル巡査は言った。「わかりました」

セオドシアはドレイトンのほうを向いた。「そのお茶は本当に大丈夫なんでしょうね?」

ドレイトンはティーカップを手に取り、急いでひとくち含んだ。「あまり上等なお茶ではないな。しかし、がまんするしかない」

「そんなことを訊いたんじゃないわ」セオドシアは言った。「苦しんだ末にばたんと倒れられたら困るでしょ！」

「ちゃんとわかっているとも。大丈夫だ」ドレイトンはお茶のトレイを持ちあげると、頭でスイングドアをしめした。「そこをあけてもらえるかな？」

セオドシアはドレイトンのかわりにキッチンのドアをあけた。

「なにか手伝うことはある？」

ドレイトンはトレイの上のカップをかちゃかちゃいわせながら、セオドシアの前を通りすぎた。「ちびっこ巡査の相手をしていてくれたまえ」

「わかった」

しかし、パーネル巡査が殺人課の誰かと電話で話すのを聞くうち、いくつもの疑問がセオドシアの頭のなかで渦巻いた。そして、心のなかで問いかけた――夫に財産を無駄遣いされてかっとなった女性が、みずから復讐をとげることはありうるだろうか？

そう思ったとたん、セオドシアはショックで震えあがったが、それと同時に、ドリーン・ブリッグズを調べなくてはいけないという気持ちをいっそう強くした。

たしかに、ドレイトンにはいまさっき、もう調べることはたいしてないと言った。なのに、意外や意外、こんな手がかりが見つかるなんて！

6

「ドリーンの家の戸棚に殺鼠剤が隠してあったの？」ヘイリーが訊いた。

「そうなのだよ」ドレイトンが言った。

　ヘイリーは椅子の背にもたれて首を振り、そのせいでブロンドのロングヘアがカーテンのように揺れた。「うわ、びっくり。それって、だんなさんの命を奪ったのと同じものなのかな？」

「鑑識の結果を待たないとね」セオドシアはいかにも落ち着きはらった声でそう言ったものの、本当は不安な気持ちでいっぱいだった。ドリーンが犯人なの？　だとしたら、いくらなんでも間抜けすぎる。まあ、それもじきにあきらかになるわ。

「でもさ」ヘイリーは言った。「毒があるってだけでも、めちゃくちゃ恐ろしいよね」

「恐ろしいのは、ボーの死が計画的な殺人だったという点だ」ドレイトンが言った。「客だか業者だかはわからんが、とにかく誰かがあの殺鼠剤に近づいて、残忍な殺人者に変身したのだからね」

　ヘイリーはうなずいた。「ドリーンのお茶会は計画どおりにならなかったってことね。往年のネズミのお茶会への、楽しくて心のこもったオマージュというわけにはいかなかったんだもん」

「よかれと思ってしたことなのだよ」ドレイトンは言った。「初めのうちは、本当に楽しい会だったのだから」

「でも、最後はとんでもないことになってしまった」セオドシアは言った。「あなただってあの光景を見ていたら……」

ヘイリーは襲撃してくる吸血鬼を撃退するように両手をあげた。

「やだ、聞きたくない。お願いだから、なにも話さないで。男の人が断末魔の苦しみに身もだえするおぞましい光景なんか、頭に焼きついてほしくないもん。絶対にいや。とくにきょうだけは勘弁して。月曜日はいつも超忙しいし、そのあともひたすらバタバタするんだから。毎日が、丸太のボートのジェットコースターに乗ってる気分なのよ」

「ヘイリー」セオドシアは言った。「厨房の手が足りないなら、いつでも雇ってあげるって……」

「アシスタントの話？」ヘイリーは言った。

「ええ、そう」

「いらない」ヘイリーは言った。「そういうのは好きじゃないから。セオだってわかってるくせに」ヘイリーは二十代前半とまだ若く、なんでもひとりでできると思っている。

「あなたがシェフであることに変わりはないのよ」セオドシアは言った。これまでにも何度か、同じ提案をしてきた。ヘイリーは最高のシェフでありパティシエだけれど、おそろしく頑固だ。

「誰を雇ったところで、考えも意見もやり方もひとりひとりちがうことに変わりないもん」ヘイリーは言った。「いまのあたしはまだ、どんな変化も受け入れられないの。わかる？」

「変化とはすなわち、妥協ということだな」ドレイトンが言った。

ヘイリーは意外にも、にっこりと笑った。「そういうこと」

「わかった」セオドシアは言った。「あなたが満足ならそれでいいの。これからも満足して働いてくれるなら」

「セオたちと働けるだけであたしは満足してる」ヘイリーは言った。「この三人体制がすっごく気に入ってるんだもん。アットホームな職場がね。まさに理想的よ。それぞれがそれぞれの役割を完璧にこなしてて」

「それでも、あなたの負担が大きすぎるんじゃないかと、ときどき気になっちゃうのよ」セオドシアは言った。

「なんの不満もないわ。本当だってば」ヘイリーは落ち着かない顔になった。「もう、この話はやめにしてもらえる？」

「そうね」セオドシアは腕時計に目をやった。「だいたいにして、そろそろ仕事にかからなくちゃ。あなたの言うとおり、月曜日は忙しいもの」

「チャーチ・ストリートの店主たちが、テイクアウトを求めてやってくるからな」ドレイトンは額にしわを寄せた。「きょうは中国の祁門紅茶を淹れるとするか。それから、プッシンビン茶園のダージリンも忘れてはいかん。おいしくて、さわやかな味で、いつも人気がある」

「午前中のメニューはなににするの？」セオドシアはヘイリーに尋ねた。

「えっとね、いまセオたちが食べてるイチゴのスコーン。それに、リンゴのスコーンとオレンジのマフィンをいま焼いてるところ」

ドレイトンはいきおいよく立ちあがった。「すばらしい」

それから三人は忙しく働いた。ドレイトンは三十脚弱あるテーブルにリネンのテーブルクロスをかけ、ナプキン、シルバーのカトラリー、ティーカップ、それに水用のグラスを並べた。セオドシアはそのあとにくっついて、砂糖入れ、クリーム入れ、ピンク色のティーローズをいけたクリスタルの花瓶を置いていった。

「ティーウォーマーを忘れないでくれたまえよ」ドレイトンが言った。

「ちゃんとここにあるわ」セオドシアは答えた。どっしりとしたガラスでできたティーウォーマーは、ささやかな火を灯せるよう、真ん中がくぼんでいる。

「暖炉に火を入れたほうがいいだろうか？」

「うーん……そうしましょうか」セオドシアは言った。まだ春は浅く、午前中はひんやりしていて寒いくらいだ。大急ぎで店に入ってきたとたん、お茶の濃厚で馥郁たる香りを吸いこみ、ぱちぱちと音をたてて燃える炎の温かさを堪能できたら、お客さまもきっと大喜びするだろう。

「最初のスコーンが焼きあがったよ」ヘイリーがスコーンを山と積みあげたガラスのパイケースを入り口近くのカウンターに置いた。

「ありがとう、ヘイリー」セオドシアは言った。

ヘイリーはすぐにその場を離れず、なにか言いたそうな顔で立っていた。しばらくしてようやく口をひらいた。「セオもドレイトンも、ドリーンの件に関わってるみたいだけど。きのうはどうして、またお宅を訪ねたりしたの？　本当の用件はなにかってことよ」

「第一に、ドリーンと話をしたかったのだよ」ドレイトンが言った。「キッチンの戸棚を引っかきまわして、毒の入った箱を見つけるつもりだったわけじゃない。お悔やみを言うためだ」

ヘイリーはドレイトンのほうに頭を傾けた。「ふうん、いつから遺族の悲しみを癒やす専門家になったの？」

「ヘイリーにも本当のことを話したほうがいいわ」セオドシアはドレイトンに言った。

「ちょっと待って」ヘイリーは言った。「どういうこと？」

「ドリーンのお宅に出かけたのはね、ご主人の殺害に関与した可能性のある人たちについて、ちょっと調べたらどうかとドレイトンが思いついたからなの」セオドシアは言った。「ドリーンの力になろうという気持ちからよ」

「それってつまり、調査するってこと？」ヘイリーは訊いた。

「ちがうわ」セオドシアは言った。

「そうだ」ドレイトンが言った。

ヘイリーは片手をあげた。「ふたりとも、本気で事件に関わるつもり？　だって、話からすると、ドリーンが第一容疑者って感じなんでしょ」

「たしかに」セオドシアは言った。

「だいたいにして」ヘイリーは言った。「この手の犯罪には関与するなって、ドレイトンはいつも口を酸っぱくして言ってるじゃない」

「考えが変わることもあるのだよ、ヘイリー」ドレイトンは言った。「わたしだってそこまで石頭ではないぞ」

「ううん、石頭だってば」ヘイリーは言った。「それも、かちかちのね。というか、ドレイトンには石頭でいてもらわなくちゃ困るもん」

セオドシアはドレイトンをじっと見つめた。「一本取られたわね」ドレイトンはきちょうめんで、ちょっと堅苦しいふるまいをする自分を誇らしく思っている。

「ねえ」ヘイリーは言った。「セオたちがあの奇妙なお茶会に出席してたなんて、考えただけで寒気がしてくる。だって、犯人があの家の誰かだったらどうなってたと思う？　なにかの間違いで、ふたりのうちどっちかが毒を盛られてたかもしれないのよ」ヘイリーは顔を引きつらせた。「そしたら、どうなってたと思う？」

「まさか、そんなはず……」セオドシアは言いかけたものの、すぐに口を閉じた。ヘイリーの言うことは鋭い。鋭すぎる。

ヘイリーの予想どおり、朝から忙しかった。チャーチ・ストリート沿いの店主たちが朝の一杯を飲みに顔を出し、近所の住人がお茶とスコーンを求めてふらりと現われ、さらには、古めかしい張り出し窓を覆う藍色(インディゴ・ブルー)のキャンバス地の日よけに魅せられたのだろう、数人の観光客までもがインディゴ・ティーショップを目指してやってきていた。

セオドシアはテーブルに着いたお客全員にお茶とスコーンとクロテッド・クリームを運び、愛嬌を振りまいた。合間には、入り口近くのカウンターに急ぎ、テイクアウトのスコーンを袋詰めする仕事もこなした。パリのウェイター風の黒いロングエプロンを首からかけたドレイトンは、お茶を淹れるのに大忙しだった。器用な手つきで棚からもろもろのお茶の缶を取り、客の要望にぴったり合うお茶を慎重に量り取る。それらのお茶を(ブレンドと産出国に応じて)ブラウン・ベティ型のティーポット、日本の鉄瓶、イギリスの花柄のティーポット、あるいは中国のティーポットで淹れ、待っているお客のもとへと急いだ。

お昼前、ひと息つく余裕ができると、セオドシアはランチのメニューをヘイリーに確認するため、緑灰色のビロードのカーテンをくぐった。

二枚のパンに同時にバターを塗っていたヘイリーが調理台から顔をあげた。

「メニューを知りたいんでしょ?」高さのあるコック帽をかぶっているせいで、子どものように見える。

「こんな感じを考えてるというのでもいいわ」この店の狭苦しい厨房でおいしいごちそうをこれでもかとつくり出せるヘイリーには、いつもながら感心させられる。

「ううん、もう全部決めてあるんだ」ヘイリーはバターナイフを置いて、インデックスカードを手に取った。「えっと、イチゴのスコーンとリンゴのスコーンはもう知ってるよね。オレンジのマフィンも。あとはね、フルーツのコンポート、トマトのクリームスープ、エビのサラダをはさんだティーサンドイッチ、鶏肉の炒めもの、それとレモンのブレッド」

「どれもみんなおいしそうだわ」セオドシアは言った。

「そうそう、いまさっき電話があったんだった。〈フェザーベッド・ハウス〉のテディ・ヴィッカーズから。サリヴァンズ・アイランドに日帰り旅行をするお客さんがいるから、ランチを四つ、テイクアウトしたいって」

「わたしも詰めるのを手伝いましょうか？」

「もうできてる」ヘイリーは棚に並ぶ、四つの藍色の袋を頭でしめした。「あとは持ち帰り用の袋に入れて、〈フェザーベッド・ハウス〉のお客さんが来たら渡すだけ」

「あなたってすごいわ、ヘイリー」

ヘイリーは木のスプーンを二本手にして、小さくくるりとまわり、やかんのふたをスネアドラムみたいに軽く叩いた。「でしょう？」

同じ月曜のランチタイムでも、この日のペースはセオドシアにちょうどよかった。おたおたするほど忙しくなく、かといって、だらけるほど暇というほどでもなかった。ところが、これが最後と思いながらランチの注文を書きとめていると、入り口のドアがあき、オーパル・アンが顔をのぞかせた。おそるおそるといった様子で、少しもじもじしているように見えた。なにが待ち受けているのかわからないという感じだった。

「お邪魔でしょうか？」オーパル・アンは訊いた。「だったら、また出直し……」

「なにを言ってるの」セオドシアは急ぎ足で迎えに出た。「どうぞ入って。もうおひるはすませたの？」

「実はまだです」オーパル・アンは黒いカシミアのセーターにキャメル色のスカートを合わせていた。私立の女学校を抜け出してきた生徒みたいに見える。

「だったらすわって。なにか持ってくるわね」セオドシアは言った。「どんなお茶が好き？」

ドレイトンがオーパル・アンを見てほほえんだ。「フルーツの風味のお茶はどうだろう。桃とジンジャーのブレンドなどは？」彼は紫色の缶をかかげた。「インドのスパイス・ティーもあるが」

「インドのスパイス・ティーがよさそう」オーパル・アンは言った。

「すぐに用意しよう」ドレイトンは言った。

「注文をヘイリーにとおして、スコーンとティーサンドイッチを持ってくるわね」セオドシアは言った。「でも、その前にすわって。暖炉のそばの小さなテーブルにどうぞ。すぐ戻るわ」

数分後、セオドシアがふたり分のランチプレートを持って戻ってみると、オーパル・アンはお茶を飲みながら、期待に満ちた目で店内を見まわしていた。お茶にブレンドされたカルダモンなどのスパイスによるものか、暖炉の暖かさによるものかはわからないが、ずいぶんとリラックスして見える。

「このお店、とてもすてきですね」オーパル・アンは顔を生き生きと輝かせて言った。「どうしていままで来なかったのかしら」

「もう知らない仲じゃなくなったんだから、いつでも好きなときにいらしてね」セオドシアはオーパル・アンの前にランチプレートをそっと滑らせた。ティーサンドイッチがふたつとスコーンがひとつ、それにクロテッド・クリームがたっぷりのっている。「どうぞ召しあがれ」

しかし、オーパル・アンはまだあたりをきょろきょろ見まわし、ティーショップのくつろいだ雰囲気にひたっていた。

「あそこのハイボーイ型チェストに並んでいるものはなんですか？　あ、わかった。ジャム、ジェリー、蜂蜜なんかをいろいろと売っているんですね。壁に飾ったリースもすてき。くねくねしていておもしろいわ。ブドウの蔓でつくってあるんですか？」

「おばのリビーの農園で刈り取って、乾燥させた蔓よ」セオドシアは言った。

「それをリボンと高級なティーカップで飾ってあるんですね」

セオドシアは手をひらひらさせた。「ティーカップは地元のガレージセールで見つけたものばかりよ」

「でも、すごく気がきいています。このお店は本当にすてき。セオドシアさんの愛情を感じます」

「そうでしょ」セオドシアは心から言った。「この店をなによりも愛しているもの」

「長くやっていらっしゃるの？　ティーショップの経営のことですけど」

「ううん、もともとはマーケティング業界にいて、何年もその仕事に従事していたの。でも、あの業界はちょっとしんどすぎるし、一日二十四時間、気が休まるときがなくて」

「それでいまはここで一日二十四時間、仕事をしてるんですね」オーパル・アンは声をあげて笑った。

「そういうこと。でも、いまは自分ですべて決められるわ」

「それって、すごく大事ですね。情熱を傾けられるものを見つけて、それに向かってがんばることが」オーパル・アンはティーサンドイッチをつまみ、ひと呼吸おいた。「わたしは大学で企業経営の学位を取ったけど、情熱を傾けられるものはなにか、まだ探してるところなんです」

「いま、おいくつなの？　差し支えなければ教えて」

「二十二歳です」オーパル・アンは手にしたサンドイッチをひとくち食べた。

「まだ、いくらでも時間はあるわ」

「ええ」オーパル・アンは笑った。「でも、だんだんあせってきちゃって」

ふたりはランチを食べながら気の置けない会話を楽しみ、ドリーンのことにも、いまは亡きボーのことにもまったく触れなかった。けれども、食事がすむと、オーパル・アンはいきなり本題に入った。

「きのうは母がお見苦しいところを見せてしまってごめんなさい。まだ悲しみのどん底にいるせいで、まともにものが考えられないみたいです」

「そんなの当然だわ」セオドシアは言った。「ボーの死はドリーンにとって大変なショックだったもの。ううん、わたしたち全員にとっても」

「幸いなことに、母はとても気丈で、立ち直りが早いんです」

「わかるわ」セオドシアは言った。「だから、いずれはトンネルをくぐり抜ける。簡単なことではないでしょうけど、いつかは反対側に出られるわ。それも、いままでよりもずっと強くなって」囚人となって刑期をつとめるはめにならないかぎり、だけど。

「セオドシアさんって、人を見る目が鋭いんですね」オーパル・アンは言った。

「ありがとう。でも、いらしたのはお世辞を言うためじゃないはずよ。それにランチを食べるためでもないわね」

オーパル・アンは自分の手を見おろした。「あまり愉快とは言えない情報を知っておいてもらいたくて」

「どういう情報かしら」

「マグノリア・スパを父と共同経営してるレジー・ヒューストンのことなんです。見かけましたよね。お茶会のときに母と同じテーブルにいましたから」

「ええ」レジーという名の男性のことは漠然とした記憶しかない。あの日、紹介されたような気もする。うーん、どうだったかしら。

「レジーはマグノリア・スパのお金を使いこんでいるんです」

7

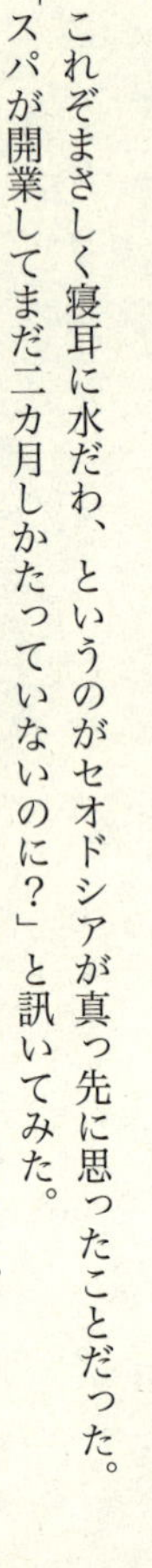

これぞまさしく寝耳に水だわ、というのがセオドシアが真っ先に思ったことだった。

「スパが開業してまだ二カ月しかたっていないのに？」と訊いてみた。

「レジー・ヒューストンは仕事がはやいんです」オーパル・アンは言った。

「それで、あなたはなぜ、そういう……結論に達したの？」

オーパル・アンはレジーの話をするのはうんざりだというように首をすくめた。

「第一に、レジーの私生活です。ポルシェとアウディを乗りまわしたり、リッチなゴルフ旅行を楽しんだりと、とても贅沢な暮らしをします。裕福な家の出ではないので、それらのお金の出所は実家じゃありません。だから、ギルデッド・マグノリア・スパを自分のＡＴＭがわりにしているんじゃないかとにらんでます」

「なるほど」セオドシアは椅子の背にもたれた。「どのくらいの額を……？」

「レジーがどのくらいの額を横領したかですか？」オーパル・アンは肩をすくめた。「わたしにはなんとも。そもそもレジーが本当に悪事を働いているかどうかも確信がもてないし。なんとなくそうじゃないかなと思ってるだけで。点と点を結んで結論を導き出したという感じなんです。でも、わたしはいつもスパでピラティスをしたりエアロバイクを漕いだりしているので、空き時間にトレーナーさんたちに話しかけたり、支配人さんとおしゃべりしたりしてるんです」オーパル・アンは眉根を寄せた。「それでいろいろと耳に入ってくるんですよ」

「帳簿担当の人には話を聞いたの？」

「いえ」オーパル・アンは言った。「帳簿を含めた経理部門はレジーが外部委託にしているので。財務に関することはまったくわからないんです」

「それに関してドリーンはなにか知ってるの？」セオドシアは訊いた。「レジーが身の丈にそぐわない生活を送っていることに気がついているのかしら」

「母は気づいていないでしょうね。レジーのことが好きだし、いい人だと思ってるんですから。ゆうべなんか、自分も経営にくわわって、彼と一緒にスパの運営をしようかしらなんて言ってたくらい」オーパル・アンはかぶりを振った。「そんなことをしたら、骨の髄までしゃぶられるに決まっているのに。母にとっての会社の経営は、十一時頃にひょっこり顔を出して、従業員に手を振ったら、女性社員を引き連れて二時間のランチに出かける程度のものなんです。ほうっておいてもスパはまわるし、現金が勝手に入ってくるものと思ってるんです」

「本当にそうなら最高だけど」セオドシアは言った。「で、それとわたしがどう関係してくるのかしら？」

「もうおわかりだと思いますけど」

セオドシアはたちまち真顔になった。「レジーがボーを殺したと考えているの？　彼が……邪魔になったから？」

「レジーがそこまで追いつめられていたのなら、ありうるでしょう。父を殺した可能性はあると思います。レジーの横領に父が感づいていたのならなおさら」

「レジーとボーはパートナーシップ契約みたいなものを交わしていたのかしら」

「ごくごく普通の内容ですけど」オーパル・アンは言った。「でも、わたし、レジーが共同経営者に隠れて、せっせとお金を吸いあげていたような気がしてしょうがないんです。しかも……その共同経営者がある日突然、殺されたなんて。あまりにうまく行きすぎじゃないですか」

「レジーが骨の髄までしゃぶろうとしていたことを、ボーは感づいていたのかしら？」

オーパル・アンの顔が暗くなった。「それはなんとも。きのう、母もああ言ってたでしょう？　父は世間的には裕福なやり手のビジネスマンと思われているけど、実際にはそうじゃない。わたしだって、事態がどこまで深刻かはわかりません」彼女は盛大に洟をすすりあげ、先をつづけた。「あの人は母のお金をたくさん投資に注ぎこんでは失敗するを、何度も繰り返してきました。だから、ギルデッド・マグノリア・スパが赤字経営なのにも気づいていなかったのかもしれません」彼女は目頭を押さえた。「なのに、今度の土曜日にはオープン記念パーティが控えてるんです。それもかなり盛大な」

「ドリーンはボーの投資の失敗に、そうとう腹をたてているようだったわね」セオドシアはゆっくりと言った。

「とても頭にきているようです」オーパル・アンは両のてのひらをテーブルにつけ、セオドシアをじっと見つめた。「でも、殺してはいません。ええ、考えてることはわかります。かっとなった母が、やっかい払いしたんじゃないかとおっしゃりたいんですよね。父の浪費癖に永遠にピリオドを打つために。でも、彼女はそこまで頭のおかしい人間じゃありません。根はいい人なんです。気が優しくて。それに、父を心の底から愛していました」

セオドシアはオーパル・アンの手に自分の手を重ねた。「さぞ、つらかったでしょうね。義理のお父さんが目の前で倒れて亡くなるなんて」

「ありがとう」オーパル・アンの声はしだいにかすれ、目がさらに赤くなった。「恐ろしい悪夢のなかにいるみたいで。べつにお世辞でもなんでもなく、あなただけが希望の光なんです。あなたとドレイトンさんが」

「わたしたちがどこまで力になれるかは疑問だけど」セオドシアは卑怯だと思いつつも、そうはぐらかした。

「母はあなたを信頼しています」オーパル・アンはバッグからハンカチを出して、涙をぬぐった。「わたしも同じ気持ちです。母もわたしも父を愛してました。心の底から愛してたんです」

「あーあ、なんだか裏切り者になった気分だわ」セオドシアは言った。

「今度はなんだね？」ドレイトンが訊いた。彼は入り口近くのカウンターで、行方不明の鉄観音茶の缶を探して、床から天井まである棚を調べているところだった。一ポンド六十五ドルと高価なため、缶が小さいのだ。

「オーパル・アンを傷つけてしまったわ。わたしたちがドリーンを第一容疑者と見なしていると思いこんでるみたい」

「だが、実際そうではないか。残念ながら」

「ええ、それでもやっぱり、彼女の気持ちを傷つけるのは本意じゃないわ。すでに充分苦しんでいるんだもの」

「殺人事件を調べているのだよ」ドレイトンは言った。「感情で動いてもいいことはない。うむ、いったいあのお茶はどこに行った？」彼はフクロウそっくりの顔になって、鼈甲（べっこう）縁の半眼鏡ごしに棚をながめわたした。

「オーパル・アンからの情報で、ギルデッド・マグノリア・スパをボーと共同経営してる人もあやしく思えてきたわ」

「ほう？」

「なんでも、共同経営者のレジー・ヒューストンがスパのお金を着服しているらしいの」

「その、レジー・ヒューストンというのは誰なのだね？」ドレイトンは訊いた。

「お茶会でドリーンと同じテーブルだった男性。たしか、白いディナージャケットを着ていたと思う」

ドレイトンは背筋をのばした。「ああ、思い出したよ。いいジャケットだった。〈ドレイクス〉の茶色とクリーム色のペイズリー柄の蝶ネクタイを合わせていたっけな。とても粋な感じだった」

セオドシアは苦笑した。「蝶ネクタイの柄まで覚えてるの？」

「そこは普通、忘れないものだろう」

「わたしは覚えてなかった」

「きみの興味はべつのところにあるからな」ドレイトンは目を細くし、つま先立ちになって手を頭より上にのばした。「やれやれ、ここにあったか」彼はなかなか見つからなかったお茶の缶を手に取り、手で一回はずませた。「ようし、見つけたぞ」

「ドリーンを疑うなんてまったくの的外れだと、オーパル・アンは考えているみたい」

「そのとおりかもしれんな」ドレイトンは言った。「そのとおりであってほしいよ」

「ドリーンが犯人なら、ヘリテッジ協会には寄付が一セントも入らないから？」

「たしかに、入らないだろう。だが、ドリーンがご主人の死に関わっていると考えるだけでも胸が痛むのだよ」ドレイトンは首を少し傾けた。「きみは彼女が犯人だと思っているのかね？」

「いまのところ、そこまでの判断をくだせるほど、情報は集まってないわ」

「だが、どうやらレジー・ヒューストンについても調べる必要がありそうだ」ドレイトンは言った。「その高級スパとやらを訪れてみたらどうだね」

「そのつもり」セオドシアは言った。「ドリーンについても引きつづき調べる必要があるわ。まだ完全に疑いが晴れたわけじゃないし」

ドレイトンはため息をついた。「疑いが晴れるまでは、まともに眠れそうにないな」


午後のティータイムはかなりのんびりできそうだと思った矢先、ビル・グラスがどたどたと入ってきた。葉巻好きで、しょっちゅうガムをくちゃくちゃ噛んでいる無愛想な人物で、《シューティング・スター》という地元のゴシップ新聞を発行している。みんなその週刊タブロイド紙をよく思っていないが、パーティ、チャリティ舞踏会、あるいは豪華なバーベキュー・パーティを撮影した派手な写真が一面にでかでかと掲載されたときには、文句を言う人はひとりもいない。

「やあ、ティー・レディ」グラスが声をかけてきた。いつものように着古したカーキのジャケットにぶかぶかのスラックス、くたびれたブーツという恰好だった。首にはスカーフを巻いて、カメラを二台さげ、ラップサングラスを頭にのせていた。ヒマラヤ山脈をトレッキングするハイカーといかがわしい記者を足して二で割ったような感じだ。

「いらっしゃい、ビル」セオドシアは顔をあげもせずに言った。まともに相手をしなければ、出ていってくれるかも、と思いながら。けれどもグラスには、他人をいらいらさせる能力が生まれながらにそなわっているので、つかつかとカウンターに歩み寄り、セオドシアに向かってにかっと笑った。

「よう、例のネズミのなんちゃらってやつにあんたもいたんだってな。くわしい話を聞かせてくれよ」

「おことわり」セオドシアはドレイトンが隣で体をこわばらせたのを感じながら、せっせとポットにお茶を淹れた。

「いいじゃないか、そのくらい」グラスは言った。「現場にこっそり入れてもらえないか。あそこの女主人と親しいって聞いたぞ。ボー・ブリッグズの死の特集を組もうと思っててさ。ほら、読者ってのは風変わりなセレブの話に目がないだろ？　だからどうしても写真を撮りたいんだよ」

「だめだと言われるのがわかってるくせに、どうしていつも、そうやってねだってくるわけ？」

「だめっていう言い方がすてきだからかもな」

「ミスタ・グラス、あなたって本当に救いようがない人ね」

「それって褒め言葉だよな？　粘り強いって言ってんだろ？」

「そうじゃないってば」セオドシアは言った。「でも、たしかにあなたはぶれない人だわ。それは保証する」

「じゃあ、スコーンを一個もらえるか？」

セオドシアは両手をあげた。「いいわ。ただし、変なおねだりをやめること」

「テイクアウトにしてもらえ」ドレイトンがとげのある声で言った。

「そうね」セオドシアは言うと、ガラスのパイケースのふたを取った。「スコーンをあげるから、おとなしく帰ってちょうだい」

「ハニー」グラスはけたけたと笑った。「じゃあな」


「まったく、ジャッカルかハゲタカのようなやつだ」ようやくグラスがいなくなると、ドレイトンが言った。「死骸のまわりをうろついて、おこぼれにあずかろうとするとはな」

「痛ましい事件には本当に鼻のきく人よね」セオドシアは言った。「わたしたちがドリーンから調査を頼まれてるなんて絶対に知られたくなかったのに」

「誰から聞いたのだろうな」

「うーん……たぶん、ドリーン本人じゃない？」セオドシアは答えた。

ドレイトンは口もとに手をやった。「おそらくそうだろう。ドリーンはおしゃべりがすぎるからな。ビル・グラスとは話をしないよう、注意したほうがいいかもしれん」

「考えすぎかもしれないけど」セオドシアは言った。「グラスが訪ねていったら、ドリーンはこれ幸いとばかりに、胸のうちをぶちまけるんじゃないかと思うの」

8

二時十五分すぎ、入り口のドアがいきおいよくあき、上のベルがけたたましく鳴った。ミセス・ベックマンにお茶を注いでいたセオドシアも、お茶を飲みにきた女性グループの注文でディンブラ・ティーをポットに淹れていたドレイトンも、仕事の手をとめて入り口を見やった。

スターラ・クレインが内輪のパーティに現われた招かれざる客のように猛然と飛びこんできた。ぎらぎらした目で店内をなめるようにながめまわし、口をへの字に曲げ、眉間には怒ったようなしわがくっきりと刻まれている。不機嫌な顔をするのをやめなければ、あのしわはもっと深くなるだろう。

セオドシアはお茶を注ぎ終え、出迎えに急いだ。

「いらっしゃい、スターラ」とにこやかに言った。「午後のお茶を飲みにいらしたの？」

「あなたに話があるの。それも、大至急」きょうのスターラは、黒い革のトレンチコートを着て、ベルトをぎゅっと締めていた。襟ぐりと裾からあざやかな紫色のドレスがのぞいている。

「わかったわ」セオドシアはカウンターにティーポットを置くと、ドレイトンにお願いねと目配せした。「ついてきて。オフィスならふたりきりで話せるから」スターラに店内で大騒ぎをされてはたまらない。

セオドシアはするりとデスクをまわりこんで腰をおろし、それからスターラに正面の張りぐるみの椅子にすわるよう身ぶりで伝えた。

「お茶でもいかが？」

「けっこうよ」スターラは言った。「お茶は飲まないの。嫌いだから」

セオドシアはどうにか愛想笑いをつくろった。なるほど、そういうこと。上等じゃないの。さあ、あなたの言い分を聞かせてちょうだい。

スターラはセオドシアのオフィスのあちこちに目をやり、積みあがった箱の山、やわらかそうな麦わら帽子、お茶の専門誌、壁にかかっているリースを見てとった。

「あなたの腕がいいのはわかってる」スターラは口をひらいた。「でも、わたしだって自分の仕事には自信を持ってるの。だから、邪魔をしないでちょうだい」

「あなたの仕事の邪魔をした覚えなんかないけど」セオドシアは言った。

「ボー・ブリッグズの突然の死と、ギルデッド・マグノリア・スパの今後に関するプレスリリースはすでにまとめたわ」

「ええ」

「いまは、ミスタ・ブリッグズの葬儀を知らせるプレスリリースを作成しつつ、最終的にドリーンが社会に復帰するプランを練っているところ」

　セオドシアは椅子の背にもたれた。「なんだか、ドリーンが『風とともに去りぬ』のスカーレット・オハラよろしく、正式な喪に服すみたいな言い方をするのね。半年たったら、顔を全部隠さなくてもいい短めのベールに換えて、一年たったら社交の場に顔を出すようになるけど、それも身内のものだけにかぎる、みたいな」スターラの顔がむっとしたように引きつったのを見て、してやったりとばかりに忍び笑いを洩らした。

「あなた、わかってないようね」スターラは語気鋭く言い返した。「だったら教えてあげるけど、わたしはドリーンがギルデッド・マグノリア・スパの経営を引き継ぐよう後押しをしているの」

「本当なの？」セオドシアは言った。「本当に本当なの？　レジー・ヒューストンと協力して経営にあたるってこと？」

「そうよ。なにか文句でも？」

　セオドシアはカナリアをのみこんだ猫のようにほほえんだ。どうやら、オーパル・アンとスターラは情報を共有し合う仲ではないらしい。レジーが経営者として適任でなく、お金を勝手に使っている疑いがあることをオーパル・アンは話していないようだ。

「聞いた話では」セオドシアは言った。「財務上の不正がおこなわれているということだけど」

　スターラは唖然とした。「誰から聞いたの？　そんな悪意のある噂を広めているのは誰？」

「スパの会計事務所に確認してみたらいいわ。あ、そうか、あなたは役員じゃないから、そうすることはできないのよね。まあ、いずれにしても、州検事総長が帳簿の監査に乗り出す可能性は充分にありそうね」

「本気で言ってるの？」スターラはいきおいよく立ちあがった。「いまの話、どこで聞きつけたわけ？　誰から教わったのよ」

セオドシアは落ち着き払ったまなざしでスターラを見つめた。大声ではないものの、きっぱりした口調で言った。

「ミス・クレイン、わたしがなにに首を突っこむべきか、指図しようとは思わないことね。ドレイトンとドリーンのあいだに割って入るようなまねをすべきじゃないわ。それからもうひとつ、わたしの店に二度と足を踏み入れないでちょうだい」

スターラは両のこぶしをぎゅっと握り、怖い目でセオドシアをにらんだ。

「二度と来るもんですか」怒りのあまり、唾を飛ばさんばかりのいきおいで言った。「こんな店、悪趣味だし、とんでもなく時代遅れだもの！」

「ええ、いくらでも好きなように言ってくれてけっこうよ」セオドシアは立ちあがると、裏の路地に出るドアに向かった。「でもそんなにいやなら、いますぐ出ていったらどう？」そう言ってドアを乱暴にあけた。「裏口からどうぞ」

「スターラはどこに消えたのだね？」数分後、ドレイトンが訊いた。すでに夕方が近く、テイーショップはがらんとしていた。ヘイリーは厨房で忙しくしている。ドレイトンは入り口のところで立っていた。

「帰ったわ」セオドシアは答えた。ジャムとスコーン用ミックス粉がいっぱいに入った箱をカウンターに置いて、仕分けをしているところだった。そろそろ棚の商品を補充する頃合いだった。

「お茶は出してやったのかね？」

「いらないって断られた」

「では、彼女はなんの用事で来たのだね？」

「ドリーンとは距離を置いてほしいと言いにきたの」

ドレイトンはひきつけを起こしたように全身を大きく震わせ、セオドシアに顔をぐっと近づけた。

「彼女がそんなことを？　本当に？」そこまで言うと考えこんだ。「まったく何様のつもりなんだか」

「さあ」セオドシアは言った。「広報の重鎮様とか？」

「それで、裏口から叩き出したわけか」

「いけなかった？　野良猫みたいにわあわあ、きゃあきゃあとうるさかったんだもの」

ドレイトンは横目遣いににらんだ。「ドリーンのまわりには少々おかしな連中が集まっているようだな」

「ドレイトン、それは誰についても言えることだと思うわ」

セオドシアは箱を持ちあげて、ハイボーイ型チェストの横に置き、スコーン用ミックス粉をふたつ、棚に並べた。棚の品を数秒ほど見るともなく見つめたのち、オフィスに引っこんだ。朝からずっと、ライリー刑事に電話しなくてはと気になっていたのだ。もうこれ以上、先延ばしにはできない。殺鼠剤の件で話を聞きたかったし、聞かないではいられなかった。それよりなにより、捜査が順調に進んでいるのか、知りたくて知りたくてたまらなかった。せめて、ほんの少しでも進展していてほしい。

セオドシアはオフィスに入ると、ライリー刑事からもらった名刺を探し出し、番号をダイヤルした。数分ほどたらいまわしにされたあげく、ようやく本人と電話がつながった。

「前にもお会いしてますよね」ライリー刑事は開口一番、そう言った。「このあいだの土曜日より前に」

「あら、そうだったかしら?」セオドシアは言ったが、声ははずんでいた。あらためて、彼はとても魅力的な人だと思う。

「一度、インディゴ・ティーショップにお邪魔したじゃないですか。ティドウェル刑事と一緒に。お茶だけでなく、人生で最高においしいスコーンをいただきました。たしか、ココナッツとチェリーのスコーンだったかな。涙が出るほどおいしかった」

「きょうはリンゴのスコーンだったの」セオドシアは言った。「まだいくつか残っているはずよ」

「ミス・ブラウニング、そんなことを言われたら、いますぐパトカーに飛び乗って、回転灯をまわし、サイレンを鳴らしながら駆けつけたくなりますよ」

「お世辞でもうれしいわ、ライリー刑事」

「ピートです。よそよそしい呼び方はやめましょう。ピートでけっこう」

その調子、とセオドシアは心のなかでつぶやいた。「わかったわ、じゃあ、ピート、ボー・ブリッグズさんが摂取した毒の分析はもう終わったの？」

一瞬の間ののち、ライリー刑事は答えた。「予備検査は終了しました」

「きのう、ドリーンの家のキッチンで見つけた殺鼠剤が、ブリッグズさん殺害に使われたのと同じものかどうかも気になっているの」

「あれはお手柄でした。殺鼠剤を見つけるとは」

「ありがとう」セオドシアは言った。「自分でもびっくりしちゃったわ。だから、わかるでしょう？　なぜわたしが……」

「安心してください、ミスタ・ブリッグズは殺鼠剤で殺されたわけではありません」

セオドシアは驚くと同時に、少しほっとした。「じゃあ、飲んだのはほかのものだったのね？」

「たしかに、ミスタ・ブリッグズの体内から毒が検出されましたが、飲み物に入れられたわけではないんです」

「ちょっと待って」セオドシアは言った。「頭がこんがらがってきたわ。じゃあ、彼はどうやって……」

「Lピルというのを耳にしたことは？」ライリー刑事は訊いた。

「いいえ。普通、知っているものなの？」

「知らないほうが普通でしょう。少なくとも、そうであってほしいですね。冷戦時代、空軍がU－2型偵察機のパイロットにそいつを支給してたんです。ピルと言っても錠剤じゃなく、尖ったピンがついた金属製の小さな円盤状のものですが」

「どういうふうに使うの？」セオドシアは訊いた。「のみこむとか？」

「そんな単純な話じゃありません。ピンには致死量の青酸カリが仕込まれてましてね。撃墜され、捕虜となったパイロットは、ピンを肌に突き刺すよう命令されてました。なにしろ、スパイ行為をおこなっていたわけですから」

「うそでしょう？　本当にそんなものを支給していたの？　あまりに非人道的だわ。だって、要するに……自殺の薬（ピル）ってことでしょ。錠剤（ピル）ではないとは言え」

「空軍は、自国のパイロットがソヴィエト側の尋問に堪えられるとは信じてなかったんでしょう」

「ちょっと待って」セオドシアの頭が、壊れたジャイロスコープのようにぐるぐるしはじめた。「つまり、どういうこと？　ボー・ブリッグズさんは青酸カリを仕込んだピンを刺されたと言いたいの？」

「ええ、それが死因と思われます」

ライリー刑事の言葉がセオドシアの頭のなかを、轟音をたてながら通りすぎていった。

「なんだか、荒唐無稽な話だわ。まるで昔のスパイ小説みたい」

「ですよね？」ライリー刑事は言った。「しかし、もちろん、事実です。青酸カリを針で注入するのは、きわめて効率がいい。ものの十秒から十五秒で効果が現われるんですから。しかも、ほぼ確実に、息の根をとめられる」

その場にいた全員がまわりに集まって、なんとか助けようとするなか、ボーが燃えさかるテーブルセンターに向かって両腕を振りまわしていたときのことを振り返った。それから十秒か十五秒後、もしかしたら、もうちょっと長かったかもしれないが、彼の体がよろよろしはじめたんだった。そういうことだったのね。

「肌に毒を注入されたですって？」セオドシアは愕然としつつも、毒入りのお茶を飲んで死んだのではないと知って、少しだけほっとした。

「現時点では、いちおうそれが死因と見てます」ライリー刑事は言った。「しかし、ぼくは監察医じゃない。いまも毒物の専門家の協力のもとで分析がおこなわれているし、追加の分析もおこわれる予定です。なので、今後の結果によっては、当初の考えが変わることもあり得ます」

「これまでにも、似たような事件を扱ったことがあるの？」セオドシアは訊いた。

「一度もありません」

「そういうものはどこで手に入るのかしら。毒を仕込んだ針とか、その手のものは」

ライリー刑事はため息をついた。「それはなんとも。これから突きとめます。そういう業者とつながりがある人物か、情報を持っている人物を探します。ＦＢＩとインターポールのデータベースで毒物について検索してみましたが、たいした情報は得られませんでした。指名手配犯、指紋、ＤＮＡ、銃器、さらには放射性物質に関するデータベースはあるんですが、毒物となるとＫＧＢかロシアのマフィアがからんだ事件をべつとして、ほとんど情報がヒットしないんですよ」

「まあ」

「この件はどうか内密に」ライリー刑事は言った。「本来ならあなたにお話しするのもだめなんです。きのう、殺鼠剤を見つけてくれたことへの感謝の気持ちとして、お伝えしてるだけですから」

「でも、ボー・ブリッグズさん殺害に使われた毒は殺鼠剤ではなかったんでしょ」セオドシアはつぶやくように言った。

「ええ」

「それでも、ドリーンは容疑者リストからはずされないのよね」

「そういうことになりますね。でも、ここでの話はいっさい口外しないでくださいよ。重ねて言いますが、お話ししたのは、あなたがティドウェル刑事と親しいからです」

セオドシアはほほえんだ。「ええ、ティドウェル刑事はいいお友だちよ。ありがとう、ライリー刑事。正直に話してくれてうれしかったわ」

「ピートでけっこう。いずれ、あのおいしいスコーンを食べに、お店に寄らせてもらいます」

「お会いするのが楽しみだわ」

セオドシアは受話器を戻して、しばらく考えこんだ。ふうん。まったくべつの毒が使われたのね。まさか、そんな知らせを聞くことになるとは思ってもいなかった。犯人は男だか女だかわからないけど、とにかくかなり腕のたつ暗殺者という気がしてきた。セオドシアはかぶりを振って、顔をしかめた。完全に振り出しに戻ってしまった。


セオドシアがティールームに戻ると、ドレイトンは最後に残ったティーポットを片づけているところだった。

「ライリー刑事と話したわ」セオドシアは言った。

「刑事さんはなんと？　毒に関してあらたな情報があったかね？」

「あったけど、話すわけにはいかないの」

「いいから、言ってみたまえ」

「ちがう毒だった」セオドシアは言った。「ボーの殺害に使われた毒は殺鼠剤じゃなかったの」

ドレイトンの不安にゆがんだ顔がほぐれ、満面の笑みが浮かんだ。

「すばらしい。では、ドリーンの容疑は晴れたわけだ」

「早まらないで。ドリーンがご主人のティーカップにスプーン一杯の殺鼠剤を入れなかったというだけのこと。致死量の青酸カリを皮膚から注入した可能性はまだ残ってるんだから」

「なんだって?」

そういうわけで、セオドシアはLピルとU－2のパイロットについて、すべて話して聞かせるしかなくなった。

「なんとも恐ろしい」ドレイトンは言った。「だが、ドリーンがそんなことをするわけがない。できるはずがないじゃないか」

セオドシアはドレイトンをじっと見つめた。

「毒を注入するなんて、彼女にはむずかしすぎるから?」

「そうとも」

セオドシアは顔をしかめた。

「わかった。しばらく、きみの疑念につき合おう」ドレイトンは言った。「ドリーンがそんなことをしたとして、その理由はなんだね?」

「まず第一に、ボーはお金を湯水のごとく使っていた。そのお金の出所は、ドリーン自身の財産だった。それについてはドリーンも話してくれたし、そのあと、オーパル・アンからもそれを裏づける話を聞いたわ」

「ドリーンが本当にご主人を殺したのなら、なぜ、われわれを調査に引っ張りこんだのかね?」ドレイトンは訊いた。

「さあ。警察と真っ向から対決させるためとか？　わたしたちをまちがった方向に導くのが目的とか？　本当は並はずれて頭がよくて、人を操るのがうまいのかもしれないじゃない」

「どれもあてはまるようには思えんが」

「たしかに。じゃあ、こうは考えられないかしら。好き勝手にお金を使うボーに腹をたてたドリーンが、自分で手をくださず、人を雇ってやらせた」

「プロの殺し屋を雇ったと？」

「考えてもみて」セオドシアは言った。「ネズミのお茶会なんていう風変わりなテーマを選び、ケータリング業者を雇い、ネズミの扮装をさせるなんてことを考え出したのはドリーンなのよ」

「それはそうだが……」ドレイトンは言いかけて口をつぐんだ。セオドシアの言いたいことがわかりかけてきたのだ。

セオドシアは指をぱちんと鳴らした。「ケータリング業者がどこか突きとめなくちゃ。それと、ネズミの衣装をどこで借りたのかも。それがヒントになるかもしれない」

「すでに警察が話を聞いているとは思わんのかね？」

「そうかもしれないけど、警察はものすごく強引になりがちだもの」セオドシアは言った。

「きみがさりげなく話を聞き出すのとは大違いというわけだ。本気で調査にかかったときのきみは、じつに有能だからな」ドレイトンはいったん口をつぐんでからつづけた。「今夜、ドリーンの家を訪ねてみるよ」とおずおずと言った。「いくつか質問をして、ケータリングなどを請け負った業者を聞き出してみよう」

「助かるわ。でも、気をつけて」

ドレイトンは顔の横に手をやった。「きみの話からすると、テーブルセンターから煙があがったのが、文字どおり、犯行の煙幕となったようだな」

「みんなの目が完全にそっちに向いちゃったもの」

「ボーのテーブルの近くに何人いたか覚えているかね？ 挨拶していた人たちがいただろう？」

「たしか、十人ちょっとはいたんじゃないかしら」

「ボーは人気者だからな」

セオドシアは首を横に振った。「人気者だった、よ」

日本のお茶会

テーブルセッティングは禅の精神にのっとって、飾り気のないものにします。日本の盆栽、一本立ちの美しい蘭、あるいは卓上噴水を飾るとよいでしょう。小さなキャンドル、漆塗りのお盆、竹でできたランチョンマット、それに手びねりのお皿やお椀があれば、雰囲気がぐっと増しますよ。あなたもお客さまも冒険が好きなら、料理はエビの天ぷらにほかほかのごはん、またはお寿司を添えて。テーブルに置いた火鉢で串に刺したホタテや鶏肉をグリルするのもいいですね。洋梨のコンポートとアーモンドクッキーなら、シンプルでありながら、とてもすてきなデザートになります。お茶は日本の上等な緑茶である玉露がお勧めですよ。

9

アール・グレイは理想的なルームメイトだと、セオドシアは常々思っている。煙草は吸わないし、ボリュームをめいっぱいあげて音楽を聴いたりしないし、テレビのリモコンを独り占めすることもない。それも当然。アール・グレイは犬なのだから。ある雨の降る夜、この愛らしい雑種犬はインディゴ・ティーショップの裏の路地にうずくまっていた。セオドシアは拾いあげて食べ物をあたえ、世話をし、愛情を注いだ。

いまやアール・グレイはセオドシアの人生になくてはならない存在となった。ボーイフレンドとは出会いがあり、別れがあった。未練を残しながら別れた人もいれば、なにがなんだかわからないうちに縁がなくなった人もいた。けれどもアール・グレイは、セオドシアの心にも家にも確固たる地位を占めている。

家と言えば、それも自慢のひとつだ。数年前、セオドシアは思い切って家を持つことに決め、チャールストンの歴史地区にある、いっぷう変わった小さな一軒家を購入した。

これがもう本当にすてきで、伝統的なチューダー様式の英国風コテージは左右非対称のつくりで、屋根には茅葺(かやぶ)きを模したざらざらしたシーダー材のタイルが貼ってある。アーチ形

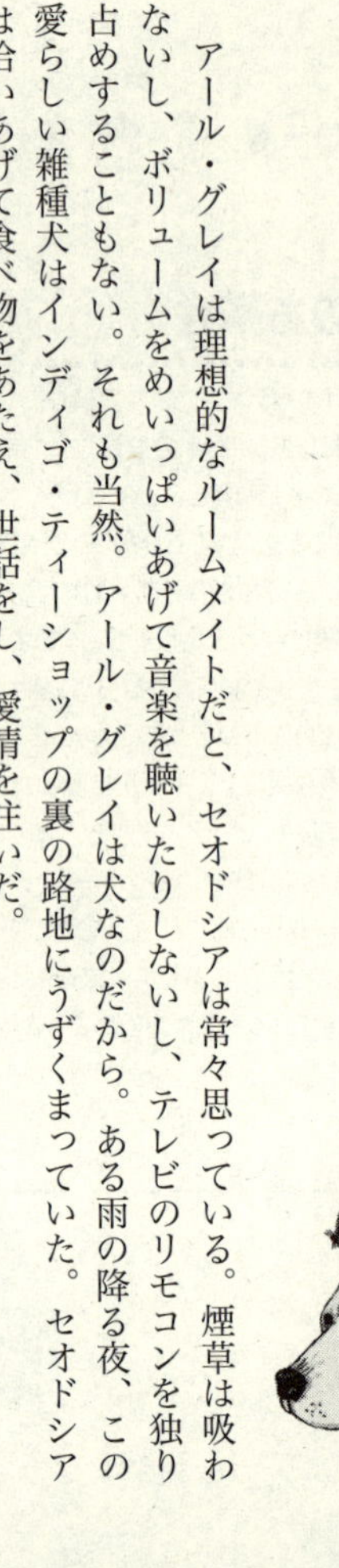

のドア、交差切妻屋根、小塔が正面を飾っている。そして青々としたツタの蔓が壁面を上へ上へとのびている。

なかはとても住み心地がいい。玄関ホールは煉瓦の床、ハンターグリーンに塗った壁、アンティークの真鍮の燭台が目を惹く。居間とダイニングルームの天井は梁見せ天井、床は磨きあげたフローリングだ。以前から持っていた更紗やダマスク織りをあしらった家具、紺と金色のオービュッソン絨緞、アンティークのハイボーイ型チェスト、それに趣味のいい油彩画が申し分のない雰囲気を添えている。

澄んだ茶色の目で見つめるアール・グレイに気づいて、セオドシアは言った。

「そうよ、走りに行きましょうって言ったじゃない」フリースのパーカを身に着け、靴ひもを結んでいるところだった。

アール・グレイは昂奮したようにしっぽをぱたぱたさせた。

「準備はいい？」

愛犬はいきおいよく立ちあがった。

ふたり一緒にキッチンを駆け抜け、勝手口から外に出ると、裏の路地を走り出した。あたりはすっかり暗く、玉石を敷きつめた道を慎重な足取りで走った。やがてコンコード・ストリートに出ると、ひんやりとした風が磯のにおいと果てしなくつづく海の存在を感じさせるように、チャールストン港のほうから吹きつけてきた。

半島の先端にある緑豊かなホワイト・ポイント庭園まで行くと、チューリップとクロッカスが湿った土から顔を出しはじめていた。かつて無法者の海賊たちが絞首刑に処された場所には、古い大砲が歩哨（ほしょう）のように置かれている。霧が渦を巻くように漂い、あたりが幽玄な雰囲気に包まれるなか、波打つ港のはるか遠くから、もの悲しい汽笛が聞こえてきた。

アール・グレイがリードを強く引っ張った。打ち寄せる波に脚を洗われながら、濡れた砂と牡蠣（かき）殻からなる砂州（さす）を歩きたくてしょうがないのだ。セオドシアは以前、砕けた貝殻に埋もれた古いサメの歯を見つけたことがあるが、それはもう二十年も前のこと。いま、チャールストン界隈にいるサメと言ったら、三つ揃いのビジネススーツを着た、資産家の世襲議員くらいなものだろう。

四十五分後、セオドシアとアール・グレイはミーティング・ストリートをゆっくり歩いていた。ジョギングはほとんど終わり、クールダウンがわりの散歩は、大きなお屋敷や黄色い光の輪を落とす錬鉄の街灯のおかげで目の保養にもなってくれる。

セオドシアとアール・グレイが自宅の裏口に飛びこむと、電話が鳴っていた。

セオドシアは受話器を取りあげた。「もしもし？」

「ちょっと頼まれてほしいのだが」ドレイトンの訴えるような声が答えた。

セオドシアは手からリードを放し、アール・グレイの首輪をはずしてやった。

「どうかした？　誰か困っている人でもいるの？」

「わたしが困っているのだよ。いま、グルエンウォルド・ブラザーズ葬儀場に来ていてね」

「どうして葬儀場なんかに？」セオドシアは冷蔵庫をあけてミネラルウォーターを出し、扉を足で蹴って閉めた。キャップをひねってあけ、二度ほどごくりと音をたてて飲みながら、ドレイトンが説明してくれるのを待った。

「わたしにもよくわからないのだよ」ドレイトンはぽつぽつと話しはじめた。「ドリーンの家で焼きすぎのクラブケーキを食べていたはずが、ふと気がつくと、葬儀場の地下室で、アルハンブラ・モデルとかいうブロンズの醜悪な棺(ひつぎ)の長所について話し合っていたというわけだ」

「つまり、品定めをしているわけね？」

「そういうことだ。しかし、完全に暗礁に乗りあげてしまったのだよ」

セオドシアはひとことも発しなかった。

「聞いているかね？」ドレイトンは訊いた。

「ええ」セオドシアはもうひとくち水を飲んだ。「なにがあったの？　みんなの意見が合わないとか？」

「セオ、いつもならこんな大変なことをきみに押しつけたりはしないのだが、今夜はどうしてもきみの助けが必要だ」

「そこへ行って、棺を選ぶ手伝いをしろということ？」

ドレイトンは声に心苦しさをにじませた。「ここへ来て、理性的な判断をくだしてもらえないだろうか」

シャワーを浴びてさっぱりとし、黒いスラックスと淡褐色の軽いスエードのジャケットというジョギング用ではない服に着替えたセオドシアが、グルエンウォルド・ブラザーズ葬儀場の前に車をとめたところ、なかに人がいる様子はまったくなかった。

愛車のジープのなかから葬儀場の外観をとっくりながめた。むやみやたらと大きくて、幽霊でも出そうな雰囲気を醸している。『アダムス・ファミリー』に登場する執事のラーチが管理人をするのにぴったりだ。でなければ、受付係でもいい。

けれども、正面のドアをノックしたところ、応対に出た受付係はウェーブのかかった茶色の髪と明るい笑顔が特徴の、小太りの中年女性だった。

「ブリッグズさんのお連れの方ですね?」女性が訊いた。

「そうです」セオドシアは答えた。

「どうぞお入りください」女性がドアをあけると、品よくまとめられた灰色の内装が見えた。灰色の椅子、灰色のカーペット、灰色の壁紙。唯一、人目を惹く存在は、ふたつの大きなブーケで、ひとつは受付のデスクに、もうひとつはサイドテーブルの上に置かれていた。どちらも一般的な葬儀用の花——気品あるカーネーションと素朴なユリ——が使われている。

「ショールームは地下になります」女性は言いながら、セオドシアをあとに従えて曲がりにくい角をまわり、細くて長い階段へと案内した。「ここです」女性はドアの前で足をとめ、にっこりほほえんだ。棺を選ぶのはこの世でいちばんすてきなことだと言わんばかりに。実際、この女性にとってはそうなのだろう。

　グルエンウォルド・ブラザーズ葬儀場のショールームに足を踏み入れたセオドシアは、一九七〇年代の地下の娯楽室のようだと思った。安っぽい羽目板張りの壁、ベージュの屋外屋内兼用カーペット、丸い突起装飾のある赤いガラスのランプ。けれども、定番のテーブルサッカーの台はなく、かわりに二十個以上の棺が並んでいた。金属の台にのったそれらが、白い天井パネルに埋めこまれたスポットライトの光を受けて、不気味に光っていた。

　ドレイトンがセオドシアの姿を認め、急ぎ足で近づいた。「セオ。来てくれたのだね」

「仕方がないもの」セオドシアはぼそぼそと言った。見まわすと、おなじみのメンバーの顔があった――ドリーン、オーパル・アン、チャールズ、そしてスターラ。四人ともすわり心地の悪そうな、葬儀場の折りたたみ椅子に腰かけ、不機嫌そのものの顔をしている。見覚えのないふたりも一緒にすわっていた。

「あのふたりはどなた？」セオドシアはドレイトンに訊いた。

「ご近所さんだ。ハニーとマイケルのホイットリー夫妻だよ」

「なぜ来ているの？」

「さあ」

「で、暗礁（デッドロック）に乗りあげてるという話だったわね」セオドシアはずらりと並んだ棺を見やった。彼女の目にはどれもほとんど同じに見える。たしかに、装飾が安い真鍮ではなくシルバーを使っている棺もいくつかあるが、どれも基本的な用途は同じだ。死者をおさめ、土に埋める。薄情な言い方かもしれない。でも、それが否定しようのない厳然たる事実だ。

「死んだ(デッド)とは悪趣味な」ドレイトンは言った。「だが、そのとおりだ。見てのとおり、どの棺にするか意見がまとまりそうにないのだよ」

「ドリーンの様子は?」

「訊いてくれるな。どん底まで落ちこんだままだ」

黒い三つ揃いスーツのずんぐりした男性が、大股でセオドシアに歩み寄った。

「こんばんは」男性は声を押し殺して言い、肉づきのいい手を差し出しながら、悲しげな笑顔をつくろった。「フランク・グルエンウォルドと申します。ここを経営しているグルエンウォルド兄弟のひとりです」

「みなさん、にっちもさっちもいかなくなっているようね」セオドシアは言った。漠然とした言い方をしても意味はない。さっさと要点に入ったほうが、それだけ早く家に帰れる。

グルエンウォルドはオーパル・アンとスターラを目顔でしめした。ふたりはなにやら激しく言い合っていたが、その大半は威嚇するか、わめくかするだけだった。

「若いご婦人おふたりが張り合っておいでのようでして」

そのとき、ホイットリー夫妻が椅子からいきおいよく立ちあがり、セオドシアに挨拶しようと小走りで近づいてきた。

「ハニー・ホイットリーとマイケル・ホイットリーです」夫のほうがグルエンウォルドと同じ、押し殺した声で名乗った。「ドリーンの家のすぐ隣でB&Bを経営しています。〈スカボロ・イン〉という名前の」

「そうですか」セオドシアは言った。「はじめまして」ホイットリー夫妻はふたりとも五十歳前後だろうか、丸々とした体型で、いかにも裕福そうに見える。妻のハニーのほうは蜂蜜色の髪と、フロリダのパーム・ビーチで焼いたような小麦色の肌をしていた。夫のマイケルはシアサッカー地のスーツを着ていて、見たことがないほど真っ白な歯をしていた。

「当然ながら、ドリーン、オーパル・アン、チャールズ、それにスターラとは親しいわけだ」ドレイトンが言った。

スターラがぱっと振り返り、ぎらぎらした目でセオドシアをにらみつけた。「なんであの人がいるわけ？」殺人鬼フレディ・クルーガーの映画かと思うほど恐ろしい声で尋ねた。

「わたしが呼んだのだよ」ドレイトンが言った。「そうすれば、ミスタ・ブリッグズを見送るのにふさわしい品位と威厳のある議論になるだろうと思ってね」

スターラは毒液を吐き出そうとするコブラのような声を洩らした。オーパル・アンはほほえんだだけだった。

セオドシアは内輪の揉め事がヒートアップしているところに入りこんだのを気まずく思い、咳払いをしてから口をひらいた。「みなさんで検討して、いくつかの候補に絞りこんだんですよね？」

オーパル・アンがすかさず答えた。「わたしはあまり派手でない、ランスロット・モデルがいいと思うんです。灰色で仕上げてあるので、格式があって洗練されて見えるもの」

「そんなのだめよ、絶対にだめ。もっと豪華な感じのものでなくちゃ」スターラはいきおいよく立ちあがり、これからマーケティングに関する重要なプレゼンをおこなうかのように、他の面々と向かい合った。「ふたつのテレビ局といくつかの新聞社を説き伏せて、木曜日のお葬式を取材してもらうことになってるのよ。だから、うんと見映えのするものにしないと。たとえばもっと……そうねえ……威厳を感じさせる棺がいいわ」

フランク・グルエンウォルドが顔をくしゃくしゃにして笑った。

「それはまさしく、ペンダガスト・モデルのことでございますね」彼はそう言って、磨きあげた真鍮の飾りがついた、黒光りする棺に歩み寄った。商品の値段を当てる『ザ・プライス・イズ・ライト』というテレビ番組で、ポップアップルーフのキャンピングカーを紹介するモデルのように、棺に向かって腕をひと振りした。

「どう思う？」ドレイトンがドリーンに尋ねた。「わ、わ、わたしは……」

ドリーンは背中を丸め、首を横に振った。

ドレイトンは彼女の腕を軽く叩いた。「いいんだよ、わたしたちで決めるから」

「あたしはやっぱりアルハンブラ・モデルが断然すてきだと思うわ」ハニー・ホイットリーが言った。

「それで、みなさんが歩み寄れる見込みはあるんでしょうか？　意見が一致する可能性は？」セオドシアはずらりと並ぶ無表情な顔を見やり、まったくなんてことに首を突っこんでしまったのかしらとあきれ返った。この人たちが国連の代表団でなくて本当によかった。

ひとりが不承不承折れるまで、世界がめちゃくちゃに崩壊し、炎上し、爆発して渦巻くガスと化してしまうわ、きっと。「洗練されていると同時に、威厳を感じさせる棺を選べばいいのね」そこでグルエンウォルドを振り返った。「そういうのも置いているんでしょう?」

グルエンウォルドは顎の下に手をやり、懸命に考えこむふりをした。「そう言えば、たいへん気品にあふれたエクセターというモデルをご用意しています。ビジネスマンの方がよく選ばれますね。ひじょうに見た目がよく、いい素材を使っております。節のあるチェリーウッドにプリーツを寄せた布。なかが広々していて、贅沢な一品です。いまは展示しておりませんが、倉庫に保管しております」

「見せてもらいましょうよ」セオドシアは言った。「だって、かまわないわよね?」

一行はショールームを出ると、狭い廊下を進んで、みすぼらしい倉庫に入った。天井が低く、照明が薄暗いこの部屋に、棺が三段か四段ほど、積みあげられていた。なぜだかわからないが、セオドシアはその昔に見た、古い地下の納骨堂を思い出した。たしか、ローマかパリの細い路地の地下深くに造られていたものだと思う。

「これがエクセターでございます」グルエンウォルドはまたも腕を振りながら言った。

全員の目が棺に注がれた。翼を広げた鳥の形の真鍮の飾りがついている。もしかしたら、鳥ではなく、ずんぐりした魚かもしれない。

「なかを見せてもらってもいいでしょうか?」オーパル・アンが訊いた。

グルエンウォルドはうなずいた。「もちろんですとも」彼は掛け金をはずし、大げさな身振りでふたを持ちあげた。ふたがあがってピンク色の豪華な内部が見えはじめると、蝶番が小さくぎしぎしといい、全員が思わず身震いした。グルエンウォルドは気づかないふりをしていた。「ごらんのように、エクセターは内張に上等なキルティングを使っております」

「素材はシルク？」スターラが質問した。

「いえ、そうではございません」グルエンウォルドは言った。「ポリエステル混ですが、ひじょうにいい品質のものを使っております」

「なかなか豪華ではないか」ドレイトンが言った。「これなら折り合えるのではないかと思うが」

「ドリーン？」セオドシアは声をかけた。

「わ……わ……わたし……」

「追加料金なしで繻子の枕をおつけできますよ」グルエンウォルドが持ちかけた。

全員が黙りこんだのを見て、セオドシアはさっそく話をまとめにかかった。

「では、みなさん、異論はないわね？　全員一致でエクセターに決定でいい？」

この暗い穴から逃げ出し、生者がいる上の階に戻りたくて、みんな〝イエス〟と言うはずだ。実際、そのとおりになった。ドリーンがぼろぼろと涙を流し、ときにしゃくりあげながら、アメリカンエキスプレスのカードを出してグルエンウォルドに渡した。

一階のロビーに戻ると、セオドシアはオーパル・アンと声をひそめて話をした。ホイットリー夫妻に対し、どうにも釈然としないものを感じていたのだ。夫妻がなぜ今夜来ているのかさっぱりわからなかったし、わかっている人はひとりもいないようだった。オーパル・アンからいきさつを聞いてみようと思ったのは、この場にいるなかで彼女がいちばん、冷静に思えたからだ。

「あらためて訊くけど、ホイットリーご夫妻は何者なの？」

「母の家のすぐ隣にある、〈スカボロ・イン〉のオーナーです」オーパル・アンは答えた。

「じゃあ、ホイットリー夫妻とは家族ぐるみのつき合いなのね？」

オーパル・アンは手を前後に振り動かした。「まあ、そうですね。あのご夫婦が母と友だちづき合いをするようになったのは、母の家を買いたいとはじめて申し出たときからなんです」

その話は初耳だった。「それっていつのこと？」

「そうねえ、数カ月前だったかしら」オーパル・アンは言った。「ハニーとマイケルはとても商売がうまいんです。母からカルフーン屋敷を買ってB&Bにすれば、すでに持っている宿と合わせて、歴史地区に客室として使える部屋が増えると踏んでいるんでしょう」

「本当にそうなるのかしら？」

「確実にねらってくるでしょうね」オーパル・アンは腕時計に目をやった。「すみません、もう出ないと。デートなんです」彼女は沈んだ笑みを浮かべた。「すっかり待たせてしまったわ」

「ドリーンの家だけど」オーパル・アンにはまだ帰ってほしくなかった。「本人に売る気はないんでしょう？」

オーパル・アンは肩をすくめた。「わたしにはなんとも。今夜、母は棺ひとつ選べなかったんですよ。父のお葬式でオルガン奏者にどんな曲を弾いてほしいかもわかってないと思います」そこでため息をついた。「いまなら、ありとあらゆるものが売りに出されてもおかしくないわ」

ふたり並んでひんやりした夜のなかに出ていきながら、セオドシアはぼんやりと考えていた。もしかして、そのなかにギルデッド・マグノリア・スパも含まれるのだろうか。

10

「ファーマーズ・マーケットに寄ってきたのだね」

セオドシアがピンク色のチューリップを腕いっぱいに抱えているのを見て、ドレイトンは言った。

「ゆうべ、さんざんな思いをしたから、気分を明るくしたくなったの」セオドシアは説明した。

「手伝おう」ドレイトンは三束取って、カウンターにそっと置いた。「助けに駆けつけてくれたこと、あらためて礼を言うよ」

「たいしたことじゃないわ」

「いやいや、たいしたことだとも。いともやすやすと問題を解決してくれたではないか」

「ホイットリー夫妻って、ちょっと変だと思わなかった?」

「変とはどういう意味だね?」ドレイトンはきょう使う色とりどりのティーポットとキルト地のポットカバーを集めているところだった。「ああ、そうか。シアサッカー地のジャケットをデビューさせるには、少々時期が早いという意味だな」

「そうじゃないわ。ホイットリー夫妻はドリーンの親友には見えないという意味」セオドシアは言った。「ゆうべは、勝手に押しかけてきたという感じだったもの」

「心の支えになれればということで同行を申し出たとしか聞いていないが」

「ホイットリー夫妻がドリーンの家を買おうとしている点が気になるのよね」

ドレイトンは顔をしかめた。「それは初耳だ。本当なのかね？　ドリーンからはそんな話はなにも聞いていないぞ」

「ゆうべ、オーパル・アンがくわしく話してくれたの。どうやら、ホイットリー夫妻は自分たちのB&Bという帝国を拡張しようとしているみたい。ドリーンの家を買ったら、歴史地区で一目も二目も置かれる存在になれるもの。あるいは、それに近い存在に」

「そう言われると、なんとなくあやしく思えてくるな」ドレイトンは言った。

「でしょ？　ホイットリー夫妻はネズミのお茶会にお客として来ていただけじゃなく、ドリーンやボーと同じテーブルを囲んでいたのよ」

「なんだかぞっとしてきたよ」ドレイトンは言った。「突然、どこからともなく、あらたな容疑者が現われたという感じだ」

「正確に言うならふたりの容疑者ね。共謀して、ドリーンに家を売るよう働きかけてるんだもの」

「警察はホイットリー夫妻の存在をつかんでいるのだろうか？」

「なに言ってるの？」セオドシアは言った。「わたしたちだって、ゆうべはじめて夫妻の存在を知ったのよ」

ドレイトンが忙しくお茶の準備――一日の始まりにふさわしいオーキッド・プラム・ティーとバニラ・チャイ――をするかたわら、セオドシアは戸棚からシェリーの花柄のティーカップを出した。

「いいカップだ」ドレイトンが言った。「きょうは特別なお客さままでもいらっしゃるのかな？」

「お店にいらっしゃるお客さまはみんな特別な存在よ」セオドシアはほほえみながら言った。

「たしかにそうだ」

「ヘイリーの様子を見てくるわね」セオドシアは言った。「そのあと、オフィスからクリスタルの花瓶を取ってくるわ。あとの準備をお願いしてもいい？」

「まかせたまえ」

「ヘイリー？」セオドシアは呼びかけた。「いるの？」厨房に足を踏み入れるなり、顔の前で手を振った。「湯気がすごすぎて、あなたの姿がほとんど見えないわ」

「レンズ豆のスープをつくってるからよ」ヘイリーが言った。「骨のスープにしようかと思ったけど、それだとお客さんがみんな怖がって帰っちゃうかなと思ったんだ」

「いい判断だわ。そういう流行の先端をいく料理は、トレンディなレストランにまかせておけばいいの」

ヘイリーは口をゆがめて笑った。「この店はそうじゃないってこと？　トレンディな店じゃないの？」

「わたしとしてはコンフォートフード革命の最前線にいるつもり」セオドシアは言った。

「誰もが幸せで温かい気持ちになれるスイーツと料理を出す店よ」

「じゃあ、きょうのラインナップは気に入ってもらえると思うな」

「教えて」

「レーズンのスコーン、クランベリーのブレッド、バナナのマフィン」

「ランチは？」

「シトラスのサラダ、レンズ豆のスープ、マッシュルームのキッシュ、それにイチゴとクリームチーズのティーサンドイッチ。デザートにはリンゴとナッツのスクエアケーキにピーナッツバターのクッキーを用意したわ」オーブンのベルがチーンと鳴り、ヘイリーは腰をかがめ、バナナのマフィンがのった焼き皿を出した。「どう？」

「すでに忘却の世界に誘いこまれた気分よ。毛布を出して、昼寝をしたくなっちゃった」

ティールームに戻ると、お客が何人か、朝いちばんのお茶を飲みにぶらりと入ってきた。セオドシアは熱々のお茶が入ったポットと焼きたてのスコーン、華奢(きゃしゃ)な室内履きの形をした小さなガラスの容器にクロテッド・クリームをたっぷり盛りつけたものを運んだ。

切りたてのレモンのスライスを取りにカウンターに入ると、ドレイトンが声をかけてきた。

「ちょっと訊きたいのだが。犯人が誰にしろ、なぜボーを殺したいと思うのだろう？　ちょっと考えてみようではないか」

「以前、新聞で読んだことがあるわ……あるいは、インターネットだったかもしれないけど……犯行の動機に関する記事を」セオドシアは言った。「とにかく、それを書いたＣＩＡの専門家によれば、重大犯罪につながるおもな動機は三つあるんですって」

ドレイトンは片方の眉をあげた。「その三つとは？」

「復讐、政治思想の違い、そしてお金」

「ボー・ブリッグズはとりたてて政治に熱心というわけではないから、復讐か金のどちらかということになるな」

「遺言に関してなにか噂はないのかしら。古いことわざにあるでしょ——遺言のあるところに親族がある、とか（「意思のあるところに道はひらける」のもじり）」

「それについてはドリーンに訊いてみたよ」ドレイトンは言った。「彼女がすべて相続するそうだ」

「だって、もともと彼女のものでしょ」セオドシアは言った。「カルフーン屋敷を購入したのも彼女のはずだし、彼女が財布のひもを握っている、というか握ろうとしていたわけだし。だから、ドリーンがいちばんの相続人なのは当然だわ」

「では、ボーが殺害されて利益を得る者は誰もいないわけだ」

「そうは言ってないわ。利益を得る人だって何人かはいるもの」セオドシアは指を折りながら、ひとりひとりあげていった。「ドリーンは財産が大きく目減りするのをくいとめられるわけだし……」

ドレイトンは顔をしかめた。「その話はもういい。ほかには？」

「オーパル・アンの話を信じるなら、共同経営者のレジー・ヒューストンがあげられるわね。ボーがいなくなったいま、スパの経営を独占するつもりじゃないかしら」

「なるほど」

「さらにホイットリー夫妻も登場してきた」

「ひとり身となったドリーンが、古いお屋敷でひとりで暮らすのを望まないのではないかと考えたわけだ」

「そういうこと」セオドシアは言った。

「復讐の線に話を移すが」ドレイトンは言った。「何者かがボーに仕返しをしようとした線はあると思うかね？」

「ボーに腹をたてたのだとしたら、原因はかなり深刻なものでしょうね。重大な個人的、または金銭的な理由だわ。ドリーンからはそういう話はいっさいなかったけど」セオドシアはカウンターを指でこつこつ叩いた。「もっとも、あの人は本当になにも知らないのかもね」

「きょう本人が来るから、直接訊くといい」

「待って。ドリーンがここに来るの？」

「朝早く、きみが店に来る前に電話があったのだよ。昨夜、いろいろ世話になったからお礼を言いたいそうだ。それに、きみに頼まれたリストを持ってくると言っていた」

「電話の声はどうだった？」セオドシアは訊いた。

「びっくりするほど落ち着いていたよ」

「それを聞いて安心したわ」


火曜の午前中はお客と電話の応対であわただしく過ぎていき、セオドシアの頭もフル回転をつづけていた。テイクアウトのスコーンを袋詰めしたり、ランチの予約を書きとめたりする合間に、こう言った。「いくら考えても、けっきょくネズミのことに戻っちゃうわ、ドレイトン。ほら、ケータリング業者から派遣された、かぶりものをしたウェイターたちよ」

「クリスピンズ・ケータリング」ドレイトンが言った。「それがドリーンが使った会社だ。ゆうべ、彼女がそう言っていた」

「一列に並んだウェイターが刑事さんから話を聞かれているとき、いかにも不安そうな顔をしていた人がいたのよね」

「ブロンドの髪をつんつん立てた若者のことかな？」

「そう、その人」

「彼が事件に関与していると思うのかね？」

「そうじゃないわ。警察はきっちり調べたうえで、解放したと信じてるもの。でも、なにか見たかもしれないし、怖くて話せないだけかもしれないじゃない？」セオドシアは少し考えてから先をつづけた。「ケータリング会社に寄って、あの日、派遣されていたのは誰か、突きとめないといけないわね」

「すぐにも訪ねるつもりかね？　会社はイースト・ベイ・ストリート沿いにあるが」

「そうねえ」セオドシアは腕時計に目をやった。「二十分ほど抜け出すけど、ランチの時間には充分間に合うよう戻るわ」


お客がぞくぞくと訪れ、そのなかにデレイン・ディッシュの姿もあった。デレインは大のお茶好きで、目立ちたがり屋、そして〈コットン・ダック〉というブティックの経営者でもある。

「セオ」デレインはいつもの甘ったるい声で呼びかけた。「すっごく上等なシルクのワンピースが入荷したので、あけてみたんだけどね、そのなかに体にぴったりしたトップスとふんわりしたフレアスカートのミントグリーンのワンピースがあったの。あなたの鳶色の髪にばっちり合うと思うわ」

セオドシアはデレインのテーブルの横で足をとめた。「ワンピースなんてめったに着ないもの」メンズライクなスラックスにロゴ入りTシャツみたいな、ティールームのなかを走りまわるのに適している服のほうが断然好みだ。

けれども、デレインはノーと言われてもめったに引きさがらない。

「とにかく、試着だけでもしてみてよ、セオ。まじめな話、男の人ってワンピースを着た女の人が好きなんだから」そこで上品にお茶を口に含み、セオドシアにいたずらっぽい目を向けた。独身なんだからと、暗に伝える目つきだった。「そうそう、土曜日に悲惨なお茶会に出てたって聞いたわよ」デレインは口もとを押さえた。「ひどい目に遭ったそうじゃない」

「たしかに悲惨だったわ」セオドシアは言った。「お茶会のことじゃなくて、ああいう結末になったことがね」

「ドリーン・ブリッグズはものごく楽しいものにしようとがんばったんですってね。お友だちのイヴォンヌ・カタルドもあのお茶会に出てたんだけど、ネズミの恰好をしたウェイターがおもしろかったし、テーブルセンターも死ぬほどすてきだったと言ってたわ」

「その表現もあながち的外れとは言えないわね」セオドシアは言った。「中央テーブルのテーブルセンターに火がついて、その数分後にボー・ブリグッズが倒れたんだもの」

「ふうん、でもテーブルセンターが原因じゃないんでしょ」デレインは鏡を出して、口紅が落ちていないか確認した。

「ええ。即効性の毒を注入されたらしいわ」

デレインはいそいそと髪に手をやりはじめた。毒という言葉でテンションが一気にあがったらしい。

「納入した花屋さんの名前は耳にしてないの？」デレインは訊いた。

「残念ながら」セオドシアはボーの突然の死を気の毒にも思っていないデレインの様子に腹がたった。「でも、お茶会の準備を手伝ったスターラ・クレインという名前の女性がいるわ。

その人なら愛用の名刺ホルダーで花屋さんの名前と電話番号を管理しているはずよ。〈イメージ・ファクトリー〉というPR会社をやってる人なの」

「電話してみるわ」

セオドシアはひとりほほえんだ。「うまく聞き出せることを祈るわ」

「そうそう、金曜の夜におたくで開催するキャンドルライトのお茶会に、あたしの名前もちゃんと入れておいてちょうだいよ」デレインは言った。

「来られないとばかり思ってたのに」

「来るに決まってるじゃない」デレインは言った。「彼氏と一緒にね。だって、セオ、あなたのお店の特別なお茶会はどれもひと言では言い表わせないくらいすばらしくて、あたしとしてもできるかぎり支援したいと思ってるのよ」彼女は抜け目なさそうにほほえんだ。「だから、あなたのほうもうちの次のイベントにちゃんと来てよね」

「え?」セオドシアは言った。イベントってなんのこと? わたし、なにか忘れてる? 招待されておきながら、頭から完全に抜け落ちちゃったとか?

「キャット・ショーのこと」デレインは椅子にすわったまま向き直り、すみれ色の目をぎらぎらさせた。「カロライナ・キャット・ショーを忘れたなんて言わせないわ」

「デレイン……」セオドシアはほとんど言葉を失っていた。「わたしが飼ってるのは猫じゃなくて犬なのよ。忘れたの?」

デレインは首を横に振った。「そんなの関係ないでしょ。あたしは猫を二匹飼ってるし、イベント全体の責任者なの。だから、あなたも来なきゃだめってこと」

クリスピンズ・ケータリングはクーパー川のほど近く、イースト・ベイ・ストリート沿いに建つ、真新しい会社だった。デレインとの舌戦とも言えるおしゃべりのあとだけに、店の外に出て新鮮な空気を胸いっぱい吸いこむのはとても気分がよかった。まったく、デレインという人はセオドシアの知るかぎり、もっとも高飛車で横暴な人だ。たしかに、地元の活動にとても熱心で、これまでに慈善活動として、何百万ドルという寄付金を集めている。いわば表裏一体ということだ。

クリスピンズ・ケータリングは路面店で、正面のウィンドウいっぱいにはずむような赤い文字（クリスピンズ・ケータリング——マカロンとオペラケーキが自慢の店）が躍り、明るい黄色のひさしがついていた。足を踏み入れたとたん、〈クリスピンズ〉がフルサービスのベーカリーショップでもあるのがわかり、セオドシアは驚くと同時にうれしくなった。狭い店内にある大きなガラスのショーケースには、クロワッサン、色とりどりのマカロン、ベリーのタルト、ブリオッシュ、そしてうっとりするほどおいしそうなオペラケーキが何種類も並んでいた。

「なにを差しあげましょうか？」カウンターの若い女性がにこにこと声をかけてきた。

「オーナーの方とお話しできますか？」セオドシアは胸に手を置いた。「セオドシア・ブラウニングと言います。チャーチ・ストリートでインディゴ・ティーショップを経営している者です」

　二分後、オーナーが急ぎ足で現われた。焼き菓子のあらたな納入先を獲得しようと張り切っているにちがいない。

「ボビー・ウェアです」オーナーの男性は名乗った。「ティーショップで特別なイベントを開催する際のお手伝い役としてベーカリーやケータリング会社をお探しでしたら、じっくりお話を聞かせてください。当店はケーキ、スコーン、マフィン、ブラウニー、それにティーサンドイッチも扱っております」

「きょうはちょっとした調査でうかがったんです」セオドシアは言った。

　ウェアの笑みがほんの少し引っこんだ。「と申しますと？」

「先週の土曜日、ドリーン・ブリッグズさんのお宅でひらかれたネズミのお茶会に招かれたんですが」

　たちまち、彼の熱意が消えてなくなった。「はあ」

「ドリーンに頼まれていくつか調べているところなんです」ウェアが疑うようなことを言い出す前に、セオドシアは急いで先をつづけた。「当日、ウェイターとしてこちらから派遣された従業員のことでお訊きしたいことがありまして」

　ウェアは首を振った。「すでに全員、警察から話を聞かれていますよ。それに、彼らはうちの正社員ではなく、だいたいは非常勤でしてね。臨時雇いなんです」彼は肩をすくめた。

「それでも身元は確認しなきゃならないんでしょうが」

「あなたもそうしているという理解で正しいかしら？　ケータリング先に派遣する前に、身元の確認はするんでしょう？」

「ええ、もちろん」ウェアは言った。

「ネズミのお茶会に派遣したウェイターたちは、全員問題なかったんですね？」

ウェアは肩をすくめた。「そりゃあ、ささいな問題がちらほらあるのはいつものことです。酒気帯び運転とか、その程度のことはね。でも、当日のウェイターには、深刻な問題点はなんにもなかったんです。みんな、まともでした」

「ネズミのお茶会で給仕役をしていた若い男の子がいたんですが」セオドシアは言った。「ブロンドの髪をつんつんに立てた人」

「誰のことかはわかります。ええ、給仕役としてはまずまずですね」

「まずまず、ですか？」

「そう。なかにはものすごく優秀なやつもいるんですよ。一流の店で出世できるくらいのね。その一方、まずまずという程度の連中もいるというわけです」

「ネズミのお茶会に派遣されたウェイターたちの名前を教えてもらえませんか？」

ウェアは首を横に振った。「それはできません。社の方針に反しますので。それに、警察からも口を閉じているよう言われてますし」そこで少し不安そうな顔になった。「まだ事件が解決していないからだと思います」

「よくわかりました」セオドシアは言った。「でも、衣装のことでいくつか質問してもかまいませんか？」

「衣装はうちのものではありません。レンタルです。もっとはっきり言うと、ケータリングを手配した女性が……」

「ドリーン・ブリッグズさん？」

ウェアはまたも首を横に振った。「いえ、ぶっきらぼうな感じの広報の女性でした」

「スターラ・クレインさん？」

ボビー・ウェアは指をぱちんと鳴らして、セオドシアにしめした。「そう。その人がネズミの衣装をレンタルして、お茶会当日の朝、ここに届けるよう手配したんです。ウェイターたちが上着とネクタイでめかしこみ、あの変てこなネズミのかぶりものをかぶれるようにと」

「衣装をどこでレンタルしたかはご存じですか？」

ウェアはしばらく考えこんだ。「黒いビニール袋に〝ビッグ・トップ・コスチューム〟とかなんとか書いてあった気がしますね。もしかしたら、〝ビッグ・タイム〟だったかもしれない。はっきりとは覚えてませんが」

「調べてみます」セオドシアは言った。「いろいろありがとう」

「どういたしまして」

「そうそう、あとひとつだけ……」

「なんでしょう？」

「オペラケーキをふたついただける？　チョコレートのほうをお願い」

二分後、セオドシアは店を出て、ケーキを入れた白い箱をふたつ持ち、パズルの一片が正しい場所にぴたりとはまるよう願っていた。

11

「きみにお客さんだ」

セオドシアがインディゴ・ティーショップの正面ドアをあわただしくくぐると、ドレイトンが声をかけた。

「え？」セオドシアはケーキが入った箱をカウンターにそっと置いた。「どなた？」

ドレイトンは頭を傾けた。「青い瞳の刑事さんだ。隅のテーブルにすわっている」彼はすばやく一瞥した。「いまは見ないほうがいい、だが、背筋をぴんとのばして、おいしいボンボンでも見るような顔できみにほほえみかけているよ」

セオドシアは驚いて顔をあげた。「あら、まあ」まさかライリー刑事が本当に顔を出すとは思ってもいなかった。と同時に、来てくれたことに悪い気はしなかった。

「どうだろう」ドレイトンは言った。「話のきっかけに、日本の煎茶が入ったこのポットを持っていってはくれまいか。スコーンは二個、すでに出してある」彼はそこで声をひそめた。

「きみの刑事さんは、最初の一個をひとのみで食べてしまったよ」

男性のハートをつかむには胃袋からと言うけれど、頭のなかを探るにはどうすればいいか

しら、とセオドシアは心のなかでつぶやいた。

それでも、にこやかにほほえみながらお茶の入ったポットをテーブルに置き、ライリー刑事の正面の椅子にするりとすわった。

「ようやくたどり着いたのね」セオドシアは言った。

「なんてことありませんよ。スコーンのくずをたどっただけです」

ライリー刑事はツイード風のジャケットにブルージーンズという恰好で、殺人課の刑事というよりは大学で英語を教えている教授といった風情だった。茶色の髪はこめかみのあたりに白いものが数本交じっていて、いい感じに歳を重ねているように見える。

「お茶を注ぎますね」セオドシアは中国産の真っ赤なティーポットを持ちあげ、ライリー刑事にお茶を注いだ。香りがよく、かすかにハーブを思わせる。

「このお茶は砂糖を入れて飲んだほうがいいのかな？」ライリー刑事は訊いた。

「本当に甘いものが好きなのね」

「ちゃんとしたいだけですよ。まちがったことをして、お茶の素人丸出しのぶざまなまねだけはしたくないなと」

「いまのままでもなんの問題もないから大丈夫。これはドレイトンが気に入っている京都の茶園でとれる緑茶なの。甘みは充分にあるはずよ」セオドシアはひと呼吸おいた。「きょうはどんなご用でいらしたの？　お茶とスコーンはべつにして」

「仕事です」ライリー刑事は言った。「それに、あなたに会いたかった」

「あら、うれしい。でも、先に仕事のほうを片づけたほうがよさそう」セオドシアは熱心で誠実そうでいながら、ユーモアのセンスも持ち合わせているこの刑事に好感を持った。

ライリー刑事は茶封筒に手をのばし、白黒写真を六枚出した。それをていねいにテーブルに並べた。「このうちの誰かに見覚えはありませんか」

「これが、写真面割りと言われているもの？」

ライリー刑事はうなずいた。「そうです」

「ネズミのお茶会で、このなかのひとりかふたりを見かけたかどうかと訊いているのね？」

「そのとおりです」

セオドシアは写真をつぶさにながめた。全員がけわしい目つきと頑固そうな顔をしていて、いかにも凶悪な犯罪者といった感じだ。五つの州で警察から指名手配されていてもおかしくない。あるいはＦＢＩから。

「どの人も見たことがないわ。見かけていれば、覚えていると思うの」

「あまり期待はしてませんでしたよ」ライリー刑事は写真を集めはじめた。

セオドシアは手をのばして、それをさえぎった。「ちょっと待って。この六人はどういう人たちなの？」

「非常に好ましくない連中です」

「よく知られた犯罪者？」

ライリー刑事は一枚の写真を軽く叩いた。「この男は恐喝容疑で指名手配されています」

それからべつの写真をしめした。「こっちの男は麻薬の密売人。まだつづけましょうか？」

「このなかにボー・ブリッグズさんの死に関与したひとり、または複数の人物がいると見ているの？　この人たちは殺し屋として知られているの？」

「いえ」ライリー刑事は言った。「柔軟な倫理観の持ち主とだけ言っておきましょう」

「どうしてこの六人なの？」セオドシアは写真をしめした。

「いま現在、この地域にいるからです」

「訊くんじゃなかった」セオドシアはバターナイフを手に取って、くるくるまわした。「ネズミ姿のウェイターたちからはあらためて話を聞いたの？　なにかおかしなものを見た人はいないか確認した？」

「それについては、いまやっています」ライリー刑事は言った。「ところで、おたくのスコーンは本当においしいですね」

「ありがとう。ホイットリー夫妻のことで質問があるの」

ライリー刑事はぽかんとした顔をした。「ホイットリー夫妻というのは？」

「名前くらいは聞き覚えがあるはずよ。ネズミのお茶会に来ていたから」

ライリー刑事は額に指を当てた。「ああ、たしかに聞いたことがあるような。なぜその夫妻のことが訊きたいんです？」

「ドリーンの家を買おうと必死に働きかけているから」

ライリーは爬虫類（はちゅう）のようにゆっくりとまばたきをした。「なんですって？」

「だから、ドリーンの家を買おうと……」刑事は片手をあげて制した。「ちゃんと聞こえましたよ。言おうとしたのは……だから……なぜ、ぼくが知らなかったのか、ということです」

「さあ」

「そのホイットリー夫妻はドリーン・ブリッグズさんの家を買おうと熱心に働きかけてるんですね？」

「B&Bにする目的でね。すぐ隣にある現在のB&Bとつなげようという魂胆らしいわ」セオドシアはちょっと間をおいた。「それって、殺人の動機になると思う？」

「つまり、家族の誰かが死ねば売却を急ぐだろうと？」

「それもひとつのシナリオじゃないかと思うの。右も左もわからなくなってるドリーンの前にホイットリー夫妻がさっそうと登場し、手を貸すというわけ」

「たしかに、そういう例はよく知られていますが」ライリー刑事は言った。

「もう、じれったいわね。そんな落ち着いたふりなんかしなくてもいいじゃない。目が泳いでいるもの、かなり有望な線だと考えてることくらいわかるのよ」

「わかりました。たしかに、多少興味はあります」ライリー刑事は言った。「ホイットリー夫妻について話を聞くのはこれがはじめてなもので、理解するのに時間がかかるんですよ」

「共同経営者のレジー・ヒューストンさんから話を聞く時間はあったんでしょ」

セオドシアをじっと見つめて、ライリー刑事が言った。「話をしたのはたしかですが」

「噂によれば、ヒューストンさんはギルデッド・マグノリア・スパを自分の小切手帳がわりにしていたそうよ」

ライリー刑事は顔をしかめ、お茶をすばやく飲んだ。「その情報をどこで聞きつけたのか、お訊きしても？」

「い……いろいろと耳に入ってくるのよ」セオドシアは言った。

「独自に調べているんですね？」

「とんでもない」セオドシアは罪のないうそだと充分に自覚しながら答えた。関係の始まりとしては最高と言えないかも。ちょっと待って。そもそも、わたしたちのあいだに関係なんてあるの？　そこまでのものじゃないはずよ。

しかし刑事はセオドシアの答えに納得しなかった。「あのですね、あなたのことはティドウェル刑事からいろいろと言い含められているんです」

セオドシアの好奇心がとたんにふくらんだ。「本当？　ティドウェル刑事はわたしのことをなんて？」

ライリー刑事は椅子にすわったまま身を乗り出し、感情の読めない目でセオドシアを見つめた。「とても頭が切れると言ってました。でも、しっかり目を光らせていろと」

「喜ぶべきか、怒るべきかわからないわ」ライリー刑事はなんとも言わなかった。「お茶のおかわりはいかが？」

いらないというように刑事は首を横に振った。

「スコーンのおかわりは？」

「いや、けっこう」

セオドシアはカウンターに置いたふたつのケーキの箱を見やった。

「チョコレートたっぷりのオペラケーキなら？」

ライリー刑事のまじめくさった顔が、ゆっくりと照れくさそうな笑顔に変わった。

「チョコ……いやはや、本当にずるい人だ」

やったわ、とセオドシアは心のなかで快哉を叫んだ。


「ライリー刑事とずいぶん親しそうに話していたじゃないか」

ドレイトンが言った。店はちょうどランチで混み合う時間帯で、ドレイトンは小さめのポットで次から次へとお茶を淹れ、セオドシアは注文を取るかたわら、厨房から料理を運んでいた。

「あの人、ホイットリー夫妻についてはなにもつかんでなかった」セオドシアは言った。

「しかし、きみがたくみに誘導して、ふたりに目を向けさせたのだろう？」

「もちろん」

「きみがまちがっていたらどうするのだね？」ドレイトンは訊いた。「夫妻はただ商才にたけているだけで、なんの罪もないとしたら？」

「それなら、ふたりともなにも心配することはないじゃない。でも、疑いが晴れるまでは、わたしの容疑者リストに残しておく」

「わたしの容疑者リストにもだ」ドレイトンは言った。「ふたりとも、やけに親切ごかしの態度だったからね」

「ドリーンの家を買い取りたい気持ちが強くて、しゃかりきになりすぎてる感じがしたわよね」

「同感だ」ドレイトンは平水珠茶（ガンパウダー・グリーン）をふたさじ分量り取り、花柄のティーポットに入れた。

その後もランチタイムのにぎわいはつづいた。けれども一時を十五分も過ぎると、ほぼ全部のお客に注文の品が行きわたり、みんなお茶を飲んだり、満足そうに料理を食べたりしていた。

よかった。というのも、ちょうどドリーンとオーパル・アンが入ってきたからだ。

ドリーンはフリルがいっぱいついた黒いスカートスーツに身を包み、目が隠れる程度のひらひらしたベールがついた粋な黒い帽子をかぶっていた。セオドシアの目には、アスコット競馬でも観戦するみたいな服装に映った。女王専用のボックス席に招かれたとしたらの話だけど。

「ゆうべ力になってもらったお礼を言いたくて」というのがオーパル・アンがまず発した言葉だった。彼女はタン色のスラックスに紺色のブレザーを合わせていた。要するに、ごく普通の恰好だ。

「どうってことないのに。すべて丸くおさまってくれてよかったわ」セオドシアはドリーンとオーパル・アンを隅のテーブルに案内した。「キッシュとシトラスサラダはいかが?」

「それにするわ」ドリーンが言った。「お葬式の打ち合わせって本当に大変」顔は疲れていたものの、昨夜ほど混乱している様子はなかった。

「お食事の前に」オーパル・アンが言った。「お願いしたいことがあるんです」

「なんでも言って」セオドシアは答えた。

「木曜日のお葬式のあと、親族だけで会食をすることになって、こちらにケータリングをお願いできるでしょうか」オーパル・アンは訊いた。

「お願いするにはちょっとタイミングが遅いのはわかってるの」ドリーンが横から口をはさんだ。「でも、ふと頭に浮かんだのよ」ドリーンは病気の子猫のようなか細い声を出した。

「このところ、たったひとつのことすら、まともに考えられない状態で」

「ええ、ケータリングでしたらおまかせください。これといったお考えはあるかしら?」セオドシアはペンと紙を出して、ドリーンたちのテーブルに着いた。

ドリーンはオーパル・アンをじっと見つめた。

「お茶とスコーンとか?」オーパル・アンはおずおずと言った。「サラダとキッシュもよさそう。手軽なものがいいわ」

「人数はどのくらい?」セオドシアは訊いた。

またもドリーンはオーパル・アンのほうを向いた。

「多くても二十人から三十人程度だと思います」オーパル・アンは答えた。

「着席式のランチか、それとも……？」

「そんなあらたまったものじゃなくていいの」ドリーンが言った。「ビュッフェで充分。ダイニングテーブルに料理を全部並べて、それぞれが好きなものを取ってもらう形でお願い」

「それならかなり楽にできるわ」セオドシアは言った。ヘイリーに料理を用意してもらえば、あとは自分で運べばいいし、設営もひとりでなんとかなる。「喜んで会食の準備を引き受けるわ」そこでふと、ドリーンの家の食料庫には、箱入りの安っぽいティーバッグしかなかったのを思い出した。あの箱自体、ディスコの全盛期からあそこにあったと言われてもおかしくない。「新鮮な缶入りのお茶もいくつか持っていくわね」


ランチプレートを手に戻ってみると、ドリーンたちのテーブルのそばにドレイトンがいて、龍井茶（ロンジン）をカップに注いでいるところだった。この繊細な味わいの中国緑茶は、彼が相手にいい印象をあたえたいときに淹れるお茶だ。ドレイトンはいまも、ドリーンからの多額の寄付金をあてこんでいるのだろう。

「ありがとう、ドレイトン」ドリーンは言った。「あなたがいなかったら、どうしていいかわからなかったわ。本当に頼れる存在ね」

「そう言ってもらえてなによりだよ」ドレイトンはテーブルのそばを離れると、セオドシアに目顔で合図し、自分は入り口近くのカウンターに戻った。

「それとね、セオドシア、頼まれたリストを持ってきたの」ドリーンはパンの保存容器ほどの大きさの黒いバッグに手を入れ、紙束を出した。

「助かるわ」セオドシアはふたりの前にランチプレートを置くと、スコーンにつけるクロテッド・クリームが入ったボウルを急いでカウンターまで取りにいき、ふたりと同じテーブルに着いた。「リストを用意するのにお手をわずらわせたのでなければいいけど」

「楽しいことではなかったわ」ドリーンは震えながら息を吸いこんだ。「まずはお客さまのリストでしょ。もちろん、全員の分よ。それから、疑わしい人を選んでリストにしたわ」そこで少しためらった。「わたしがあまりよく知らない人とか、主人と取引のあった人とか」

「要するに」セオドシアは言った。「ご主人側のお客さまね」

「そうとも言えるわ」

そのリストにセオドシアはとりわけ興味を惹かれた。けれども目をとおしたところ、ひとつも知っている名前がなかった。「この疑わしいリストのなかに、あなたと同じテーブルを囲んでいた人はいるの？　あるいは、近くのテーブルにすわっていた人でもいいけど」

「ううん、べつに。そうそう、財務状況に関する書類も持ってきたわよ」ドリーンはそこで声を落とした。「ほら、ボーの比較的最近の投資に関するものよ」

「ありがとう」セオドシアは言った。「おかげでとても助かるわ」

「あなたに言われて容疑者リストを作ったけど、名前を書くのは気が重かった。でも……とにかく、あなたの頼みだから。それに、オーパル・アンもやらなきゃだめだと言うし。正しいことなんだからって。賢明なことなんだからって」

セオドシアはドリーンにほほえみかけた。「オーパル・アンの言うとおりよ」

「でも、はっきり言っておく」ドリーンは言った。「こういうのは不本意きわまりないわ」

ボーのほうがもっと不本意だったはず、セオドシアはそう思ったものの口には出さず、かわりにこう言った。「あなたと同じテーブルだった人については話してもらったけど、近くのテーブルのお客さまはどうなの？」その多くがボーのまわりに集まって、彼が泡を吐きながら死んでいくのを見ていたはずだ。

「どうなのとは？」ドリーンは訊き返した。

「その人たちのお名前も教えてほしいの」セオドシアは答えた。

「だからわたしもそう言ったじゃない」オーパル・アンが言った。

ドリーンはこぶしでテーブルを軽く叩いた。「大事なお友だちと仕事仲間の名前を書けとおっしゃるの？」

「お願い」セオドシアはポケットからペンを出してドリーンに差し出した。

ドリーンはいかにもむっとしたように、鼻にしわを寄せた。「仕方ないわね」オーパル・アンがスコーンとレンズ豆のスープをいそいそと口に運ぶかたわら、ドリーンは八つの名前を活字体でていねいに書いていった。書き終わると、紙をセオドシアのほうに押しやった。

「書いたわ。これで満足？」内心むかむかしているのは火を見るよりもあきらかだった。

「ごめんなさい、つらい思いをさせてしまって」セオドシアは言った。

ドリーンはお茶をひとくち含むと、おそろしくけわしい目でセオドシアをにらんだ。

「なんらかの答えを出してもらえるんでしょうね？　ドレイトンは必ず答えを出すと約束してくれた。あなたはものすごく頭の切れる人だと言ってたわ。人並みはずれて頭が切れると」

「調査はちゃんとやっています」セオドシアは急に、えらい人に叱責されている気分になった。「チャールストン警察とは何度も話をしたし、ケータリング業者とも会った。ウェイターたちにはこれから話を聞くつもり。それに、ネズミの衣装のレンタル元である貸衣装会社も調べる予定よ」殺鼠剤の箱をチャールストン警察に引き渡したことは言わないでおいた。それに、いまだにドリーンを容疑者と見なしていることも。

「そう……ならいいの」ドリーンは不満をにじませながら言った。「いまの話からすると、ずいぶんと忙しくしているようだし」

「ゆうべだってセオドシアさんは忙しくしていたわ」オーパル・アンがちくりと言った。「葬儀場に駆けつけて仲裁役をつとめる義理なんかないのに」

「あれはたしかに……ありがたかったけど」ドリーンは言った。

いつの間にかドレイトンがそばに立って、お茶のおかわりを注いでいた。

「どんな具合だね？」彼は訊いた。

「これまでの調査の結果を説明してもらっていたところ」ドリーンが言った。「ずいぶん一生懸命調べてくれたみたい」

「彼女は身を粉にして調べてまわっているよ」ドレイトンは言った。「休むことなしに」

「よかったわね」ドリーンは言った。「進展があればあるほど、寄付を受ける可能性が高くなるんですもの」

「そういうことだ」ドレイトンは言った。けれどもその苦々しい表情から、言いたいことを言わずにいるのがうかがえた。

「あとひとつだけ」ドリーンはハンドバッグに手を入れ、小さな紙きれを六枚出した。「スパのサービス券を持ってきたわ」と言いながらセオドシアに差し出した。「よかったらお友だちにもあげてちょうだい。それでマッサージかマニキュアをしてもらえるはずよ。ギルデッド・マグノリア・スパのサービスは最高なの」

「ありがとう」セオドシアは自分が急に雇われ人になったような気がした。それが腹立たしかった。

「それにもちろん、スパをひととおり見てまわりたいわよね。接客担当の責任者のシンディに電話して、手配させるわ」ドリーンはそう言うと、セオドシアをじっと見つめ、すばやくまばたきした。「いつが都合がいいかしら？　明日の朝いちばんはあいている？」

セオドシアは少し考えこんだ。正午にはポンパドゥール夫人のお茶会の予定があるけれど、スパに寄るのを早めにすれば……。「行けると思うわ」

「決まりね」ドリーンは言った。「それと、あなたが訪ねていくこと、レジー・ヒューストンにも必ず伝えておくわ」

「そうね」オーパル・アンが話に割りこんだ。「レジーとはなんとしても話をしてほしいもの」そう言って、セオドシアに意味ありげな視線を送った。

「わかった」セオドシアは言った。「そうする。スパを見せてもらって、それからヒューストンさんと話をするわ」なぜだか、不安な気持ちに襲われ、それと同時に大きなプレッシャーも感じてきた。でも、すべてはドレイトンのため。そうでしょ？　とは言うものの、自分がそうしたいからでもあるんじゃない？　好奇心がうずくからでしょう？

それともわたしを突き動かしているのは、まったくべつのもの？　見当違いの正義感とか？

12

セオドシアはオフィスに引っこみ、ドリーンから渡されたリストに目をとおしていた。招待客のリストと容疑者のリスト、それにお茶会で同じテーブルおよび近くのテーブルにすわっていた人たちの名前をドリーンが手書きしたリスト。

「きみも昼食をとったほうがいいかと思ってね」ドレイトンが小さなトレイを手に、ドアのところに立っていた。「まだ食べていなかったろう?」

「あんまりおなかがすいてなくて」

「ドリーンのせいで食欲がなくなったのかね?」ドレイトンは訊いた。「話し合いを終えて、どんな気分か気になっていたんだよ」

「ふざけてるつもり? ドリーンに背中の真ん中をもろに踏みつけられた気分だったわ」セオドシアは言った。「彼女があそこまで押しが強くて傲慢な人だとは思いもしなかった。そういうのは女性として魅力的とは言えないわ。ううん、女性か男性かなんて関係ないわね」

「こんなにやっかいなことになるとは思っていなかったよ」ドレイトンは言った。「最初はドリーンを助けるだけのはずだった。そこに、見返りとしてヘリテッジ協会への寄付を確実にするという目的がくわわった」

「話はますますややこしくなった」セオドシアは言った。「ドリーンが容疑者のひとりとして浮上し、ほかにも何人かの容疑者がどこからともなく現われ、おまけにビジネスがらみの話もいくつか出てきた。ドリーンときたら、寄付を餌がわりにちらつかせて楽しんでいるし」

「餌で釣ったあげくにぼったくるようなまねはしないでもらいたいものだな」ドレイトンは持っていたトレイをおろした。「スープとスコーンを持ってきた。それにカモミール・ティーもだ。気持ちを落ち着ける効果があるからね」

「ありがとう」セオドシアはペンの先で、目をとおしていた手書きのリストを軽く叩いた。「ドリーンが情報提供にあまり積極的じゃなかったことが引っかかるのよね。最初に出してきた容疑者リストには、同じテーブルにいた人すら入ってなかったんだから」

「だが、けっきょくは教えてくれたではないか」

「それでも、すごく渋ってたわ」セオドシアはドレイトンが読めるよう、リストの上下を逆にした。

「レジー・ヒューストン」ドレイトンは読みあげた。「ロバート・スティール」顔をしかめた。「ロバート・スティールとは何者だろう?」

「教えてあげる」セオドシアは言った。「ドリーンが持ってきてくれた財務関係の書類を見てたんだけど、それによれば、ロバート・スティールという人はエンジェル・オーク・ベンチャー・キャピタルという会社を経営している金融界の大物らしいわ」

「聞いたことがない会社だな」ドレイトンは言った。

「とにかく、ボーは知ってたの。知ってたどころか、その、エンジェル・オークに七十万ドルを投資してた」

「本当かね？」ドレイトンは額の大きさに仰天した。

「それだけじゃないの。これらの書類によれば、ボーはそのお金を取り返そうとしていたみたい」

「で、どうだったのだね？　取り返せたのかね？」

「だめだったようね」セオドシアはペンをくるくるまわしながら考えこんだ。「そう簡単に返せる額じゃないし」

「殺す動機になるほどかね？」

「そこが問題なのよねえ」

「そもそも、エンジェル・オークというのはなんなのだ？　どこから出てきたのだね？」

「それがよくわからないの。ドリーンに電話して、なにか知らないか訊いてみるわ」セオドシアは電話に手をのばし、番号をプッシュした。ようやく電話に出たドリーンにこう言った。「ドリーン、さっきもらった財務関係の書類を調べていたんだけど」

「さっそく調べてくれたのね」ドリーンは言った。「本当に仕事が早いわ。ドレイトンが言ってたとおり」

セオドシアは話を先に進めた。「ドリーン、エンジェル・オーク・ベンチャー・キャピタルという投資会社を聞いたことはある?」

「いいえ、ないと思うけど」ドリーンはゆっくりと言った。電話線の向こうから、グラスのなかの氷がからりと音をたてるのが聞こえた。

「そう、じゃあ、ロバート・スティールという名前に聞き覚えはある?」

ドリーンはしばらく黙りこんでから言った。「ボブのことね。ボブ・スティール」

セオドシアはドレイトンのほうを向き、口の動きだけで伝えた。「急に思い出したみたい」

「ボブとは会ったでしょう?」ドリーンは言った。「わたしたちと同じテーブルだったから。ボーが招待したのよ」

「ねえ、ドリーン、ボーがそのロバート・スティールさんの会社に七十万ドルを投資していたのは知ってる? エンジェル・オーク・ベンチャー・キャピタルの資金として」電話の向こうがしんとなり、一瞬、セオドシアはドリーンが電話を切ったのかと思った。

突然、ドリーンの声が甲高い金切り声に変わった。「なんですって? いまなんて言ったの?」

「だから、ボーが……?」

「冗談じゃない!」ドリーンはあえぐように言った。「いまのあなたの質問……お金の額……文字どおり、息ができなくなっちゃったじゃないの。いくらって言ったんだった? 七十万ドル?」

「ええ」

「まさか、そんなわけないわ」肩で息をしているような声で言った。「お願いだから、間違いだと言って」

「わたしの目の前に、それを証明する書類があるの」セオドシアは言った。「あなたに渡された書類のなかの一枚よ」

「そんな」ドリーンはうめき声を洩らした。「七十万ドルですって？　大金じゃないの。あなたも大金だと思うでしょう？」

「まあ、けっこうな額とは言えるわね」冗談はやめて。目玉が飛び出そうな金額だわ。

「それで……取り返す方法はあるの？」

「見当もつかないわ」セオドシアは言った。「でも、ご主人はそうしようとしていたみたい。投資から手を引いて、お金を返してもらおうとしていたの」

「ロバート・スティールから？」

「ええ、スティールさんから」セオドシアは言った。ドリーンたら、どうかしたのかしら？話がわかってないの？　「彼の会社、エンジェル・オークからよ」

「お願い、手を貸してちょうだい」ドリーンは涙まじりの甘えた声で訴えた。「そのお金を取り戻してもらいたいの」

「ちょっと考えさせて」セオドシアは言った。ふと頭にひらめいた。なんとかしてエンジェル・オークから出資金を取り返せば、ドリーンは感謝のしるしにその全額をヘリテッジ協会に寄付してくれるかもしれない。七十万ドルあれば、協会の財政も長期にわたって安泰だろう。

セオドシアは受話器を戻してドレイトンに言った。「だいたい聞こえた？」

「ボーがエンジェル・オークに七十万ドルを投資していたという部分は聞こえたよ」

「そうなの。それで、ドリーンがそれをわたしたちに取り戻してほしいって」

ドレイトンはとまどった顔をした。「わたしたちに？　というより、きみにではないのかね？」そこで少しためらった。「きみに負担をかけすぎているのはわかっているが」

セオドシアはまた、書類の束にぱらぱらと目をとおした。「さっきも言ったけど、見たところ、ボーがすでにこころみてるの」目をあげてドレイトンを見つめた。「でも、エンジェル・オーク側は一セントたりとも返していない」

「つまりなにが言いたいのだね？」

セオドシアは椅子の背にもたれた。またひとつ思いついた。

「こんなふうには考えられないかしら。ロバート・スティールという人は出資金を返すよりボーを殺すほうを選んだとか」

ドレイトンは喉を手で押さえた。「なんと！　それが真相だと考えているのかね？　ロバート・スティールがお茶会の場にいたのなら、たしかに機会は……」かなり気が滅入っている様子だった。それから必死に考えをまとめようとした。「ライリー刑事にはいまの話をするつもりかね？」

「するかもしれない」セオドシアはティーカップに手をのばし、お茶を飲みながら、頭のなかを整理した。「でもね、べつの見方もできると思うの」

「べつの見方？」

「ドリーンは、書類を調べたわたしたちが、この情報を見つけると踏んでいたのかも。彼女がご主人を殺して、その罪をロバート・スティールという人になすりつけようとしてる可能性だってあるのよ」

「つまり、彼女はひと筋縄ではいかない人間ということか」

「反社会的な人間かもしれないってこと」

「ロバート・スティールとエンジェル・オークを調査する方法はあるのかね？」ドレイトンは訊いた。「信頼できる会社なのか確認する方法は？　エンジェル・オーク債というのは預金証書を購入するのと同じで、一定期間、金を預けておく必要があるのかもしれんな」

「でしょうね。でも、じっくり調べたほうがいいという意見には賛成よ。だって、いまのところ、なんの手がかりもないんだもの。エンジェル・オークがヘッジファンド会社なのか、投資信託会社なのか、未公開株式投資会社なのかもわかってないんだから」

「そのような情報を探り出すにはどうすればいいのだろうな」

セオドシアは目の前の書類を見やった。「ロバート・スティールという人に電話して、ずばりと訊けばいいのよ」そう言うと、レターヘッドに記された会社の電話番号を見つけ、急いで番号を押した。電話がつながると、うんとあらたまった声で言った。「ロバート・スティールさんをお願いします」

「申し訳ございません」相手はいかにも有能そうな声で言った。「スティールはただいま外出しております。もしかして、ご用件は今夜の発表会に関することでしょうか？」

判断するのに千分の一秒もかからなかった。「ええ、そうなんです」愛想よく聞こえるよう、やわらかな言葉づかいをこころがけた。「どこかにメモしたはずなんですが、詳細をもう一度教えていただけると助かります」

「承知しました。当社の発表会は今夜、レディ・グッドウッド・インのスワンプ・フォックス・ルームにておこなわれます。七時ぴったりに開始、終了後はコーヒーとクッキーをお楽しみいただきます」

セオドシアは電話を切り、ドレイトンに謎めいた笑みを向けた。

「今夜、どこに行くかわかる？」当初の予定では貸衣装店に寄るつもりだったが、こっちのほうがずっと大事だろう。

ドレイトンは不安な表情を浮かべた。「今夜もおぞましい現場に行くなどとは言わないでくれたまえよ」

「ゆうべみたいな薄気味悪いものにはならないわ、絶対。投資に関するセミナーに出席するんだもの」

ドレイトンは蝶ネクタイをいじった。「ここ最近のウォール・ストリートの流れを考えると、棺を選ぶ以上に憂鬱なものになりそうだ」

レディ・グッドウッド・インはチャールストンのフレンチ・クォーターに建つ、由緒あるホテルだ。趣があって、ヨーロッパ色が濃厚なことから、地元の企業が会議、セミナー、それに発表会などに好んで利用している。

セオドシアとドレイトンは花柄のカーペットを踏みしめながら、淡い照明が灯るロビーを歩いていた。ヨーロッパのホテルから飛び出してきたような木製のチェックインカウンターがひとつの壁を占め、大きな鉢植えの隣に置かれた張りぐるみの椅子が、ぬくもりあふれる空間を演出している。それが証拠に、すでにお客はいくつかの小さなグループにわかれ、提供された無料のワインとチーズを味わっていた。そのあと、〈プーガンズ・ポーチ〉や〈ペニンシュラ・グリル〉といった地元のお気に入りの店でのディナーに繰り出すのだろう。

ホイットリー夫妻の〈スカボロ・イン〉でも宿泊客にワインとチーズをふるまっているのかしら。たぶん、そうしているはずだ。だって、最近はどこもそういうサービスがあるじゃない？

「あらためて訊くが、どこに向かっているのだね？」ドレイトンは左に曲がって、長い廊下を歩きながら訊いた。

「スワンプ・フォックス・ルーム」セオドシアは答えた。

「おお、勇敢なるフランシス・マリオンにちなんだ部屋か」ドレイトンは歴史マニアで、沼のキツネ（スワンプ・フォックス）の異名をとるフランシス・マリオンと、彼が独立戦争で見せた勇敢な行為について語るのがなによりも好きだ。それも、コーンウォリス将軍率いるイギリス軍を出し抜いた場面となると、いっそう熱が入る。

「この部屋かしら？」セオドシアは言った。でも、ちがった。その会議室はプランテーション・ルームとちゃんと書いてある。

「ここだ」ドレイトンが言った。「〈エンジェル・オーク〉の表示も出ている」

ふたりは左のドアにかかったボール紙の表示に見入った。〝エンジェル・オーク・ベンチャー・キャピタル社――テクノロジーの最先端〟と書かれていた。

「テクノロジーか」ドレイトンは言った。「まいったな。その方面に関してはちんぷんかんぷんだ」

セオドシアは目的の部屋に入りながらドレイトンの腕を軽く叩いた。

「安心して、ドレイトン。あなたが筋金入りのテクノロジー嫌いだなんて、うっかり洩らしたりしないと約束する」

ふたりは小さな会議室の最後列の椅子に腰をおろした。ざっと見たところ、発表会には二十人ほどが集まっていた。たいした数ではない。とは言うものの、この界隈には、ハイテクへの投資を検討している人があまり多くないのかもしれない。

七時ちょうど、ロバート・スティールが聴衆の前に跳ねるように登場した。端整な顔立ちの男性だった。長身、ドライヤーでていねいに整えた髪、魅力たっぷりの笑顔、仕立てのいいスーツ。口のうまいセールスマンとテレビ伝道師を足して二で割ったような感じがする。

聴衆からぱらぱらと拍手が起こり、つづいてスティールの存在感のある声が響きわたった。

「いやはや、ありがたい。しかし、どうか拍手はおやめください。なぜなら、きょうの発表会の主役はみなさんだからです。迫りくるハイテク時代から、みなさんがどのようにしてたっぷり儲けるかという話なのです」

「またあらたなハイテク時代が来るのかね？」ドレイトンがセオドシアに小声で尋ねた。

「わたしもはじめて聞いたわ」セオドシアも小声で答えた。

照明が落とされたかと思うと、上方と後方から、スティールの真うしろの白い壁にコンピュータによるカラフルな映像がいくつも投射された。スティールがそのうちのひとつに手を振ると、映像はひゅんと飛んでいき、発表会が始まった。

「最先端技術関連の株は今日（こんにち）における最良の投資先と言えます」スティールは語りかけた。「たしかにリスクも厳然と存在しますが、その一方で、底力と成長の可能性を秘めてもいるのです」

セオドシアは椅子の背にもたれ、マルチメディアを使った〈エンジェル・オーク〉の株式クラウドファンディング・プログラムの説明にも、ロバート・スティールのたくみなレトリックにも、ある意味、感心しながら聞き入った。彼が売りこもうとしているのは、要するに個人向けヘッジファンドだった。技術情報を適切な量だけ提供し、テクノロジーに強いところを過剰なまでに強調し、投資利益率の話をするときには声を抑えて厳かに語りかけた。

始まって二十分ほどたった頃、ドレイトンがセオドシアを軽く押した。

「どう思う？」と小声で尋ねた。

「有能な人だわ」セオドシアも小声で答えた。「あの人ならエスキモー族に氷を売りつけることだってできそう。ボーが口車に乗せられたのもよくわかるわ」

「ロバート・スティールが次世代の有力なテクノロジー関連会社に関する情報を握っているとは思わないわけか」

セオドシアは、投資家のエリート集団というグループへの参加を呼びかけるスティールの説明に耳をこらした。「つまりこういうこと。趣意書を渡されるまで、あるいは、彼がお店で買ってきたクッキーが出されるまでここにいる必要はないわ」

シルクロードのお茶会

シルクロードは中国と地中海を結ぶ昔の交易路で、中国のめずらしい品々がたくさん、この道を経由してあらたな土地へと運ばれました。シルクロードのお茶会をひらくなら、パイナップルのジンジャーシロップ漬けとサルタナレーズンのスコーンを出すのがお勧め。チキンの中華風サラダをはさんだティーサンドイッチ、中華麺(マルコポーロからのヨーロッパへのおみやげ!)、ティーブレッドにはプラムのジャムとクロテッド・クリームを添えて。中国か中東を思わせるクロスをテーブルにかけ、青と白の色使いのお皿を並べ、花瓶には中国のユリかボタンの花をいけ、中国風のテイストがある品をいろいろと飾りましょう。お茶は雲南紅茶かラプサンスーチョンがぴったり合います。

13

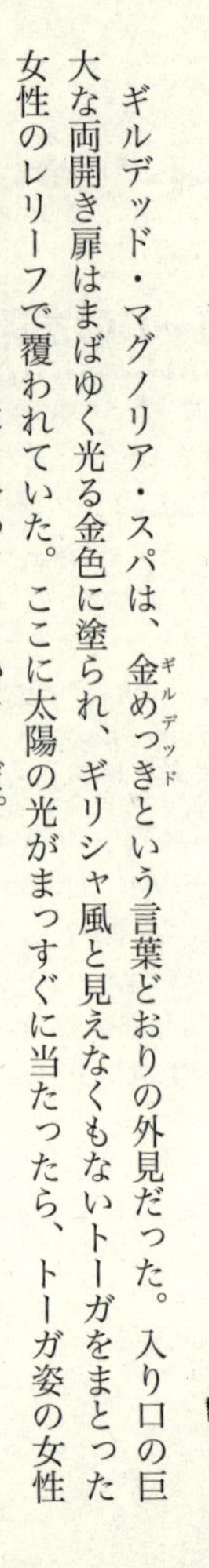

ギルデッド・マグノリア・スパは、金めっきという言葉どおりの外見だった。入り口の巨大な両開き扉はまばゆく光る金色に塗られ、ギリシャ風と見えなくもないトーガをまとった女性のレリーフで覆われていた。ここに太陽の光がまっすぐに当たったら、トーガ姿の女性たちは仲良くひとつに溶け合ってしまいそうだ。

なかに入ると、ロビーはさながら熱帯の楽園で、金色のスエードのソファを配したシッティングエリアをぐるりと囲むように、マグノリア、ヤシ、それにバナナの鉢植えが置かれている。金塊が貯蔵されているフォート・ノックスの控え室かと思うほどの絢爛たる光景を挟むように、上には金箔を貼ったコーブ天井が広がり、足もとには毛足の長い金色のカーペットが敷かれていた。

セオドシアはきびきびした足取りで受付カウンターに近づいた。

「おはようございます、セオドシア・ブラウニングです。見学にうかがいました」

「はい、承知しております」ブロンドの髪に日焼けした肌（金箔を貼ったと言ってもいいくらいの色だ）の受付係は、とても若い女性だった。「当スパの顧客主任のシンディ・スパングラーから、おいでになると聞いております」

秘密のボタンが押されたのかどうかはわからないが、ぴったり三十秒後、シンディがせかせかと出迎えにきた。髪はブロンドで背が高く、引き締まった体つきのシンディは丈の短いTシャツに、股上の浅いヨガパンツ、そしてトレーニングシューズという恰好だった。しかも、汗ひとつかかずに十マイルのジョギングをこなし、体をねじってヨガのポーズをとったあとでも、モデルのようにさっそうと歩けるように見える。

「シンディ・スパングラーです」シンディはセオドシアの手を力いっぱい振りながら、まばゆいほどの笑みを浮かべた。

「セオドシア・ブラウニングよ。はじめまして」この瞬間、完璧な見本となるこの女性のように、フィットネスに励もうと決心した。ジョギングの距離を四マイルでなく八マイルにし、バーベルかストレッチバンドかダンベルを買う。パンとパスタは禁止。シンディのようなすばらしい腹筋を手に入れる魔法をかたっぱしからまねるのだ。

「見学にいらしたんですよね」シンディは言うと、声を落としてつづけた。「ミセス・ブリッグズからきのう電話があって、あなたがいらっしゃるとうかがいました。ご主人が亡くなったこと、スパの関係者全員が心を痛めているんです。とてもやさしくて、いい方でした。すでに当スパのウェブサイトには感謝の言葉を掲載しましたし、明日の午後には追悼の会を計画しています。場所はおそらく、エデン・プールになると思います」

「みなさんの結束力の強さを知ったら、ドリーンも喜ぶと思うわ」セオドシアは言った。

けれどもシンディは悲しみの表情を崩さなかった。「ひどい話です。だって、ギルデッド・マグノリア・スパはオープンしてわずか二カ月なんですよ。しかも、ミスタ・ブリッグズは見るからに健康そうだった。ブルーベリーのスムージーを飲んでいたし、エクササイズもいろいろやっていたのに」

「いくら体に気を遣っても毒には勝てないわ」セオドシアは言った。

シンディは不安そうな顔になった。「それって本当なんですか？　ここでもその噂で持ちきりですけど、本当に本当なんでしょうか？」

「警察はそう言ってるわ」

「まあ。つまり、やっぱり誰かが……ええと……」

「彼に毒を盛ったの」セオドシアはあとを引き取った。

「なんて恐ろしい」シンディは、異常者がいつなんどき目の前に現われ、ドクニンジンで作った毒薬を満たしたゴブレットを差し出すのではないかとばかりに、顔を引きつらせた。

「それはさておき、スパを案内してもらえるんですよね」セオドシアは今回の目的に話を戻した。

「もちろんです。どうぞこちらへ」シンディは先に立って、カーペット敷きの廊下を歩き出した。「当スパはフィットネスとエステの二部門にわかれています」ふたりはドアの前に立ち、明るく照らされた大きな教室をのぞきこんだ。ちょうどヨガのクラスの真っ最中で、全員でストレッチに励み、呼吸法を実践し、しっかり精神統一しているように見える。「ヨガ、エアロバイク、ピラティスなどのクラスがあります」

　ふたりはさらに廊下を進んでから左に折れ、小さな受付エリアに入った。フレンチデスクが置かれ、棚にはスパ用品——ローション、ドリンク、キャンドル、ボディクリーム——がこれでもかと並んでいた。

「こちらはエステエリアの入り口になります」

「すてき」セオドシアは言った。壁と床の敷物は淡いピンクで統一され、金色のバレエシューズを描いた絵がいくつか飾られている。

「温めた石を使うホットストーン・マッサージ、マニキュアおよびペディキュア、鍼治療、グリコール酸ピーリング、ボトックス、それに本物の金を使った二十四金フェイシャルエステといったメニューをご用意しています」シンディが説明し、ふたりは施術室をいくつかのぞきながら先に進んだ。シンディはふかふかのタオルを一枚、手に取った。「ごらんください。タオルにも金色の糸を使った刺繍が入っているんですよ」

「どれも本当にすばらしいわ」セオドシアは言った。「ここなら一日じゅうだっていられそう」

「実際にそうなさっているお客さまもいらっしゃいます」

「経営のほうはどうなの？」セオドシアは訊いた。なにしろ、それがいちばん訊きたかったことなのだ。共同経営者のレジー・ヒューストンがオーパル・アンが考えている以上のいきおいでお金を抜き取っているなら、シンディもなにかしら感づいているはずだ。

「経営のほうはずっと好調を維持しています」シンディは言った。「少なくとも、わたしは好調だと思っています。二カ月前にオープンしたときは入会希望者が殺到しましたが、いまはいくらか落ち着いてきています。ですが、わたし自身はマーケティングや会費関係には関与していません。それに、買掛金や売掛金といったことにもタッチしていないんです。そちらはすべて、会計士に一任していますので」

「会計士の方はどなたなの？」

「ハリソン＆ホエールズという外部の会計事務所を使っています。ビッグ・レジーが見つけてきたんです」

セオドシアは片方の眉をあげた。「ビッグ・レジーって？」

シンディはおずおずとほほえんだ。「みんな、共同経営者のレジー・ヒューストンのことをそう呼んでるんです。もっとも、いまは単独の経営者になったのかもしれませんが。ミスタ・ブリッグズが、あの……いなくなったわけですから」

「亡くなったのよ」セオドシアは言った。ボー・ブリッグズはこのスパを去ったというだけではなく、生者の世界を去ったのだから。「とにかく、ビッグ・レジーについて話を聞かせて。たとえば、ビッグ・レジーと呼ばれている理由とか」

「あの……」シンディはセオドシアから目をすっとそらした。「それはわたしたちが勝手にそう呼んでいるだけで」

「あとちょっとしたら、ヒューストンさんと会う予定になっているの」

「わかりました」シンディは言った。「でしたら、オフィスに連絡して、お会いになれるか確認しましょうか？　もっとも、あまり時間は取れないと思います。ビッグ・レジーはものすごく忙しい人なので」

「でしょうね」

レジー・ヒューストンの個人秘書、サリーは完全にパニック状態だった。三つの電話が同時に鳴り、机の上には書類が山と積まれている状況で、目には怯えの色を浮かべ、髪は電球のソケットに挿しこまれでもしたように逆立っていた。

「ミスタ・ヒューストンがお会いできるのは二、三分です」サリーはこわばった声でセオドシアに告げた。「オープン記念パーティの準備に取り組んでおりまして、ことのほか忙しいのです」

「それは存じています」セオドシアは言った。セオドシアの目にサリーは、ストレスが服を着て歩いているように映った。いますぐエステルームに行って、両目に一枚ずつキュウリの薄切りをのせ、しばらく頭を冷やしたほうがよさそうに見える。詠唱か瞑想でもためしたらいいのに。

サリーはレジーの部屋のドアをノックした。「ミスタ・ヒューストン？　ミズ・ブラウニングがいらっしゃいました」なかからぶっきらぼうな返事が聞こえると、サリーはますます怯えた顔になってドアから遠ざかった。「お入りください」

セオドシアが入っていくと、ビッグ・レジーは自分のデスクに着いて、電話でなにやら話していた。上は白いバミューダパンツ、下は紺と白のストライプのシャツで、袖口をまくりあげている。そして、両脚をサイドキャビネットにのせていた。大儀そうに目をセオドシアに向けたものの、すぐに自分が履いている〈トッズ〉のローファーに戻した。

「ああ、わかってる。ちゃんと聞こえてるよ」レジーは声を殺して笑った。「こっちには同情する義理などないが、そっちの立場もわかるからな」彼は口を下品なほど大きくあけてあくびをした。「もう切らないと。ああ、仕事だ。またあとで話そう」彼は電話を切ると、椅子をぐるりとまわし、脚を床にどすんとおろした。

「やあ」セオドシアに声をかけ、面倒くさそうにほほえんだ。

机の上の額入り写真と、オフィスの壁にところ狭しと貼られた写真をじっくりながめていたセオドシアは言った。「写真をすてきに飾っていらっしゃいますね」もちろん、本心から言ったのではない。ビッグ・レジーはロシアの皇帝ほども大きなエゴの持ち主なのだろう。というのも、自分が写っているカラー写真を額に入れて、部屋のいたるところに飾ってあるからだ。ビッグ・レジーが愛車のポルシェ911の隣に立っている写真、ヒルトン・ヘッドのゴルフコースにいる写真、黒髪の美女に腕をまわしている写真、ポロをプレイしている写真、それにサウス・カロライナ州知事と一緒に写っている写真もある。

「わが名声の壁だよ」ビッグ・レジーは言った。

羞恥の壁でしょ、とセオドシアは心のなかで言い返した。飾ってある写真は、ギルデッド・マグノリア・スパとはなんの関係もないものばかりだ。どれもビッグ・レジーの虚栄心を充たすための写真だった。セオドシアの目には、レジー・ヒューストンは遊び人気質をそなえた、いかにもアメリカ的なやり手実業家と映った。けれども、本当に知りたいのは、ビッグ・レジーがどのようにしてこれだけのお金を得たのかだ。親から受け継いだお金があるのか、それともブリッグズ家のお金で暮らしているのか。

ビッグ・レジーはシャツの袖をまくりあげ、ロレックスのサブマリーナに目をやった。

「あと十五分でスカッシュの試合の約束がある。あまり、時間を割けなくて悪いね」

「長くはかかりませんから」セオドシアはビッグ・レジーのデスクの真ん前にある椅子に腰をおろしてほほえんだ。「ご存じかどうかわかりませんが、ドリーン・ブリッグズさんから家族のかわりに事件を調査してほしいと頼まれたんです。ギルデッド・マグノリア・スパを調べることも含めて」

ビッグ・レジーは顔をしかめた。「あんたは何者なんだ？　監査人かなにかか？」

「そんなところです、ええ」セオドシアは言った。気を揉ませておいたほうがいい。「ドリーンさんはスパの財政が安定しているのか懸念されているんです」

「あんた、名前はなんと言ったかな？」

「セオドシア・ブラウニングです」

「弁護士か？　それとも……なんだ？　州の衛生局の人間か？」

「そうじゃありません。さっきも言いましたが、個人的にいろいろと調べている者です」

レジーは目を細くした。「待てよ、あんたのことは知ってるぞ。おれは人の顔を覚えるのが得意でね。その顔は絶対、以前にも見たことがある」

セオドシアは片方の眉をあげた。「ネズミのお茶会のときじゃありませんか？」

「それだ」レジーは得意そうに言った。「思い出せるとわかってたよ」

思い出せなかったくせに、とセオドシアは心のなかで言い返した。

「で、いったいなんの用だ？」レジーはうんざりした顔になってきていた。

セオドシアは声のトーンを少し落とした。「ボー・ブリッグズさん殺害の……」

「なんとも悲しい出来事だった」レジーは言った。「たいへんな損失だよ」

「それでも、ここは全員一丸となってがんばるわけですよね」

「もちろんだ。そうに決まってるじゃないか」レジーは探るような目でセオドシアを見つめた。「あんたも知ってのとおり、最初、ボーは窒息死したということだった」

「毒物検査の結果が出たあとは、監察医の見立てが変わったみたいですけど」セオドシアは言った。

レジーは興味を惹かれたふりをした。「毒……ああ、そのことならおれも聞いた。お茶かなにかに入ってたんだろうかね」

「お茶に入っていたんじゃありません。べつの方法で体内に入れられたようです」

「どんな方法がもちいられたのか、警察のほうで突きとめたのか？」

「いいえ」セオドシアは言った。「あなたはご存じなんですか？」

レジーは大きな猫のようにのびをした。それから机に身を乗り出した。

「おい、なんなんだよ、これは？　罠にでもかけようってのか？」

「とんでもない。さっきも言ったように、わたしはドリーンさんの力になっているだけです」

ドリーンの名前を聞いて、レジーは落ち着きを取り戻した。

「ドリーン。本当に気の毒にな。さぞかしつらい思いをしてることだろう」

「ブリッグズさんの殺害に関して」セオドシアは話をつづけた。「わたしはいくつかの観点から調べを進めてきました」

レジーは片手をあげた。「いくつかの観点とは？」

「まずはブリッグズさんがおこなっていた金融取引の状況です。必ずしも賢明な投資をなさっていたわけでないようですね」

レジーは無表情を崩さなかった。「そいつはたしかなのか？」

「それから、ブリッグズさんが亡くなる直前に、近くにすわっていた招待客も調査の対象になっています」

レジーはひとことも発しなかった。

「さらに」とセオドシアは言った。「ネズミのお茶会で給仕をしていたウェイターたちの存在もあります」

レジーは目を輝かせた。「ネズミの恰好をした連中のなかに、ボーを殺した犯人がいるかもしれないってわけか」

「その可能性もあるでしょうね」

「おれもあの連中はやけにあやしいと思ってたんだよ。妙なネズミの頭なんかかぶって、おれたちのテーブルのまわりをしょっちゅううろちょろしてたからな」レジーはなにか考える顔になった。「なんとも落ち着かなかった」そう言うと、セオドシアの目をじっと見つめた。

「完璧な隠れみのだものな、そうじゃないか？」

「ええ、まあ」セオドシアは言った。

「警察は連中から念入りに話を聞かなかったのかもしれないな」レジーは立ちあがり、椅子をうしろに思いきり蹴った。「あんたが質問してまわるのも悪くない。外部の人間が事件を調べるのも悪くなさそうだ」

「あの人がビッグ・レジーと呼ばれる理由がわかったでしょう？」シンディはセオドシアをスパの出口へと案内しながら言った。「体の大きさだけじゃなく、えらそうな態度と瞬間湯沸かし器並みの気性の荒さにも由来しているんです」

「たしかに、ちょっといらいらしている感じだったわ」セオドシアは言った。

シンディは声を落とした。「なんでもレジーは以前、〈ペニンシュラ・グリル〉を追い出されたという話です。それに〈グリーンヴェイル・ポロ・クラブ〉からは出入り禁止を申し渡されたとか」

出口に向かう途中、セオドシアはギフトショップに目をとめた。「いい感じのお店ね」

「なかを見ていきますか？」シンディが訊いた。

「これも見学ツアーの一部ならぜひ」

「お好みのものがあれば、会員割引にいたしますよ」

「ありがとう」セオドシアはスパ用ローブ、ヨガパンツ、スポーツ用ブラ、オリジナルのソープとオイル、それにワークアウトの教則ＤＶＤなどを見てまわった。厳しい目で選び抜かれた高級品ばかりだ。酸化防止剤の入っていないヘルシーなお茶もここに合いそうな気がする。「どなたがバイヤーなの？」

「ミスタ・ブリッグズが物販を担当していました」シンディは言った。

「とてもいい趣味をしていらしたのね」目の前のガラスのカウンターに並ぶ、しゃれた品がセオドシアの目を惹いた。グラム・ベイビー化粧品。「このメイク用品、いいわね」

「ああ、それですか」シンディは天井を見あげた。「きょう入荷したばかりなんです。最初はグラム・ベイビーの商品は扱わないことになっていたのですが、どうやら、方針が変わったようですね。どうしてかはわかりませんが……まあ、わたしは一従業員にすぎませんから。わたしがやるべきなのは、お客さま全員のお役にたつことです。つまり、心から楽しんでいただくことなんです。納入業者とやりとりすることはありませんし、そもそも、当スパのギフトショップにどんな品を置くか意見する立場にはありません」

「その立場にいるのはどなた？」

「そうですね……いまはビッグ・レジーでしょう」シンディは言った。

「ビッグ・レジー」セオドシアは言った。「突如として巨大な権限を持つことになった人」

駐車場に出たところで、セオドシアはビル・グラスと鉢合わせした。

「あんた、ここでなにやってんだ?」グラスは例の無遠慮な物言いで訊いてきた。ただ、よれよれな恰好に見えるだけではない、張り込みをしていたように見えた。

「ここは女性専用のスパなのよ」セオドシアは言った。「なにをしてたかわかりそうなものだと思うけど」

「ふうん……そうか。なるほどな」

「あなたこそ、ここでなにをしているのか言いなさいよ」

「記事に使う写真を何枚か撮ってるだけさ」グラスは言った。「ブリッグズ殺害事件の記事に使うんだよ」

「お願いだから、そういうことはやめて」

「ばか言うなって」グラスはせせら笑った。「ボー・ブリッグズはこのこじゃれたスパの影の実力者だったんだから、絵として使わない手はないだろ」彼は首にかけたカメラのうちの一台を軽く叩き、赤い車にもたれかかった。

「そこのおまえ!」大きな声がした。「おれの車から離れろ」

振り返ると、ビッグ・レジーが怒りくるった雄牛のように、ふたりのほうに猛然と向かってくるのが見えた。その視線はビル・グラスだけに注がれている。

「おれのポルシェに寄りかかるのはよせと言ってるんだ」レジーは怒鳴った。「塗装に疵ひとつつけてみろ、裁判を起こして、修理代を全額、払わせてやるからな。そのアマランスレッド・メタリックという色がとんでもなく高くつくのを知らないのか？」

ビル・グラスはすまなそうな笑みをつくろった。「悪いな、ミスタ・ヒューストン。悪気はなかったんだよ」

レジーはグラスを指差した。「あんたはカメラマンか？」

グラスは片手でカメラを持ちあげ、笑顔でうなずいた。「《シューティング・スター》紙の者だが、写真を一枚撮らせてもらえないかな」

写真を撮ると言われてレジーの心が大きく動いた。「いいだろう。二、三枚ならかまわん。ただし、男前に撮るんだぞ、いいな？　このあいだは、くだらないチャリティ・イベントでクラッカーを食べてたときに撮られて、フグにしか見えなかったんでな」

「大丈夫だって、ミスタ・ヒューストン」グラスはセオドシアに向かってこっそりウィンクした。「今度の写真は最高の一枚にしてやるから」彼はカメラをかまえた。「はい、こっちを見て。スパがまうしろに来るように、ちょっと左に寄ってくれ。そう、そこでいい。完璧だ」

パシャ！

14

セオドシアがドリーンの家のドアをノックしたときは、午前もなかばを過ぎていた。レジー・ヒューストンにどこかうさんくさいものを感じたので、ドリーンも同じように感じているのかたしかめようと思ったのだ。

「セオドシア」ペパーミントグリーンのトップスに同色のスラックスのドリーンがドアをあけた。「びっくりしたわ」

本当にびっくりしたのかしら、ドリーン？

「いまさっき、ギルデッド・マグノリア・スパを見学してきたの」セオドシアは言った。「あなたに言われたように。そのあと、レジー・ヒューストンさんとも少しの時間だけどお話ししたわ」

「いい人だったでしょう？」ドリーンは返事を待たずに「入って」と言い、先に立って長い廊下を進んで、明るくて広々としたサンルームに案内した。驚いたことに、隣に住むハニー・ホイットリーが来ていた。「ハニーとは前に会っているわね」

「ええ」セオドシアは言った。「また会えてうれしいわ」

「いらっしゃい、おねえさん」ハニーは言うと、長椅子の上で気怠そうに体をのばした。白いダメージドジーンズにピンクのデザインTシャツ、それにサンダルという恰好だった。足の爪はTシャツと同じピンクに塗ってある。ひょっとしたら、ギルデッド・マグノリア・スパの会員なのかもしれない。

「なにかお飲みになる?」ドリーンが訊いた。「レモネード? それともお茶?」

食料庫で埃をかぶっていた箱入りのお茶が頭に浮かんだ。

「いえ、けっこうです。簡単な質問を二、三しにきただけだから」

「あたしのことは気にしないでいいわよ、おねえさん」ハニーが手を振りながら言った。

ええ、いまはあなたのことなんか気にしてないわ、とセオドシアは胸の内でつぶやいた。いつまでもしつこくおねえさんと呼ぶようなら、黙ってないけどね。

セオドシアは枝編みの椅子に腰をおろし、ドリーンはその向かいにすわった。

「スパを見学してみての感想は?」ドリーンは訊いた。

「ギルデッド・マグノリア・スパ自体はすてきだったわ」セオドシアは言った。「でも、レジー・ヒューストンさんのことでいくつか質問したいことがあって」

「なにかしら?」

「ヒューストンさんがスパの日常業務を引き継ぐことになるの?」

ドリーンの表情がくもった。

「それについては……どうかしら……いまのところ完全に白紙状態だと思うけど。お葬式が終わるまでは、そんな重大な決断はくだせないわ」

「それが賢明よ」ハニーが言った。

セオドシアは引きさがらなかった。

「あなたがスパの経営に乗り出すんじゃないかと、オーパル・アンから聞いたけど」

「そんなこと、わからないわ」ドリーンはうろたえ気味に言った。

「あれもこれもと手を出すのは危険よ」ハニーが言った。「このお屋敷を維持して、いろんなおつき合いをこなしたうえに、スパの経営にあたるなんて芸当、どうやればできると思うの？」

「そ……そんなこと」ドリーンはすっかり気迫に押されていた。「そんなむずかしいことを言われても、なにがなんだかさっぱり。頭がパンクしちゃうわ」彼女はセオドシアのほうに顔を近づけた。「ロバート・スティールさんの発表会に行ってきたわ」セオドシアは言った。

「昨夜、ドレイトンと一緒にスティールと例の……あの……お金の件の調査は進んでる？」

「お金を返すよう言ってくれた？」

「そこまではちょっと。一般の方が出入りする場所だったから」

ドリーンは顔をしかめた。

「でも、いずれは話をつけてくれるんでしょう？」

「やれるだけのことはやってみるわ」いったいいつから取り立ての代行が、わたしの仕事の一部になったのかしら。

「なにしろ、七十万ドルといったら、そうとうな金額ですもの」ドリーンは言った。

「七十万ドル？」ハニーが驚きの声をあげた。「やだ、それってひと財産じゃない！」夫がばかな投資をしたと、ドリーンはハニーに打ち明けたのだろうか。それを見きわめる間もなく、サンルームのすぐ外からにぎやかな声が聞こえてきた。数秒後、オーパル・アンとチャールズが入ってきた。

全員がそつなく挨拶をかわしたのち、涙目のドリーンがオーパル・アンの手をつかんで言った。

「それで？　どうだった？」

「手配は全部終わったわ」オーパル・アンは言った。「グルエンウォルド・ブラザーズ葬儀場に行って、詳細を詰めてきた」

「そのあと、教会にも寄ったよ」チャールズが横から言った。

「音楽は？」ドリーンは小声で尋ねた。

「それも手配済み」オーパル・アンが答えた。

「ああ、よかった」ドリーンは涙声で言うと、セオドシア、つづいてハニーに目をやった。

「わたしったら、あまりのショックで、ボーのお葬式の手配すらできないありさまで。オーパル・アンとチャールズがかわりにやってくれるから、本当にありがたいわ」

「ふたりともえらいね」ハニーがつぶやくように言った。

「あとはお葬式をとどこおりなく終えるという大仕事が残っているけど」ドリーンは洟をす

すりながら言った。もやもやしたものを追い払うように首を振り、ポケットからティッシュを出した。「でも、そんなこと、いまから心配しても仕方ないわ」

「ちゃんとやれるわよ」オーパル・アンはそう言うと、セオドシアに期待をこめたまなざしを向けた。「なにか報告にいらしたのね？」

「そうじゃなくて、質問をしにいらしたの」ドリーンが言った。「でも、それなりに進展があったようよ」

「あなたが私立探偵だなんて知らなかった」ハニーが敵意もあらわに言った。

「そういうんじゃないの」セオドシアは言った。「ドリーンに頼まれてちょっと調べているだけ」

「警察がなにも調べてないから？」ハニーは言った。

「セオドシアさんは警察に協力しているようなものなんですよ」オーパル・アンがあわてて擁護した。「しかも、これまでのところ、すばらしい仕事をしてくださってます」

「ロバート・スティールから話を聞いたら」ドリーンが言った。「そのあとはなにをするつもりでいるの？」

「まずは」セオドシアは言った。「ネズミの衣装を調べます」

「ネズミの衣装？」ハニーがばかにするような口ぶりで言った。「そんなもの調べたって、なにもわからないでしょうに」

「というか、給仕係のひとりをくわしく調べたくて」セオドシアは言った。

ドリーンは目をしばたたいた。「どの人？　理由はなんなの？」

「その男性からあらためて話を聞きたいの」セオドシアは言った。「先週の土曜日に少し言葉をかわしたけど、でも……」

オーパル・アンがふたたび口をはさんだ。

「でも、そのときはまだ、調査を引き受けていなかった。そうですよね、セオドシアさん？」

セオドシアはほほえみながら、立ちあがった。

「ええ。でも、いまは状況が変わったから」

「セオドシアさんが力になってくれて本当によかった」オーパル・アンは言った。

ハニーがおざなりに手を振った。「ネズミの調査がうまくいくといいわね」彼女は噴き出しそうになるのを隠しもしなかった。

セオドシアはインディゴ・ティーショップの裏口から駆けこむと、バッグをデスクに置いてエプロンをつかみ、大急ぎで店内に向かった。

「ダーリン、ただいま」冗談まじりに声をかける。だけど、不安でもあった。朝のお茶を出すのと、ポンパドゥール夫人のお茶会の準備とで、ドレイトンはあっぷあっぷしているかもしれない。

ヘイリーが厨房から顔をのぞかせ、小走りしていくセオドシアをつかまえた。

「ちょっと待って、セオ。きょうのランチのメニューを確認しなくていいの？」

セオドシアは急停止した。「もちろんするわ」

「フランス風のメニューにしようとがんばったんだ。敬意を表するために……ほら、えっと……」

「ポンパドゥール夫人にね」

「とにかく」とヘイリー。「ひと品めはバラの花びらのスコーンで……」

「え？　本物のバラの花びらを使うの？」

「当然」ヘイリーは両手を腰に置いた。「当たり前でしょ」

「すばらしいわ」

「次は小さなお皿に盛り合わせた、三種類の小ぶりのサンドイッチ。ブリーチーズとイチジクのジャムをブリオッシュに塗ったもの、アヒルのムースをフランスパンに塗ったもの、それと、ハムとディジョンマスタードをミニクロワッサンにはさんだもの」

「おいしいものをちょっとずつ、ね」セオドシアは言った。「デザートはなににしたの？」

「えっとね、マカロンとパン・オ・ショコラ」

「最高においしくて、フランスらしいものばかりね。ドレイトンにもメニューを伝えた？」

「うん、ばっちりよ。お客さま用に、しゃれた紫と金色の紙に簡単なメニューをプリントアウトしたんだ。ドレイトンにはそのうちの一枚を渡してある」

「ヘイリーったら、いつも一歩先を行ってるんだから」

「一歩遅れるよりもいいでしょ」

「明日の葬儀後の会食の準備はどう？　順調にいってる？」

ヘイリーはうなずいた。「セオが提案したメニューならお茶の子さいさいだもん。それに、ミス・ディンプルに電話して、明日、給仕のヘルプを頼めるか確認したし」

「ドレイトンもわたしも二時間以内に戻るようにするわ。ミス・ディンプルとあなたとで、りっぱにやれるでしょうけど」

「もちろん」

「セオドシア」ドレイトンの声が聞こえた。「帰ってきたのかね？」

「あ、マスターの声だ」ヘイリーは言った。「お茶の達人（マスター）だけど」

「じゃあね」セオドシアは言うと、ティールームに駆けこんだ。「ええ、このとおり戻ったわ」とドレイトンに言った。「遅くなってごめんなさい」

「助かったよ、やっと帰ってきてくれて」ドレイトンはほっとしたように息を吐いた。「朝からずっと馬車馬のように働いていたのでね」

セオドシアは店内を見まわした。半分の席が埋まり、お客は全員、満足そうな顔をしている。アッサム、ニルギリ、ジャスミンのかぐわしい香りがただようなか、抑えた話し声があちこちから聞こえてくる。このうえなくうまくいっているように見える。「忙しかった？」

「髪を振り乱さんばかりだったよ」ドレイトンは言った。

「そんなバタバタしているようには見えないけど」

「見た目で判断してはいかんよ、セオ。とにかく、きみがいなくて大変だったとだけ言っておこう。だが、わたしの泣き言などどうでもいい。ギルデッド・マグノリア・スパのほうはどうだった？　なにかわかったことはあったかね？」

「まず、ビッグ・レジーに会ったわ」

ドレイトンは怪訝（けげん）な顔でセオドシアを見た。「大きな（ビッグ）レジー？」

「スパの従業員はみんな、レジーのことをそう呼んでるの」セオドシアは言った。「体が大きいのと、気性が荒いのがおもな理由ですって」

「さほどありがたい呼び名ではないな」

「実際に会ってみての感想だけど、レジーはりっぱな肩書はほしいけれど、それにともなう仕事はいっさいやりたくない人だった」

「つまり、ボー・ブリッグズの好意にすがって生きているわけか」ドレイトンは言った。

「ドリーン・ブリッグズの財産にすがって生きていると言ったほうがいいかも」

「なるほど」

「どっちにしてもまともな状態じゃないわ。このままビッグ・レジーにスパの経営をつづけさせたら、ドリーンはすねをかじられる一方だと思う。それこそ、破産するまでね」

ドレイトンは目を伏せた。「とんでもない話だ。それで……これから先、われわれはどうすれば？　次になにをすればいいのだね？　どうすれば、レジーのでたらめな経営をやめさせられるのだね？」

セオドシアはつま先を落ちつきなくとんとん鳴らし、あたりを見まわした。

「わからない。考えなきゃいけないことがありすぎるんだもの。でも、ポンパドゥール夫人のお茶会の心配をするほうが先よね。二十人近くも予約が入ってるし、ランチを食べにふらりと入ってくるお客さまも何人かはいらっしゃるはずだから」

ドレイトンはうなずいた。「きみの言うとおりだな。だが、セオ、どうか調査はこのままつづけてくれたまえ」

「そのつもりよ。安心して」

水曜日はポンパドゥール夫人のお茶会の日であると同時に、〝ちょっとインディゴ・ティーショップに寄ってランチにしましょう〟の日でもあるようだった。次から次へと予約が入るうえ、軽い気持ちで店に入ってくるお客もいた。ふたつのB&B(ただし、〈スカボロ・イン〉にあらず)からは、団体客が送りこまれるし、店の前でとまった乗合馬車からは、全員が飛びおりて店になだれこんできた。もちろん栗毛の馬は例外で、飼い葉をあたえられ、外で辛抱強く待っていた。

「こいつは非常事態だ」ドレイトンが言った。やかんの湯がしゅんしゅんと沸き、ティーポットのなかではお茶がいい具合に出ていて、かぐわしい湯気が立ちこめている。「ぎゅうぎゅう詰めではないか」

「とにかく、お茶をどんどん出して」セオドシアは注文を取り、それを大急ぎで厨房に伝え、できあがった料理を持ってテーブルへと急ぐ、を繰り返していた。ドレイトンは〈アダージヨ・ティー〉のマダム・デ・ポンパドゥールという、新鮮な果物の風味といぶしたような香りをつけた、大人気のラベンダー・ティーを淹れていた。バラの花びらのスコーンに合わせるお茶だ。

「いつまでもこのペースでやるのは無理だ」ドレイトンは、淹れたてのお茶が入った花柄のティーポットをふたつ手にしたセオドシアに訴えた。

「収益があがっていると言ってほしいわ。収益をあげることと収入を得ることの違いを、前に話したでしょう？」

「われわれがやっているのは、収益をあげることなのかね？」ドレイトンは訊いた。

セオドシアはうなずいた。

「だったら、もっとがんばらなくてはならないな。二週間の休暇を取って、コッツウォルズのティーショップとマナーハウスを訪れる夢はまだ遠い。飛行機のチケットを取り、ホテルを予約するとなればなおさらだ」

「ところで、あなたには前に立って、簡単なスピーチをしてもらわないといけないわ」

「どうしてもかね？」

「みんな、期待してるのよ」セオドシアは言った。「がっかりさせたくないでしょう？」

「たしかに、きみの言うとおりだ。インディゴ・ティーショップにいらしていただいたからには、がっかりさせるわけにはいくまい」

そこでドレイトンはエプロンをはずしてツイードのジャケットをはおり、最後にもう一度、蝶ネクタイをぎゅっと締めてからカウンターをまわりこんだ。

「紳士淑女のみなさん」と呼びかけた。「当店主催のポンパドゥール夫人のお茶会へようこそ」お客が一斉に首をのばし、椅子の向きを変え、ドレイトンに目を向けた。ドレイトンはメニューを高くかかげた。「すでにみなさまのお手もとにメニューをお配りしてありますので、これからどんな料理が出るかはすでにご存じのことと思います。ですからここでは、マダム・ポンパドゥールその人について、簡単にご説明いたします」彼は小さくほほえみ、先をつづけた。「マダム・ポンパドゥールとして知られるポンパドゥール侯爵夫人はフランス宮廷の一員であり、ルイ十五世の親しい友人にして側近でありました。幼い頃からクラビコードを弾き、ダンスや歌を習い、絵を描いていたそうです。このような芸術的な下地があったからこそ、宮廷で高い地位につけたのであります。彼女は建築や芸術の主要な庇護者となる一方、ヴォルテールなどの啓蒙思想家の庇護者でもありました。本日は、誇りあるフランスの象徴であるマダム・ポンパドゥールの業績をたたえ、当店自慢のお茶、フランス産のチーズ、パテ、そしてパン・オ・ショコラをお楽しみいただきます」

「すばらしい（セ・マニフィーク）」ドレイトンの口上が終わるなり、誰かがフランス語で声をかけた。

べつの女性も叫んだ。「最高（トレ・ビアン）！」

「みんな気に入ってくれただろうか？」セオドシアがいるカウンターに戻るなり、ドレイトンは訊いた。

「ううん」彼女は言った。「それどころか、すっかり心を奪われていたわ」

一時半になる頃には、お茶会はほぼ終わり、セオドシアもようやくひと息つける時間ができた。ちょうど、よかった。というのも、デレインが大公妃かと思うような、気取った歩き方で入ってきたからだ。外見もまさに大公妃のようで、プラム色のツイードのスカートスーツに粋な羽根飾りのついた同色の帽子をかぶり、ジャケットの折り返しには宝石をちりばめた大ぶりのピンをとめていた。

「ポンパドゥール夫人のお茶会に来なかったわね」セオドシアは言った。

デレインは手をひらひらさせた。「時間がなくて」

「なにか簡単に食べていく？」セオドシアはあたりを見まわした。「窓のそばの席でどう？」

デレインの帽子の羽根飾りが、それでいいわというように揺れたのを見て、セオドシアはテーブルに案内した。

「まだ、あなたのドレスはキープしてあるわ」デレインは椅子に腰をおろし、ゆったりとすわった。「なんとか時間を見つけて、うちの店に寄ってちょうだい」

「そのうち、必ず」セオドシアは言った。「でも、このところ、ものすごく忙しくて」

「でも、それはみんな同じでしょう？」デレインはバッグからコンパクトを出して、口紅の具合をすばやくたしかめた。

ブロンズ色をした小さな丸いケースには見覚えがあった。「そのコンパクト……」

「グラム・ベイビー化粧品のものよ」デレインは小さな鏡のなかの自分にほほえんでから、

ぱちんとふたを閉じた。

「あら、奇遇ね。けさ、そのメーカーの商品を見かけたわ。ギルデッド・マグノリア・スパで」

デレインは細めに描いた眉をあげた。「あそこのギフトショップで〈グラム・ベイビー〉を売ってるの？」

「そうよ。あなたはどういういきさつで知ったの？」

「〈グラム・ベイビー〉は発売されたばかりの新商品で、オーランドで開催されたメイクアップ・ショーに参加したときに紹介されてたの。もっと人気が出たら、うちの〈コットン・ダック〉で取り扱いを始めてもいいかもね」デレインはおぼろげにほほえんだ。「開発した女性は、ここチャールストンに住んでるんですって。このあいだなんか、あたしの店に来て、すてきなサンプルをいくつか持って売り込みに来たわ」

「誰なの？」セオドシアは訊いた。「わたしの知ってる人？」

「知らないんじゃないかしら。名前はジェマ・リーというんだけど……そうそう、彼女のことならここに書いてあるから……」デレインはシャネルの真っ赤なバッグをあけて、カラフルな小冊子を取り出し、セオドシアに差し出した。「そこにミス・リーと彼女が開発した商品のことが全部書いてあるわ。その冊子、よかったら、そのままあげる」

小冊子にざっと目をとおしてみると、ブロンズ色のコンパクトやチューブに入った〈グラム・ベイビー〉の化粧品が写真付きでたくさん紹介されていた。

「ずいぶんいろんなものを扱ってるのね」

「でしょう？」デレインは言った。

小冊子を裏返した。カラー写真のなかで、グラム・ベイビー化粧品の創設者であるジェマ・リーがにこやかにほほえんでいる。黒い髪、間隔のあいた垂れぎみの目、ぽってりとした唇に真っ赤な口紅をたっぷり塗っている。

セオドシアははっとなった。この人なら見た記憶がある。ちょっと待って。たしか、ビッグ・レジーのデスクにあった写真で、彼が腕をまわしていた女性じゃない？　そうよ、まちがいない。絶対に同じ人だわ。彼女の製品がスパのギフトショップに並んでいた謎がこれで解けた。

「ねえ」デレインが声をかけた。「おたくのスコーンは一個につき炭水化物がどのくらい含まれてるの？」

セオドシアは小冊子から顔をあげた。「さあ、二十パーセントくらい？」

デレインは顔をしかめた。「それはちょっと少なすぎると思うけど」

「そう、だったら、三十六パーセントにしておく。それで満足？」

「満足なわけないでしょ！」デレインは金切り声をあげた。「冗談じゃないわ。だったら、ポーチドチキンをちょうだい」

「チキンのパテならあるわ」

デレインは首を横に振った。

「だったら、好きにして」

デレインはセオドシアを薄目でにらんだ。

「いいこと、セオ。人間、とくに女性はパンのみにて生きるにあらずなの。だからおたくも、パレオダイエット向けの料理も取り入れなきゃだめよ」

「わかった」セオドシアは注文票を出した。「低炭水化物で、ソースも塩も抜きのポーチドチキンをお持ちします」

「ありがとう」

セオドシアはデレインの注文を厨房にとおすと、すぐさまドレイトンにグラム・ベイビー化粧品の話をした。

「気になるのは、メークアップ用品なんか全然、扱っていなかったのに、突然、扱うようになったことなの」

「恋人が開発した化粧品をギフトショップに仕入れさせようとして、ビッグ・レジーがボーを殺したと？　それはいくらなんでもこじつけにすぎるのではないかな」

「なに言ってるの？」セオドシアは反論した。「最近では、二十ドルとマルボロひと箱のために赤の他人を殺す人だっているのよ。あるいは、ちょっとへこみのついたノートパソコンのために」

ドレイトンはかぶりを振った。

「まったく世の中はすっかり変わってしまったな。わたしが変化に抵抗する気持ちもわかるだろう?」

「しかも、ドレイトンは徹底してるもんね」ヘイリーがスコーンをのせた皿を置きに現われた。「携帯電話もノートパソコンも持ってなくて、音楽を聴くときはレコードを……えっと、あれ、なんていうんだっけ? 蓄音機?」そこでけらけらと笑った。「ドレイトンの生活は一九七二年そのまんま」

「その頃、きみはまだ生まれてもいないじゃないか」ドレイトンは言った。

ヘイリーは首を横にかしげて、にんまりとした。

「だからって、昔のことをなんにも知らないってことにはならないの」

「お茶のソムリエを動揺させないほうがいいぞ。うっかりなにかをきみにかけてしまうかもしれないからな」

ヘイリーは降参のしるしに両手をあげた。「わかったってば。退散する」

ドレイトンはセオドシアに向き直った。「それで、例の、でぶ(ファット)のレジーのことだが……」

「ビッグ・レジーよ」セオドシアは言った。

「呼び名はどうでもいい。恋人が開発した商品をギフトショップに仕入れさせるためだけに、レジーが共同経営者を殺したとはどうしても思えんのだよ。そんな大きな取引ではないのだからね。しかし、スパのお金を着服していた疑いはある」

「でなければ、スパの経営権をひとり占めしようとしたのかも」

「ギルデッド・マグノリア・スパの業績は好調なのかね？」

「きちんとした経営をつづければ、すばらしい業績をおさめると思うわ。リッチな人向けで、競争相手はそう多くないし、とても魅力的なサービスを提供しているもの」

ドレイトンは問いかけるような表情をした。「そのサービスとは……？」

「お客をちやほやすること」


二時半になり、セオドシアはオフィスでスコーンを食べ、烏龍茶を飲んでいた。

「〈シンプソン&ヴェイル〉の烏龍茶の味はどうだね？」ドレイトンの声がした。灰色のヘリンボーンのジャケットにプリムローズ色の蝶ネクタイでめかしこんだ彼が、いつの間にかドアのところに立っていた。

「とてもおいしいわ。さわやかな味で、スイカズラのような香りがする」

「パソコンでなにをしているのだね？」

「あなたに言われたことをやってるの。エンジェル・オーク・ベンチャー・キャピタルについて調べてるところ」セオドシアは顔をくもらせた。「これまで集めた情報からすると、あの会社はさほどすぐれた実績をあげてないみたい」

「意外だったかね？」

「そうでもない。ゆうべのロバート・スティールの売り口上があれではね。言葉たくみにものを売りつけるセールスマンみたいだったもの」

「ひょっとしたら、本当に言葉たくみにものを売りつけるセールスマンなのかもしれんぞ」

「《ポスト&クーリア》紙のビジネス欄で見つけた記事によると、州検事局があの人の会社を二度も調べたそうよ」

「それはまずいな」ドレイトンは言った。「スティールはボーをだまして金を巻きあげたと思うのかね？」

「わからない。スティールさんの目の前に大金をぶらさげる以外、突きとめる方法を思いつかないもの」

「そうやって、彼が腹をすかせたワニのように飛びつくかどうか、確認するというわけか？」

セオドシアはほほえむと、目をパソコンのモニターに戻した。「そんなところ」

「さきほど、ティモシー・ネヴィルと話をしたのだが」

セオドシアは調べものからふたたび顔をあげた。「話題はドリーンからの寄付のこと？というか、寄付される予定のお金のこと？」

「たしかにティモシーはそれについても頭を悩ませている。だが、ほかにも困った問題があるらしい。きょうの午後、きみとわたしとでヘリテッジ協会に来てくれないかと言うのだよ。きみのほうは時間があるかね？」

「たぶん」セオドシアは言った。「でも、なぜ？　なにがあったの？」

セオドシアは《ティーハウス・タイムズ》誌を手に取って、ぱらぱらとめくりはじめた。最近、サヴァナにオープンした新しいティーショップの短いレビューに目がとまった。

「われわれの知恵を借りたいそうだ」

その言葉にセオドシアはいっそう耳をそばだてた。

「ブレインストーミングをするの？　なにについて？」

「さてね。出かけていってたしかめるしかなさそうだ」

15

ドレイトンにとって、ヘリテッジ協会は単なる非営利団体というだけではない。知識の殿堂であり、同好の歴史マニアがつどって意見を交換する場であり、すぐれた美術と文化財の貯蔵場所でもある。

セオドシアにとってのヘリテッジ協会は、石造りの小塔、ぎしぎしときしむ階段、鉛枠の窓、そしてとてつもなく大きな暖炉のある、古くてりっぱな建物だ。東洋の敷物、ビロードのカーテン、革の家具、美術品、さらには専用の図書室まで揃っていて、中世のお城や十八世紀のマナーハウスが好みならば、お屋敷と呼びたくなるほどの場所だろう。ちょっとしたお城かと思うほどどりっぱな建物だ。ここで暮らす自分が想像できるほどだけれど、もちろんそれは夢のまた夢にすぎない。

「先に受付に寄るよ」大理石のタイルを敷きつめたロビーに入ると、ドレイトンは言った。「伝言があるだろうし、郵便物もたまっているはず……」黒い革のジャケットを着た女性がどこからともなく飛び出してきたせいで、ドレイトンは唐突に足をとめた。「うわあ！」持っていた缶入りのお茶があやうく落ちそうになった。

女性はドレイトンの目の前で急停止すると、進路妨害されるいわれはないとばかりに、怒りに燃える挑発的な目でにらみつけた。

セオドシアはすぐさま、スターラ・クレインだと気がついた。

「スターラ？」

同時にスターラもセオドシアとドレイトンに気づいたが、ふたりの前からどこうとしなかった。「あなたたち、いったいここでなにをしてるの？」

セオドシアも同じ質問をしたいところだったが、説明役をドレイトンにゆずった。

「どうしてもということならお答えするが」ドレイトンは言った。「わたしはヘリテッジ協会の理事をつとめているのだよ」

「ふうん、そう」スターラは見下すような口調で言った。

「行きましょう」セオドシアは言った。いつまでもこんなところで、スターラの横柄な態度にがまんしているわけにはいかない。

「失礼しますよ。とても大事な用事があるのでね」ドレイトンはセオドシアとともにスターラの横をすり抜けたが、彼女は一インチたりとも動こうとしなかった。

「ふん、きざな男」スターラは言うと、またも敵意むき出しの目でにらんだ。

「彼女のほうこそ、ここでなにをしてたのかしら」廊下を半分ほど進み、スターラに聞かれる心配がなくなると、セオドシアは言った。

「見当もつかんよ。だが、彼女がこの場所に足を踏み入れただけでも不愉快だ。わたしの愛するヘリテッジ協会を、彼女の不機嫌な態度で汚されたくはないね」

「わかるわ」セオドシアは言った。ドレイトンはスターラに縄張りを荒らされたように感じ、そのせいでやり場のない怒りを感じているのだ。

ドレイトンは大ホールに通じるアーチ形のドアの前で足をとめた。

「だが、彼女のことなど気にするだけ損だ」ふたりして大ホールをのぞきこむと、学芸員と助手たちがせかせかと動きまわり、あらたな展示の準備をしている。「なんの準備をしているかわかるかね?」ドレイトンは訊いた。「軍隊および、狩猟や決闘の際に使われた武器を展示する、貴重な武器の展示会だ」

「いかにも人気の出そうな催し物ね」

「それこそ、いまのわれわれに必要なものなのだよ。より多くの人を呼びこめる展示会がね」

「つまり、より多くのお金を得られる、でしょ。そっちのほうがずっと気になってるはずだもの」

ふたりはさらに廊下を進んで左に折れ、オフィスの大半がある事務棟に入った。ドレイトンが大きなドアの前で足をとめ、ひかえめにノックした。「ティモシー?」

「入りなさい」ティモシー・ネヴィルの声がした。「鍵はかかっておらん」

「わたしたちだ」ドレイトンとセオドシアは、一列になってティモシーの薄暗いオフィスに入った。

ティモシーは弱々しくほほえんだ。「そろそろ来ると思っていたよ」

ティモシー・ネヴィルは実年齢こそ八十を過ぎているが、頭脳もバイタリティーも四十歳若い人と変わらない。小さな顔にたるみは見られず、黒い目は精悍さをたたえ、痩せて骨張った体をしている。彼は骨董関係の雑誌が山と積まれ、純金のペン立てに挿した上等な古いカルティエのペンが目立つ、大きなローズウッドのデスクに着いていた（すわっているのは、背が高く見えるよう、座面を高くした特別な椅子だ）。エマニュエル・フレミエというフランス人の芸術家の手による真鍮の犬が、大きな書類の山の上に文鎮がわりに置かれていた。

ティモシーはピンストライプの灰色のスーツを一分の隙もなく着こなしていた。ポケットチーフは中国産のシルクで、ウィングチップの靴は磨かれ、ぴかぴかに光っている。オフィスも同じように、しっかりと磨きあげられていた。ニスを塗った高い棚には種々雑多な骨董品が並び、そのなかにはめずらしい硬貨、ギリシャの像、アメリカの陶器、長きにわたって国外追放の憂き目に遭っていたロシアの王子が所有していたという、宝石をちりばめた王冠まであった。

「いまさっき、ロビーで広報の会社をやっている人と鉢合わせしたわ」セオドシアは言った。「スターラ・クレインという名前で、会社は……」

「イメージ・ファクトリー」ティモシーが言った。「たしかに、ミス・クレインはさっきまで、うちのマーケティング担当の連中相手に売り込みをかけていたよ。わたしも、短いあいだだが、同席した」

「まさか、彼女を雇うわけじゃないでしょうね」

ティモシーは柔和な表情を崩さなかった。「きみはあの若い女性が苦手のようだな」

「図々しくて失礼な人なの。それがなければ、有能と言ってもいいんでしょうけど」

「そうとわかっていれば対処のしようもある」ティモシーは言った。「軋轢を起こしやすいタイプの人間は、当協会の洗練された会員や協力者たちとは、どう考えてもそりが合うまい」

セオドシアはもっとなにか言おうとしたが、はたと気がついた。スターラは実情調査という秘密の任務を帯びていたのかもしれない、と。ドリーンはスターラの助言に従って寄付金の額を決めるつもりなのでは？　それでスターラがヘリテッジ協会の現状を調査しにきたのかも。セオドシアはそうではないことを心の底から祈った。ティモシーにひとこと言っておくべきかしら？　そうしたほうがよさそうだ。

「実は」と切り出した。「スターラ・クレインさんはドリーンの依頼で広報の仕事を大々的に請け負っているの」

ティモシーはっとしたようにセオドシアを見つめた。「本当なのか？」

「つまり」とセオドシアはつづけた。「スターラは偵察のようなことをするために送りこまれたのかもしれないわ」

ティモシーは眉根を寄せた。「ドリーン・ブリッグズが当協会に寄付をするかどうかは、スターラ・クレイン次第ということか？」

「あり得ないことじゃないと思う」こんなことをティモシーに言わなくてはならないなんて、本当にやりきれない。でも、打ち明けなくてはならないことはほかにもある。まだまだたくさん。

「きみも知ってのとおり、ドレイトンとわたしは、ドリーン・ブリッグズからのきわめて多額の寄付をあてにしている」ティモシーは言った。「それが入ってこないとなると、当協会は困ったことになる」

「問題があってね」ドレイトンはティモシーのデスクにお茶の缶を置いた。

「わかっておる」

「そうではないのだよ。さらに大きな問題があると言っているのだ。説明してやってくれ、セオ」

セオドシアはひとつ大きく息を吸った。「チャールストン警察はドリーンをご主人が殺された事件の被疑者と見なしているの」あ〜あ、言っちゃった。

ティモシーはシルクの靴下を履いた足のつま先までショックで震えた。

「なんと！」そう叫ぶと、椅子にすわったまま背中をまるめた。「ドリーン・ブリッグズが容疑者だと？　そんなはずはなかろう」

「そんなはずがあるのよ。ご主人が毒を盛られたとき、ドリーンはその場にいたんだから。注射したのが彼女だという可能性はあるの」

「可能性はあるが、実際そうだったとは思えんよ」ドレイトンが言った。

セオドシアは首を左右に振った。「そんなのわからないでしょ、ドレイトン。まだその段階まで行ってないんだから」

「その段階まで行っていない、となテ」ティモシーが繰り返した。「きみたちふたりは、ドリーンのご主人の死について調べているのか？」

「まあね」ドレイトンはあいまいに返事をした。

「ええ、そうなの」セオドシアは答えた。「それとこんなことを言うのはいやだけど、ドリーンときたら、なにかにつけてわたしたちにあれこれ指図するの。それも、頭の上に協会への寄付をちらつかせて。犯人を特定できたら、寄付をあげるわと言わんばかり」

「なんと、まあ」ティモシーはゆっくりと言った。「寄付をニンジンがわりにぶらさげているのか」

「だが、ニンジンをもらえるのは、ドリーンが犯人でない場合にかぎられる」ドレイトンが言った。

ティモシーはかぶりを振ると、唇をぎゅっと引き結び、冷ややかな笑みを浮かべた。

「リース刑務所のこぢんまりとした監房で小切手を切るのは、むずかしかろう」

ドレイトンは片手をあげた。「まあ、あれだな……」

「その場合は彼女に見切りをつけ、べつの資金源を検討するしかないだろうな」ティモシーは言った。「べつの寄付をしてくれる人をあらたに見つけるか、われわれの仲間が乱高下する株式相場から抜け出せるかするまでの場つなぎとして」

「そこまで状況は深刻なのかね？」ドレイトンは訊いた。

「ヘリテッジ協会をたたまないためには、神のみわざが必要になるだろうな」ティモシーは言った。

「協会の経営は赤字なの？」セオドシアは訊いた。

「いまのところはちがう」ティモシーは答えた。「だが、そうなる日も近い。問題は、きみもドレイトンからいくらか聞いていると思うが、協会の投資が低空飛行をつづけている点だ。寄付についても同様だ」ティモシーはこぶしでデスクを軽く叩き、セオドシアとドレイトンのほうに頭を傾けた。「というわけで、なにができるか検討しているというわけだ」

「あらたに資金集めのイベントを開催してはどうだろう？」ドレイトンは言った。

ティモシーは椅子のなかで気まずそうにもぞもぞ体を動かした。

「資金集めのイベントなら数え切れないほど開催してきたではないか。うんざりするほどな。〈オーキッド・ライツ〉、〈クリスタル・ボール〉、季節ごとのさまざまなイベント、ガーデン・パーティなど枚挙にいとまがない」そこで彼はセオドシアをまっすぐに見つめた。「いまの協会に必要なのは新しい発想だ。既存の枠にとらわれず、さらに言うなら、われわれが不安を感じるくらい斬新なものでなくてはいかん」ティモシーは下を向き、指先で側頭部を揉んだ。「わたしなりにいろいろ考えたし、それこそ、四六時中、頭を悩ませたのだが、なにひとつ浮かんでこなくてな」

セオドシアはしばらくなにも言わず、ティモシーが置かれた窮状に思いをめぐらせた。やがて口をひらいた。「いまの時点でひとつだけ思いついたわ。でも、少し、型破りかも……」

ティモシーは顔をあげた。「言ってみたまえ。いまはどんな意見でも歓迎だ」

セオドシアは深く息を吸いこんだ。「所蔵している美術品や骨董品を何点か売ろうと考えたことはある?」

ティモシーはじろりとセオドシアを一瞥した。「いまなんと?」

「それは歓迎できんよ」ドレイトンがあわてて口をはさんだ。「所蔵品を売却するなど、いくらなんでも容認できん」

「最後まで話を聞いて」セオドシアは言った。「定期的に所蔵品を売却している一流美術館はたくさんあるわ。ニューヨークのメトロポリタン美術館やサンフランシスコのデ・ヤング美術館だって一年に何十という所蔵品を売却しているのよ。なぜ、ヘリテッジ協会はだめなの?」

「所蔵品の一部を売るとは、まったく思いつかなかったな」ティモシーが言った。

けれどもドレイトンはまだむすっとした顔を崩さなかった。

「協会の貴重な所蔵品がすべて失われるなどとは、考えたくもない」

「だったら、本当に貴重な品は売らなければいいのよ」セオドシアは言い含めた。「一部の品にはコピーがあるはずだし、絵画やアンティークの家具のなかには、長いこと倉庫に保管されたままで、寄贈者もとっくに忘れているようなものがあるじゃない。ものによっては、寄贈者が亡くなっている場合もあるでしょ」

「たしかに」ティモシーは言った。「寄贈された品の多くは、一八〇〇年代なかばにまでさかのぼる」

「ほらね」セオドシアは言った。「学芸員に所蔵品を徹底的に調べるよう指示を出して。いいものは取っておいて、現在の協会の役割にそぐわないもの、または一流ではないもの、あるいはここのコレクションにはそぐわないものを選別すればいいのよ」

「しかし、どこに売るというのだね？」ドレイトンがからかうような口調で訊いた。「イーベイとか？」

「ニューヨークの〈サザビーズ〉に送ればいいわ」セオドシアは言った。「でなければ、〈ボナムズ〉でも〈ファーストディブス〉でもどこでもいい。でも、どうかお願いだから、所蔵品を売却するからって申し訳なく思わないで。こうすることが賢明で前向きなことなんだと考えるの」

「じつにたくみなプレゼンだったな」ティモシーは言った。「しかも、悪くないアイデアだ」彼はふたたび椅子に背中をあずけ、指を組み合わせて尖塔の形にし、じっくり考えこむように眉根を寄せた。「というよりも、ひじょうにおもしろいアイデアだ」

セオドシアは笑顔になった。ティモシーがおもしろいと言うときは、べた褒めしているにひとしいのだ。つまり、おそらく彼はこの提案に乗ってくる。

ティモシーは節くれだった手をのばし、お茶の缶の上部をとんとんと叩いた。

「なにを持ってきてくれたのだ？」

「祁門毫芽（キーマン・ハオヤ）だ」ドレイトンが答えた。「とても味わい深くて濃厚な味のお茶だよ」

「すばらしい」ティモシーは言った。「そうだな、これならぴったりだ」

セオドシアはほほえんだ。ティモシーがお茶の話をしているのでないのはわかっていた。


「もう一カ所、行く余裕はある？」愛車のジープに乗りこみながら、セオドシアは訊いた。

ドレイトンは腕時計に目をやった。「大丈夫だと思うが。なにをたくらんでいるのだね？」

「貸衣装会社を訪ねてみたいの」セオドシアは車を出した。

「会社の名前は突きとめたのかね？」ドレイトンはシートベルトを引き出して、しっかりと締めた。

セオドシアはうなずいた。「ええ、もちろん。フルトン・ストリートにあるビッグ・トップ・コスチュームという会社」

「行くだけの価値があると本気で思っているわけだね」

「望みは薄いと思う。でも、行ってみなくちゃわからないでしょ。例のウェイターのことをもっとよく知りたいというのがおもな目的なの」

「貸衣装店に行けば、なにか手がかりがあると思うわけか。衣装はクリスピンズ・ケータリングに届けられたという話だったが」

「そうよ」セオドシアは言った。「だから、望みは薄いと言ったでしょ」

実際、いろいろな意味で望みは薄かった。というのも、ビッグ・トップ・コスチュームの店主、モート・ラスキンが協力を渋ったからだ。

「ネズミの衣装のことでいくつか質問に答えてくださるだけでいいんです」セオドシアは言った。

モートは目をぐるりとまわした。「あれがどうかしたか」

やましそうな表情に丸まった背中、だらしなくすわったモートは、反抗期のティーンエイジャーを思わせた。着ているのはよれよれのワイシャツに茶色のズボンで、シャツは首まわりがゆるゆるだし、幅が広すぎるネクタイを膝に届きそうなほどゆるめていた。

「ドリーン・ブリッグズの家で開催されたネズミのお茶会でなにがあったかは、すでに知っていると思うが」ドレイトンが言った。

「たしかに聞いてるよ」モートは言った。「新聞でも読んだしな。ひどい話だ。だが、衣装のせいにはしないでくれ。うちの店のせいにされるのもごめんだ。おれにはなんの責任もないんだから」彼は激しく首を振り、〝わたしはペテン師ではない！〟という例のスピーチをしたときのリチャード・ニクソンを彷彿とさせる動きで両腕を振りあげた。

「つまり、白いネズミの衣装はここにあるんですね？」セオドシアは言った。

「ネズミ用の衣装ってわけじゃない」モートは言った。「ジャケットとズボンは、うちのナポレオン風の衣装のなかから選んだ。その手の衣装は需要が多いんだよ。チャールストンには、ご先祖さんがフランス系の人が多いから」

「ネズミのかぶりもののほうは？」セオドシアは訊いた。

「ネズミのかぶりものは、くるみ割り人形用のものを使った」モートは言った。「ほら、ネズミがバレエを踊るシーンがあるだろ？」彼は乾いた声でくすくす笑ったが、すぐにそれはぜーぜーという音に変わった。「とにかく、ネズミのお茶会とやらには、二種類の衣装を組み合わせて使ったんだよ。ふん！　おかげでこのざまだ」

「ボー・ブリッグズの身になにがあったかを考えてみたまえ」ドレイトンが言った。

「よろしければ……」セオドシアは口をひらいた。

けれどもつづきの言葉が口から出るよりはやく、モートは首を振って言った。

「だめだ、だめ、だめ。衣装を持ち出そうったって許さんからな」

「どうしてだめなのだね？」ドレイトンが訊いた。

モートはもっともらしい答えを必死に考えているようだった。

「うーん……ひとつには、あの衣装はドライクリーニングしないといけないんだよ」

「あの」セオドシアはあわてて言った。「ちょっとお願いしたいことがあるだけです。衣装を拝見できればそれでいいの。べつに着るつもりじゃありません。なにか忘れ物があるか確認したくて……あの……ポケットのなかに」

モートは不満そうに顔をしかめた。「どこの人って言ったっけ？」

ドレイトンはしれっとした顔で言った。「クリスピンズ・ケータリングだ」

それでモートはいくらか緊張を解いた。「なんで最初にそれを言わない？　いいだろう。

見てもかまないよ。だが、見るだけだからな」ふたりとの話が終わって安堵したように、彼は腕をひと振りした。「そこのドアを抜けて、左にあるラックにかかってる。全部で八着だ。おれが数えてないなんて思うなよ」

ビッグ・トップ・コスチュームの奥の部屋はハロウィーンとサーカス、動物、第二次世界大戦、それにプリンセスのコスプレパーティの衣装、さらには過去に役が振られ、脚色され、上演されたオペラやブロードウェイのお芝居の衣装で取り散らかっていた。衣装はテーブルに無造作に置かれ、ラックにかけられ、天井に取りつけたポールから吊りさげられていた。かびと防虫剤とドライクリーニングの溶剤のにおいが染みついていた。

「ひどいな」ドレイトンが言った。「古い衣装の通過駅のようではないか。一種の地獄だ」

「そんなこと言わないの、ドレイトン」セオドシアはすぐさま、目当てのラックを見つけた。「ほら、ここにネズミの衣装があるわ。ジャケットもなにもかも」すぐに一着ずつ調べはじめた。「ほら、見て。どれもポケットがついてる」

「なにか見つかったかね？」

「いまのところはなにも」セオドシアは猛然とジャケットのポケットをあらため出した。

ドレイトンは衣装ラックの真上の棚に並んだネズミのかぶりものに目をこらした。「奇妙だとは思わんか？　あんなふうに頭だけが並んでいると」

「ずっと、奇妙なことの連続じゃないの」セオドシアは四着めの衣装に取りかかり、ジャケットを上からぽんぽんとはたき、ズボンのポケットに手を突っこみ、防虫剤のにおいで鼻がむずむずしたときには、くしゃみを必死にこらえた。「お願い、ドレイトン、手伝って。さっきのモートとかいう人に追い出される前に」

それからドレイトンもセオドシアと肩を並べ、てきぱきと手を動かした。

「ドライクリーニングの溶剤のにおいで鼻が曲がりそうだ」

「同感。本当にくさいわね」

「まったく……」ドレイトンが爆発音並みに大きなくしゃみをした。「失礼」彼はハンカチを出し、目と鼻をぬぐった。

「ねえ」セオドシアは声に昂奮の色をにじませながら言った。「なにか見つけたかも」

「なにかとは？」

「わからない」セオドシアはポケットのひとつからくしゃくしゃになった紙切れを一枚出した。「見てみましょう」

「なんだね？　フォーチュンクッキーに入っているおみくじのように見えるが」

「ううん、それじゃないと思う」セオドシアは紙をひろげ、じっと見つめた。

「見せたまえ。いや、それよりきみに読みあげてもらったほうがよさそうだ。目がかすんでよく見えん」

「〈ポート・シティ・ビストロ〉って書いてある。それに時刻印が押されてる」

「〈ポート・シティ〉といったら、マーケット・ストリートにある、かなりしゃれたレストランではないか」ドレイトンは言った。

セオドシアは紙を指にはさんだ。「駐車場料金の領収証じゃないかしら」

「ネズミのウェイターのひとりがそこで働いているとか？」

「確認しましょう」セオドシアは言った。「その人を訪ねるの」

16

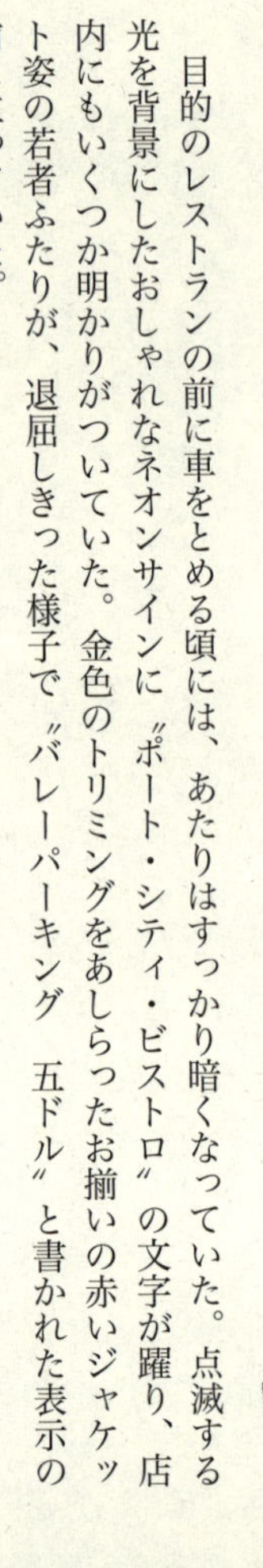

目的のレストランの前に車をとめる頃には、あたりはすっかり暗くなっていた。点滅する光を背景にしたおしゃれなネオンサインに〝ポート・シティ・ビストロ〟の文字が躍り、店内にもいくつか明かりがついていた。金色のトリミングをあしらったお揃いの赤いジャケット姿の若者ふたりが、退屈しきった様子で〝バレーパーキング　五ドル〟と書かれた表示の前に立っていた。

ポート・シティ・ビストロに入ってみると、ダイニングエリアは豪華で薄暗かった。歴史を感じさせるというより、次世代バージョンの高級感がただよう店だった。どのテーブルも白いリネンのテーブルクロスがかけられ、白塗りの壁には海の写真と海にまつわる品々が飾られ、中央に置かれた現代的な四角い暖炉のなかで炎が躍り、なごやかな雰囲気を添えている。早めに訪れたふたり連れが何組か、テーブル席に着いているものの、実際の営業の大半は、すぐ左のバーに集中しているようだった。

ディナーの時間にはまだちょっと早いものね、とセオドシアは心のなかでつぶやいた。お客のほとんどはバーにいるし。一日の仕事が終わってオフィスの小部屋を抜け出してきた人いけど。

たちが、カクテルを軽く一杯やってこうというのだろう。軽く一杯ではすまないかもしれな

「見覚えのある顔はいるかね？」ドレイトンが訊いた。「ネズミのお茶会に来ていた顔は？」

「全然」セオドシアは答えた。「でも、いまのところ接客係はひとりしか見ていないし、そ

れも女性だったから」

「わたしはバーを見てこよう」

「いい考えだわ」

ドレイトンがバーに向かうと、レストランの奥のスイングドアからウェイターがひとり現

われた。

「すみません」セオドシアは片手をあげて呼びかけた。次の瞬間、心臓の鼓動が少し速くな

った。目的の若者ではないが、見たことのある顔なのはたしかだ。お茶会のときにテーブル

まで案内してくれたピンクのネズミだった。歳は三十代後半から四十代前半といったところ、

面長に濃い眉毛、一九五〇年代にタイムスリップしたようなリーゼントヘアにしている。

「すぐに案内の者がまいります」ウェイターが声をかけた。

セオドシアはちょいちょい、と手招きした。「実はあなたに話があるの」

「え？　ぼくですか？」ウェイターは見るからにとまどった様子でやってきた。黒いジャケ

ットの名札には〝ペリー〟とある。

「このあいだの土曜日、ネズミのお茶会で接客を担当していたでしょ？」セオドシアは訊い

た。

ペリーの顔に不安の表情が忍びよった。「警察の人なら、ぼくは無関係だと話しましたけど。ぼくは犯人じゃありません。ほかの人をあたってください」

「わたしは警察とは関係ないわ。ドリーンの友だちなの」

「ドリーンって誰です？」ペリーが訊いた。

「ネズミのお茶会を主催した女性よ。ご主人が毒を盛られた方」このペリーという男性は以前にも見かけたことがある。ネズミのお茶会のときだけじゃない。もしかして、ここはべつのレストランで働いていたことがあるのかも。

「とにかく、見当違いですってば」ペリーは言った。「警察の事情聴取はもう受けました。申し訳ないが、毒のことなんかなんにも知らないんです。十五年以上も接客業についていますが、食べものに毒を盛られた現場なんかはじめてですよ」

「ちょっと待って」セオドシアは言った。「どこかで見た顔だと思ったけど、以前、〈ソルスティス〉で働いていたでしょ？」

「はい」ペリーは言った。「いまはここが職場で、とても気に入っているんです」彼はセオドシアのほうに顔を近づけ、声を落としてつづけた。「この仕事を失いたくないんですよ、わかりますか？　だからいざこざはごめんです」

「いくつか質問したいだけだから」セオドシアは言った。

「質問というのは？」

「あなたと一緒にネズミのお茶会で働いていた若い人のことよ。ブロンドの髪をつんつんに立ててた人。土曜日、警察があなたたちを並ばせたとき、彼はなにか知っていながら隠しているように見えたわ」

「マーカスのことかな」

「マーカス？」セオドシアはその言葉に食いついた。「それがあの若者の名前？」

「そうです」ペリーは言った。「マーカス・コヴィ。あいつとは〈クリスピンズ・ケータリング〉経由で二度ほど一緒に仕事をしました。そう悪くはない感じでしたけどね。でも、言われてみれば、このあいだの土曜日はちょっとばかり神経質でしたね」ペリーは、案内係か上司がどやしつけようとしていないか確認しようと、あたりを見まわした。「だけど、それはたぶん、あの男性が突然、亡くなったせいだと思ってました。あんなむごい場面に遭遇するなんて、そうそうあるもんじゃないですから」

「マーカスの住所はわかる？」セオドシアがそう尋ねたとき、ドレイトンがまっすぐ自分に向かってくるのに気づいた。指を一本立て、待っててと伝えた。

ペリーは首を横に振った。「マーカスの自宅の住所そのものは知りませんが、道順なら教えられます。一緒に〈キャンベル・クラブ〉でフリーで働いたとき、迎えに来てほしいと頼まれたことがあるから」

「よかった」セオドシアは言った。「助かるわ」

「あの若者の名前はマーカス・コヴィだった」セオドシアは運転しながら言った。「住んでいるのはチャールストン大学の近くですって。はい、これ」そう言って、走り書きの地図をドレイトンに渡した。「ナビをお願いね」

「このマーカスという若者から話を聞けば、なにかの役にたつと考えているのかね？」ドレイトンは訊いた。

「それはなんとも言えないわ。やってみても損はないと思うだけ。それにいま思うと、あの若者がなにか隠している気がしてしょうがないの。でなければ、不安に思ってることがあるかのどっちかね」

「ドリーンが毒を注射する現場を見たのでなければいいのだが」

「そのことだけど、ドリーンって気分がころころ変わる人よね。だからご主人を平然と殺せるとは思えなくなってきたわ」セオドシアは遅い車をよけて、追い越し車線に入った。「もっとも、絶対とは言い切れないけど」

車はミーティング・ストリートに並ぶ、いくつもの商店の前を過ぎ、やがて左に折れてウエントワース・ストリートに入った。

「もうすぐよ」セオドシアは言った。「ピット・ストリートとの交差点が見えたら教えてね」

「あそこだ！」ドレイトンが叫んだ。「曲がりたまえ。ここだよ。このブロックだ」

セオドシアは急ハンドルを切った。

ドレイトンの足が床からふわっと浮きかけた。「おっと！」

「大丈夫？」セオドシアは訊いた。

「大丈夫だ。心配はいらない」車がゆっくりとまったところで、ドレイトンは言った。「アドレナリンが落ち着いて、血圧が正常に戻るまで一分だけ待ってくれたまえ」彼は胸を手で押さえた。「よし。ましになったぞ。だが、今度の用事はそう長くはかからないのだろうね？いいかげん、家に帰って、ハニー・ビーに餌をやらなくてはいかん」

「五分だけ」セオドシアは指を五本立てて言った。「そしたら引きあげるわ。約束する」

近づいてみると、コヴィの自宅はチャールストン特有のシングルハウスで、質素な下見板張りの細長い住宅だった。けれども、なかは真っ暗で、明かりはひとつもついていなかった。

「五分もかからないかもしれないわね」セオドシアは言った。「だって、留守みたいだもの」

「それはよかった。寄り道したところで、いい結果にはつながらないと思っていたよ」

「まあ、ドアをノックするぐらいはしてみましょう」

ふたりしてたわんだポーチにあがり、セオドシアは玄関のドアをノックした。そして待った。十秒が経過し、さらにまるまる一分が経過した。

「留守のようだ」ドレイトンは言った。「さあ、帰ろう」

「約束の時間はあと三分残ってるわ」セオドシアは言った。

「その時間でなにをするのだね？」

「ぐるっと見てまわるとか？」

「いかん。絶対にいかん」

「ひょっとしたらマーカスは裏口から入って、それから……真っ暗ななか、ソファでのびちゃったのかもしれないわね。ドリトスを食べながら、TMZみたいなゴシップ番組を観てるうちに」玄関ポーチをおりたセオドシアは、ひび割れた敷石に草ぼうぼうの通路がのびているのを見つけ、裏にまわろうと歩きはじめた。

「本気かね？」ドレイトンがうしろから呼んだ。

「はやく来て。遊びの精神はどうしちゃったの？」

「ううむ……チェスの道具と一緒に自宅に置いてきてしまったかもしれん」ドレイトンはそう言いながらも、けっきょくついてきた。重い足取りで。

一台の車が――十年落ちのサーブ、色はくすんだ黒で、右のフロントフェンダーが一カ所へこんでいる――が裏庭の粘土質の硬い地面にぽつんと置かれていた。

「彼の車がある」セオドシアは言った。

「彼のものかどうかはわからんぞ」ドレイトンが言った。

「さっきも言ったけど、テレビでも観てるんじゃない？　でなければ居眠りしてるのかも」セオドシアは低い階段を二段のぼって、ぐらぐらするスクリーンドアをあけた。内側のドアをノックしようとしたそのとき、数インチほどあいているのに気がついた。「あらあら」

「どうした？」

「ドアがあいてる」

「お目当ての青年はいったん帰宅したものの、また出かけたのだろう。近所の家かどこかにあわただしく出かけたのかもしれん」

「近所の家かどこか、ね」セオドシアはつぶやいた。でも、そうじゃない気がする。裏口のドアを、さらに数インチほど足で押しあけた。「マーカス？」と呼びかける。「いるの？」

「いないよ、きっと」ドレイトンが言った。

「でも、いるかもしれないでしょう？　まずいことになってるかもしれないじゃない」セオドシアは、なんだか妙なことになってきたという感じがどうしてもぬぐえなかった。これって、自分の不安が反映されているだけ？　それとも、マーカス・コヴィの身になにかあったとか？　わからない。でも、このまま踵を返して立ち去る気にはどうしてもなれなかった。そこでひとつ深呼吸した。「なかに入ってみる」

「いかん」ドレイトンがうわずった声で言った。けれども時すでに遅し。セオドシアはもうドアを抜けて、なかに入っていた。彼女の身を案じたドレイトンも、覚悟を決めてあとを追うようになかに入った。背後でスクリーンドアがばたん、と大きな音をたてた。「こういうのはまちがっている」真っ暗なキッチンの真ん中にいるセオドシアにようやく追いつくと、彼は怒りもあらわに言った。

「わかってる」セオドシアは言った。家のなかは暑くてむんむんしていた。

コンロを長いことつけっぱなしにしていたような感じだった。カウンターの上にあるトースターの、小さなオレンジ色の光と緑色のデジタル表示が光っている。

ドレイトンがセオドシアの腕にそっと触れた。「もう帰ろう」

「あと一分だけ」流しにワイングラスがふたつ、逆さまに置いてあった。ゆうべ飲んだのかしら。それとも……？　セオドシアは指で片方のグラスに触れた。洗ったばかりらしく、まだ濡れている。

「セオドシア、このままいたら危険……」

「あと三十秒だから」彼女は言うと、するりとドアを抜け、長い廊下をそろそろと進んだ。

「そしたら、引きあげ……」そこで言葉がぷつりと途絶えた。

ドレイトンは顔をしかめ、落ち着きなく蝶ネクタイをいじった。「セオ？」と呼びかけた。暗闇のなか、十五フィート前方から彼女の小さな息づかいが聞こえてくる。「いいかげん……」

「ドレイトン」セオドシアの苦しそうな声が聞こえた。ドレイトンはたちまち恐怖に襲われ、忍び足でキッチンを出ると、背中を壁にぴったりとつけ、そろそろと廊下を進んだ。「怖がらせないでくれたまえ。こういうのはどうにも気に入らない」むっとした、とがめるような口調で言った。暗いなか、セオドシアの姿がかろうじて見えた。ほっそりとした彼女が、上を見あげている。

「まさか、見つけたわけでは……」ドレイトンは頭のなかが真っ白になった。バッテリーがいきなり抜かれたか、メインスイッチが切られたかしたみたいに。なにを言うつもりだったか、さっぱり思い出せない。そのかわり、その場に立ちつくし、これ以上ないほどゆっくりと、視線を上に向けた。セオドシアが見あげているのと同じ方向に。というより、魅入られたように見つめている方向に。

思ったとおり、死体があった。二階の踊り場からぶらさがっていた。細いロープで吊されていた。いや、もしかしたらワイヤーかもしれない。暗くてよくわからない。ひとつだけたしかなのは、熟成させるために吊された特大のハムのように、死体がゆっくりまわっていることだった。

先に立ち直ったのはセオドシアだった。彼女は電話を取り出し、大股二歩でドレイトンの前まで行くと、彼を強く押した。「外に出て!」と大声で言った。緊急通報の番号を押しながら、猛スピードでキッチンを抜け——もう、どれだけ大きな音をたてようがかまわなかった——裏庭に出た。そのとき、通信指令係に電話がつながり、もつれる口で助けを求めた。

待っている時間は永遠にも思えたが、実際には、ものの数分で最初のサイレンが聞こえてきた。まるで機械じかけのコヨーテのように、けたたましくて鋭い音だった。やがて、二番め、三番めのウーウーという音もくわわって、耳障りな不協和音を奏ではじめた。

いちばんに到着したふたりの警官が、銃を抜いて、家のなかに駆けこんでいった。数分後、厳しい表情で外に出てきた。

ふたりはすぐさまセオドシアとドレイトンを別々にして、それぞれから事情を聞いた。両者の話が一致し、セオドシアとドレイトンがネズミのお茶会について説明すると、やっと状況がいくらか落ち着いた。

「ピート・ライリー刑事には連絡したの？」セオドシアは事情聴取した警官に尋ねた。名札にはグローヴァーと書いてある。「ライリー刑事は現場を自分の目で見たいはずよ。それにわたしたちの話を聞きたいはず」

「連絡を入れたので、いまこっちに向かっている」グローヴァーが言うと、あらたに二台のパトカーが入ってきた。「鑑識の連中も向かっているそうだ」

「よかった」

現時点で六人の警官が集まっていて、ふたりが家のなか、四人が外にいた。外にいた四人が家に入ろうとするのを見て、セオドシアはあとをついていった。つづいてドレイトンも、気力を振りしぼってなかに入った。

すでに明かりがついていて、ぶらさがった死体を警官たちが検分していた。

「自殺だな」ひとりがばっさりと言い、首を横に振った。「まったく、ばかな若造だ」

「ドラッグでもやってたんだろうさ」べつの警官が言った。「よくあることだ」

セオドシアは喉の奥で低くうなった。

ドレイトンが横目で彼女を見やった。「きみは自殺とは思っていないようだな」

セオドシアはうなずいた。「ええ、思ってない。彼は殺されたのよ」

「だが、誰に？　それに動機はなんだね？」

「あの若者はなにか知ってたんだと思う。あるいは、彼がなにか知ってると思いこんだ人がいるんだわ」

「マーカス・コヴィが犯人を突きとめたのかもしれないと？」

「たぶん、突きとめたというほどじゃなかったのよ。でも、あやしいと思う人がいたんじゃないかしら」

「われわれがコヴィを探しているのを知っていたのは誰だろう？」ドレイトンが訊いた。

「ほぼ全員と言ってもいいでしょうね」起こってしまったことを思うと、吐き気がこみあげてくる。「話を聞いた相手全員に、マーカスと連絡を取りたいと触れまわったようなものだもの。マーカスに尋ねたいことがあるって」セオドシアは声をうわずらせた。「彼の自宅があるほうを、真っ赤な特大の矢印でしめしたようなものだわ」

「自分を責めすぎだ」

セオドシアは涙をこらえ、首を横に振った。「こんなの、責めてるうちには入らない」


鑑識のぴかぴかの黒い車が入ってくるのと同時に、ピート・ライリー刑事が現われた。

「大盛況だな」ドレイトンがぽつりと洩らした。ふたりはまた外に出て、コヴィの愛車、サーブの横に立っていた。警察が設営した三基の投光照明が、不気味で寒々しい光で周辺すべてを照らしていた。隣の家の二階の窓から、住民がふたり顔を出し、コヴィの家の庭で繰り広げられている騒動をじっと見つめている。

「やっと見物人のお出ましだわ」セオドシアは言った。「マーカス・コヴィが殺されていたときには、みんなどこに行ってたのかしら」

「あの青年は本当に自殺だったのかもしれんぞ」

「そんなわけないわ」セオドシアの顔はやるせなさで暗かった。

ライリー刑事が急ぎ足でふたりに近づいた。「あなたが彼を見つけたんですか？」彼はセオドシアをまっすぐに見つめて訊いた。

「わたしたちふたりで見つけたの」セオドシアは答えた。

ライリー刑事は両手を腰に当てた。「それで、おふたりはここでなにをしていたんです？」セオドシアは感情的になるまいとして、ごくりと唾をのみこんだ。いまは泣いたり、うろたえたりするわけにはいかない。でないと、ライリー刑事はなにを言ってもまともに取り合ってくれないだろう。

「彼と話がしたくて」セオドシアは言った。

「彼というのはマーカス・コヴィのことですね」ライリー刑事は言った。「具体的になんの話をしたかったんですか？」

「ドレイトンとわたしは、このあいだの土曜日の出来事について、コヴィさんの意見を訊こうと思ったの」

「調査の一環としてですね」

「そんなんじゃないわ」セオドシアは言ったが、ライリー刑事の表情からすると、信じていないのはあきらかだった。

ライリー刑事は考え事をするように、しばらく遠くをながめていたが、やがて視線をセオドシアに戻した。「マーカス・コヴィが犯人だと思ったんですか？　自分の手で彼をつかまえるつもりだったんですか？」

「とんでもない」ドレイトンが言った。

「もちろん、ちがうわ」セオドシアは言った。「さっきも言ったように、わたしたちは話をしたかっただけよ」

「ここで待っていてください」ライリー刑事は言った。「いまのは、絶対に動くなという意味ですからね」彼はまわれ右をすると、裏口に向かって歩いていった。

「これで手も足も出せなくなったな」ライリー刑事が家のなかに消えると、ドレイトンが言った。

セオドシアは首を振った。「そんなことないわ」けれどもすぐに考えを変えた。「そうね、いくらかやりにくくなったかも」

「刑事さんはうれしそうな顔をしていなかったぞ」

「そりゃあ、殺人事件の現場だもの」セオドシアは言った。

「そうじゃない」ドレイトンは言った。「きみに会えたのに、うれしそうな顔をしていなかったと言っているのだよ」

「やめてよ」

五分後、ライリー刑事は家から出てくると、ふたたびセオドシアたちに質問をした。

「なかにいたふたりの警官は自殺だと言ってます」彼は言った。「コヴィはブリッグズ氏を殺害したものの、その事実にうまく対処できず、良心の呵責（かしゃく）に耐えかね、あげくに首を吊ったというのが、ふたりの考えです」

「それはつまり」ドレイトンが言った。「いまの話のとおりならば、一件落着ということだ」

ライリー刑事は片方の肩をあげた。「ですね」

「まだ解決なんかしてないわ」セオドシアは言った。「解決にはほど遠いもの。というより、これでますます事件は混沌としてきたと思う」彼女はライリー刑事をじっと見つめた。「刑事さんはマーカスの死をどう考えているの？」

「見た目がアヒルならば、アヒルのようにクワックワッと鳴くというところかな」

「アヒルのようなけたたましい鳴き声を持つホロホロチョウという可能性だってあるわ」セオドシアは言った。

ライリー刑事は一歩うしろにさがって、口を手で覆った。笑っているのを隠そうとしているにちがいない。「ぼくとしては……どっちの考えにも納得してるわけじゃありません」

「なら、わたしが納得させてみせるわ」セオドシアは鑑識のひとりが金属のストレッチャーを押して裏の二段の階段をあがり、キッチンに入っていくまで待った。「マーカス・コヴィという青年は、殺人鬼のプロファイルには合致しないし、自殺願望があるようにも思えない。彼がボー・ブリッグズさんに恨みを抱き、殺害をくわだてておきながら、激しい自責の念に駆られたなんて、とてもじゃないけど考えられないわ。だって、マーカスがブリッグズさんとまともに接触したのは、土曜日のネズミのお茶会で給仕係をつとめたときだけなんだもの」

「それはたしかなのかね？」ドレイトンが訊いた。

セオドシアはライリー刑事をじっと見つめた。「事件当日、刑事さんはマーカスから事情を聞いたんでしょ。彼に人殺しの可能性があるか、自殺のおそれがあるように思った？」

ライリー刑事は肩をすくめた。「いや、とくには。ごく普通の若者に見えました。ネズミのお茶会の給仕係全員から話を聞き、たっぷりと事情聴取をしています。みな、ごく普通に見えたし、背景調査の結果もだいたいきれいなものでした」

「だったら、どうしてマーカス・コヴィは自宅で首を吊ったの？」

「うーん、困ったな。ぼくから言えるのは……」刑事は周囲に目をやり、裏庭であわただしくおこなわれている捜査活動をながめた。「死んだコヴィが犯人なら話は簡単だということです」

「誰にとって簡単なの？」セオドシアは訊いた。「刑事さんにとって？　ボー・ブリッグズさんにとって？　いまはまだ、結論を急ぐべきではないと思う。調べなくてはいけない容疑者が何人もいるんだもの」

「もちろん、きっちり調べます。そう簡単に捜査を終わらせたりはしませんよ」ライリー刑事は断言した。「なんとしてでも、解決に漕ぎ着けます」

「約束してくれる？」セオドシアは訊いた。

「ええ、約束します」

「なら、いいの。ありがとう」本当はもっといい言葉をかけたかったが――それは事件がちゃんと解決したときのためにとっておこう――いまのところはこれで充分だ。

収穫の秋のお茶会

パッチワークキルトをテーブルクロスがわりに使い、花瓶に遅咲きのノコギリソウとツルウメモドキの花をたっぷりといけましょう。テーブルには秋の木の葉を数枚散らし、使う食器は素朴な感じの焼き物がお勧め。食べ物はリンゴのスコーン、クランベリーのブレッドを添えたコーンチャウダー、スティルトンチーズをはさんだティーサンドイッチを用意し、デザートにはジンジャーブレッドクッキーがいいですよ。お茶は祁門紅茶で。こくのある味わい深いこの紅茶は、しばしば紅茶のブルゴーニュワインと称されます。

17

昨夜、マーカス・コヴィが死んだせいで、きょうのボー・ブリッグズの葬儀にはいまさらといった空気がただよっていた。セオドシアとドレイトンは葬儀開始時刻の十五分前に聖ステパノ教会に到着したが、ふたりとも少しいらいらしていた。よく眠れなかったし、ふたつめの殺人事件が起こったことに神経を尖らせていたからだ。

教会の両開きドアに向かって階段をのぼっていくと、カメラのシャッター音がいくつも聞こえ、テレビ撮影用の照明が点灯し、ビデオカメラが小さな音をたててまわり出した。

「マスコミ連中め」ドレイトンの声に軽蔑の響きがにじんだ。「なにをしに来たんだ、まったく」

「これだけのマスコミが殺到したのは、あなたのステキなお友だち、スターラ・クレインの手腕によるものよ」セオドシアは言った。「彼女、ボーのお葬式を華々しいイベントにしたがっていたもの」

「さすがだな」ドレイトンはどっしりとした扉をあけ、なかに入った。

聖ステパノ教会のなかは、ひんやりとして薄暗かった。静かなオルガンの音が鳴りわたり、

前方の祭壇の上では十二本のキャンドルが燃えていた。セオドシアが入るのに使ったドアのすぐ左、白い大理石でできた洗礼盤のそばに、ボー・ブリッグズの亡骸をおさめた棺がふたをあけた状態で木の台座に置かれ、まわりをたくさんの花で囲まれていた。

ドレイトンは顔をしかめた。「死者との対面とやらをやらなくてはならないようだ」

「べつにやらなくてもいいのよ」セオドシアは言った。「でも、お顔を見ておくのが礼儀というものじゃないかしら」

「誰に対してだね？」

「ドリーンとオーパル・アンとチャールズ」

ドレイトンはあからさまにがっくりと肩を落とした。「たしかに。だが、棺におさめられた死者を見るたび、あのおぞましいバイキング形式のレストランを連想してしまってね」

「ずいぶん突拍子もないことを言うのね」

「だが、本当なのだよ」

「ピンク色のヒートランプが照らしているから？」

ドレイトンはうなずいた。「そのとおりだ」

教会の後部に無理やり押しこまれた棺は、出来の悪いバイキングに近かった。というより、大きすぎるサラダバーと言うべきか。サーモンピンクの光が防腐処理をした遺体に照りつけているせいで、ボーのぽっちゃりした顔は後光が射したように輝き、高級なブリオーニのスーツも吊しで買ったようにしか見えなかった。ドリーンは夫の亡骸のすぐ隣でじっと動かず、レースのハンカチで口もとを押さえながらすすり泣いていた。

侃々諤々（かんかんがくがく）の議論の末に決まったエクセターの棺のまわりには、蘭、バラ、そして百合の花がぎっしりと飾られていた。マグノリアの花で作った大きなリースが、棺の右横、金属の三脚スタンドにかかっている。リースには、〝どうぞ安らかにお眠りください　ギルデッド・マグノリア・スパ一同〟と書かれた金色のリボンがかけられていた。

「あそこにある花のアレンジメントは、けばけばしくて品がないな」ドレイトンはリースを指差して言った。「ケンタッキー・ダービーの優勝者向けという感じだ」

「シーッ」セオドシアはたしなめた。「たしかにリースは悪趣味だけど、お願いだから、ドリーンの耳に入れないで」

ふたりは弔問客の列に並び、ドリーンに向かってじりじりと進んだ。ようやく彼女の前まで来て、お悔やみの言葉をかけられるようになると、ドリーンがドレイトンの腕をつかんで涙ながらに訴えた。「ボーはとても安らかに眠っているわ。そう見えるでしょう？」

「ぐっすり眠っているかのようだ」ドレイトンはできるだけ棺のほうを見ないようにしつつ、ドリーンから遠ざかろうとした。

「ライリー刑事から、ゆうべ、ウェイターが気の毒なことになったと聞いたわ」ドリーンはひどくしわがれた声で言った。次の瞬間、顔がこわばり、怒りの形相に変わった。「頭のおかしな人が野放しになってるのよ」目がほとんど白目になった。「わたしたちにも危険がおよぶかもしれないわ！」ドリーンは盛大に洟をすすりあげると、ドレイトンの腕をさらに強くつかんでしがみついた。

セオドシアはドレイトンのもう片方の腕をつかんだ。綱引きのように引っ張り合ったあげく、どうにか勝利をおさめ、ドレイトンをドリーンから引き離した。

「あとで、あなたたちに話があるの」ドリーンはあとずさるふたりにかすれた声で言った。

「勘弁して」ドレイトンとふたり、教会の会衆席のひとつに滑りこむと、セオドシアは言った。「ボーはこれっぽっちも安らかには見えなかったわ。むしろ、怒っているようだった」

「それは殺されたからかね？」ドレイトンが言った。「殺されたことを細胞が記憶していると？」

「それはいくらなんでも現実離れしてるわ。というか超自然的と言ったほうがいいかも。でも、毒を盛られたら、あなただって頭にくるんじゃない？」

「そりゃもう、頭に血がのぼるとも」

セオドシアはドレイトンに顔を近づけた。「ねえ、ドレイトン。ドリーンは頭がどうかしちゃったんじゃない？」

「そうかな？」

「自分たちにも危険がおよぶかもしれないって言ってたでしょ。そんなわけないのに」

「だったらマーカス・コヴィはどうなのだね？」ドレイトンは訊いた。「彼は殺されたという意見に変わりはないのだろう？」

「うん……そうだけど。でも、それとこれとは話がべつ」

「話がべつとは？」

セオドシアはしばらく考えこんだ。「まだよくわからない。でも、必ず突きとめるわ」

オルガンがふたたび演奏を始めた。穏やかな旋律が会衆の頭上をただよい、教会の石造りの壁に反響する。セオドシアとドレイトンが注意深く見つめるあいだも、人々はぞくぞくと入ってきては、腰をおろしていく。やがて、驚いたことにビッグ・レジーが中央通路をつかつかと進んでいき、最前列近くにすわった。カーキのスラックスにくだけた水色のスポーツジャケットという恰好のせいか、一刻も早くここを出て、ゴルフを一ラウンドやりたくてしようがないように見える。

さらには、あとからあとから急ぎ足で入ってきては席に着く弔問客を押しのけるように、ロバート・スティールとホイットリー夫妻が側廊を歩いていくのが見えた。

「役者が揃ったわ」セオドシアはぽつりとつぶやいた。

オルガン奏者の演奏に力がこもりはじめた。「ユール・ネヴァー・ウォーク・アローン」が、この世の終わりのように力強く響きわたる。いまにもなにかが起こりそうな雰囲気だ。

椅子にすわったまま体の向きを変えると、フランク・グルエンウォルドが棺を金属の台車のようなものにのせて、中央通路に押し出すのが見えた。彼のうしろを、ドリーン・ブリッグズ、オーパル・アン、そしてチャールズの三人がこうべを垂れてついていく。三人とも黒い服に身を包み、白いバラを一本手にしている。黒いタイトなワンピース姿のスターラ・クレインが、着席している弔問客にちらちらと目をやりながら、しんがりをつとめた。一同が前までたどり着くと、ドリーン、オーパル・アン、チャールズはいちばん前の会衆席に腰をおろした。スターラはすぐには席に着かず、グルエンウォルドに耳打ちすると、棺が祭壇に対して平行になるよう何度か切り返させた。ようやく納得のいく状態になったところでスターラがいらだたしげに手を振り、グルエンウォルドは急ぎ足で大きな花束をいくつか取ってきて、棺の上に置いた。

ドレイトンは数分、スターラの様子をじっと見ていたが、やがて顔をしかめた。

「なぜ彼女がここにいるのだろう？」

セオドシアは横目でドレイトンをちらりと見た。「仕事だからでしょ？」

「冗談だろう？」

「けっこうなお金になるはずよ。やり手の広告代理店なら、一時間あたりゆうに二百ドルは請求するでしょうし」

「スターラ・クレインはやり手なのかね？」

「どうかしら。でも、そう思われたがっているように見えるわ」

「つまり彼女はドリーンを利用しているわけか」

「まちがいなくね」

「そして、ついでにもっと仕事を得ようという魂胆なのだな？」

「でしょうね」セオドシアは言った。「あるいは、あれだけひっきりなしにおしゃべりしたり動きまわったりしていれば、かえって誰の目にもとまらないのかも」

ドレイトンは目を大きくひらいて、体を引いた。「スターラがボーを毒殺したと考えているのかね？」

「さあ。でも、誰かが殺したのはたしかなのよ」セオドシアは賛美歌集を手に取り、何ページかぱらぱらめくってから、もとに戻した。教会内をざっと見まわすと、ピート・ライリー刑事が十列ほどうしろの席にすわっているのに気がついた。徹夜でもしたのか、疲れている様子だ。おそらく、本当に徹夜だったのだろう。

「要するに」セオドシアは説明を再開した。「スターラはドリーンを意のままに操ってるってこと。だって、見てごらんなさいな。スターラはお葬式そのもののアートディレクターをつとめただけじゃなく、あれだけのマスコミを説得してこの場に集めたのよ。それだけのことができるんだもの、なんだってできると思わない？」

「仮にスターラがボーの事件の容疑者で、人を毒で殺せるだけの能力があるとしても、マーカス・コヴィの死はどう説明するのだね？」

「わからない。ひょっとしたら、スターラはマーカスがなにか知ってるんじゃないかと疑ったのかもね。実際、彼はなにか知ってたんだと思う。だから、スターラは彼を……仕向けたんじゃないかしら」

「みずから命を絶つよう仕向けたと？」

「弾の入った銃を突きつければ、首にロープをかけて首つり自殺させることも可能かもしれないじゃない」

「それはいくらなんでも冷酷すぎる」ドレイトンは気を落ち着けようと、水玉柄の蝶ネクタイに手をやった。「スターラが銃を所持していると思うのかね?」

「さあ。でも、無理に確認するつもりはないわ」

それに対してドレイトンがなにか言おうとしたとき、牧師が飛ぶように現われ、小さな演壇に立った。パーティに遅れたみたいに、少し息を切らしている。けれども、心のこもったありがたい追悼の言葉を述べた。数分もすると、式はごく普通の葬儀に落ち着いた。

祈りが捧げられ、音楽が鳴り響き、ドリーンが絶妙のタイミングですすり泣いた。

ふたりが追悼の辞を述べた。ひとりはオーパル・アンで、しんみりと感動的な内容だった。もうひとりはドリーンの隣人マイケル・ホイットリーだったが、こちらは少しまとまりに欠け、最後に詩を数行引用して締めた。

「お隣さんに追悼の辞を述べさせるとはな」ドレイトンが小声で言った。

「ビッグ・レジーにやらせるよりはましよ」セオドシアも小声で返した。

最後の一曲が流れ——オルガン奏者が落ち着いたアレンジの「アメイジング・グレイス」を高らかに演奏した——ボーの葬儀は終了した。さっきとは逆向きの行列が始まり、ボー・ブリッグズの棺が側廊を押されていき、そのすぐあとにドリーン、スターラ、オーパル・アン、チャールズ、レジー・ヒューストン、ロバート・スティール、そしてハニーとマイケルのホイットリー夫妻がつづいた。

教会の外に出たセオドシアは、階段に立ってライリー刑事はどこかとあたりを見まわしたが、その姿はどこにもなかった。そのかわり、ビル・グラスが弔問客をかき分け、人々の顔にカメラを突きつけ、数秒ごとに写真を撮りながらやってくるのが見えた。

「ビル・グラスだわ」とつぶやいた。それでも、彼がなにか探り出してくれるなら、こっちも助かる。そうよね？

スターラ・クレインは一瞬たりともじっとしておらず、女王蜂のようにあちこち飛びまわったり、マスコミと話をしたり、ドリーンを慰めたりと大忙しだった。彼女はセオドシアとドレイトンに気づくと、ぷいっと顔をそむけた。

ドリーンの対応はちがっていた。

彼女はセオドシアとドレイトンを見つけるなり、つかつかと歩み寄って、いきなり切り出した。「警察はあいかわらず、頭のおかしな犯人の逮捕に一歩も近づいていないの。あなたたちふたりがなにか見つけてくれたら、どんなものでもいいから有力な情報を見つけてくれたら、寄付金の額を二倍にするわ！」

「それはそれは」ドレイトンは驚いた顔で言った。

「わたし、本気よ」ドリーンは口もとにハンカチを押しあて、声を殺してすすり泣いた。

「そんなにかっかしちゃいけないよ、お母さん」チャールズがドリーンの隣に立って、必死になだめた。

「いいでしょ、好きにさせてちょうだい」ドリーンはうわずった声で言った。

「ほら、みんな」オーパル・アンが少しうんざりしたような声を出した。「さっさと行きましょう。まだ、墓地のところで短い式があるし、そのあとは自宅に戻って食事会なのよ」

「行こう、お母さん」チャールズが呼びかけた。「頼むからさ」

「それとお願いだから」オーパル・アンが小声でふたりに言った。「カメラの前で騒ぎを起こすのはやめてね」

「はいはい」ドリーンはチャールズの腕にしがみつくようにして、よろよろと歩き去った。

セオドシアとドレイトンは弔問客でごった返すなかに突っ立ち、一行が黒の長いリムジンに乗りこむのをじっと見ていた。

「さてと」ドレイトンがようやく口をひらいた。「ドリーンがとんでもない申し出をしてきたな。だが、寄付金の額が倍になるとなれば、ここであきらめるわけにはいくまい」

「同感よ」セオドシアは言った。「あいにく、いまのところ、あまり前には進めていないけど」

「だが、方向は合っている」

「でも、いつも一歩遅いわ」セオドシアは言った。「いいかげん、先手を取らなくちゃ」

ドレイトンは腕時計に目をやった。「この話はまたあとにしよう。とりあえず、店に寄ってビュッフェの料理を取ってこなくては。そしたら、ドリーンの家に向かって、食事会の準備をととのえよう」

しかし、急ぎ足でジープに向かう途中、見覚えのある顔がセオドシアの目に飛びこんできた。「ちょっとだけ待って、ドレイトン」セオドシアは通りを渡りながら、片手を高く振った。「すみません、すみません……」

セオドシアが手を振った相手が足をとめて振り返った。その女性は、あざやかな黄色のサンドレスに同色のチューリップハットを完璧に着こなしていた。足もとはラフィアで編んだサンダルで決め、大きな麦わらのバッグを手にしていた。

「ジェマ・リーさん、ですよね？」セオドシアは若い女性に駆け寄るなり尋ねた。「グラム・ベイビー化粧品の」

ジェマ・リーは大きく顔をほころばせた。「はい、そうです」季節を先取りした恰好をしていたけれど、見た目は非の打ちどころのない南部美人だった。ただし、それも口をひらくまでのこと。ウクライナから移住してきたようなイントネーションだった。あるいは、ミンスク発の貨物船から降りたばかりと言い換えてもいい。

「わたしはセオドシア。ドリーン・ブリッグズの友だちなの」

ジェマの表情が悲しげな笑みに変わった。「ご主人のことは本当にお気の毒」

「痛ましい事件だったわ」セオドシアは言った。「あの事件のこと、よくご存じのようね。レジー・ヒューストンさんと親しくしていらっしゃるんでしょう？」

「はい、そうです」ジェマは言った。

「レジーさんのオフィスにあなたの写真が飾ってあったわ」

「あの人はわたしの大事な人」ジェマはにこにこして言った。

「イントネーションからすると、本当のお名前はジェマではないという気がするんだけど?」セオドシアはほほえみながら言った。

ジェマの頰にチャーミングなえくぼが浮かんだ。「わたしの名前はスヴェトラーナ・ラドヴィッチといいます」彼女はロシアなまりのきつい英語で言った。「でも、この国の人は誰も発音できません。それに……」彼女は肩をすくめた。「名前はぴったりマッチしないとだめです……」そこで彼女は両手を動かし、いまも輪になって甘ったるい声で話しているチャールストン市民全体をしめした。「南部にぴったりマッチしないと」と最後は吐き捨てるように言った。「それに新しい化粧品との相性もよくないといけません」

セオドシアはジェマを値踏みして、いちかばちかの賭けに出ることにした。「レジーさんってとてもすごい方なんでしょう?」

「はい、そうです。ビッグ・レジーはとてもえらい人」〝ビッグ〟を〝ベーッグ〟と発音したせいで、ギャングっぽくてロシア人っぽい響きになった。「わたしに大きなチャンスをくれました」

「もしかして……」セオドシアは言った。「レジーさんはあなたの化粧品ブランドに資金援助をしてるんじゃない?」

「ええ。そうなんです」

「しかも、あなたのブランドがギルデッド・マグノリア・スパのギフトショップで売られるよう、お膳立てをしてくれた」

　ジェマは胸に手を置いた。「すごく幸運でした」

　セオドシアはほほえんだ。「レジーさんは本当に魅力がある人なのね」他人をあやつるのがうまい人でもあるけど、と心のなかで言い添えた。

　ジェマは秘密を打ち明けるみたいに、顔をぐっと近づけてきた。

「気前もいいんです。わたしのアパートの家賃を払ってくれてます」

「やっぱりね。そうじゃないかと思ってた」

「セオドシア！」通りの反対側からドレイトンが呼んだ。腕時計の文字盤を指で叩いている。

「そろそろ行かないと」

「あと一分だけ」セオドシアは返事をした。目の前のこの若い女性に、このあとどう質問したらいいかと頭を悩ませていたが、ふと、とっさにとんでもないことを思いついた。「ねえ、ジェマ、明日の夜、キャンドルライトのお茶会を開催するんだけど、あなたにもぜひ来てほしいの。場所はわたしのティーショップよ」

「あなたはティーショップを経営してるの？」

「チャーチ・ストリート沿いのインディゴ・ティーショップよ」

「大物女性経営者なんですね」ジェマはうらやむように言った。

　セオドシアはほほえんだ。「そんなんじゃないの」

「絶対にうかがいます」

「ボーイフレンドもご一緒にどうぞ。ビッグ・レジーといらしてね」

「あなたもあの人のこと、ビッグ・レジーと呼んでるの?」

「ええ。ギルデッド・マグノリア・スパの人たちはみんなそうよ」

「本当にうかがってもかまわないんですか?」

「もちろんよ」セオドシアは言った。「人が多いほうが楽しいもの」


インディゴ・ティーショップまで料理を取りに戻る途中、セオドシアはまったく口をきかなかった。ドレイトンが葬儀のことをあれこれしゃべるのに耳を傾けつつ、ライリー刑事から聞いた毒のことをずっと考えていた。スクラッチすると効く毒。ときにロシア系マフィアが使うとされる毒。ジェマ、本名スヴェトラーナはロシア系マフィアとつながりがあるのかしら?


それともジェマは、恐ろしいプーチン政権から逃れてきて、レジー・ヒューストンとよりよい人生を築こうとしているだけの、夢見る移民のひとりにすぎないの?

さあ、どっち?

18

「ボー・ブリッグズがグルエンウォルド・ブラザーズ葬儀場の奥の部屋で、最後の大舞台に向けて死に化粧を施されているというのに、女たらしのビッグ・レジーはなにをしてたと思う?」セオドシアは顔を真っ赤にして言った。

「さあ」ドレイトンは言った。「しかし、きみの声から察するに、不愉快きわまりないことなのだろうな」

ふたりはドリーンの家のキッチンをせかせかと動きまわり、スコーンとティーサンドイッチを容器から出し、キッシュを温め、ダイニングテーブルにビュッフェの料理を並べる準備をしているところだった。

「ビッグ・レジーったら、いちゃついていたのよ」セオドシアは言った。「ロシア出身の若い娘と」

ドレイトンの眉がくいっとあがった。「若い娘?」

「わかるでしょ、ガールフレンドのこと」セオドシアはフルーツサラダの入ったボウルからラップをはずし、それをくしゃくしゃと丸めた。「来る途中で話したでしょ」

「ああ、そのことか」ドレイトンは言った。「べつに耳をふさいでいたわけではないよ。ビッグ・レジーのガールフレンドの件でやたらとぼやいていたのは覚えている。ロシアから来た女性ということもね。だが、そんなに大騒ぎするほどのことかね？ ビッグ・レジーは独身のはずだろう。かまわないではないか」ドレイトンは三つの銅のやかんに水をいっぱいに入れ、コンロにかけた。

「まだ話は全部終わってないの」セオドシアは言った。「ガールフレンドが手がけた化粧品をギルデッド・マグノリア・スパに置かせるようにしただけじゃなく、事業そのものに資金を提供していたの。製造、販売、すべてにね」

「自分の金で？」

「ギルデッド・マグノリア・スパのお金を着服していたのだとしたら、ドリーン・ブリッグズのお金でということになるでしょうね」

「たしかに」ドレイトンはゆっくりと言った。

「まだあるのよ」セオドシアは言った。「ビッグ・レジーはその女性のアパート代も払ってるんですって」

「そいつはすごい」ドレイトンは言った。「ビッグ・レジーがボーを殺した可能性もあるわけだな。金が底をついて、なんとかしようとしたのかもしれん」

「たしかにレジーはネズミのお茶会のあいだ、いくらでもチャンスがあったわ。ずっとボーと同じテーブルだったんだもの」

「わたしの質問の答えになっていないぞ」

「はっきりした答えが得られてないからよ。レジーがボーを殺したかどうか、たしかなことはわかってないもの」

「やけに機嫌が悪いじゃないか」ドレイトンは言った。「どうやら、レジーについて、なにか思うところがあるのではないかね?」

「あるともないとも言えないわ」セオドシアはスコーンが入ったバスケットを持ちあげた。

「レジーは、ボーが不正行為に気づくのではと気が気じゃなかったのかもしれない。そこで、一計を案じて、卑劣な殺人計画を実行した可能性はある」

「マーカス・コヴィを殺したのもレジーだと思っているのかね?」

「そこがやっかいな点なの。ボー・ブリッグズの死とマーカス・コヴィの死は無関係じゃないという気はしてる。ふたりを殺したのは同じ犯人だと思う。でも、そのふたつがどう結びつくのかわからないの。いま言えるのは、誰かが、それもおそらくはあのお茶会の場にいた誰かが、ふたりも人を殺した犯人だということだけ」

「その誰かとは、レジーにかぎらないのだな?」

「言ったでしょ、わからないって」

「それでもやはり、なにかがにおう」ドレイトンは言った。

「でも、におうからといって、必ずしも犯人ってことにはならないわ」

ドレイトンはコンロの火を強くした。「においが強くなればべつだ」

そのあとはふたりとも、てきぱきと皿、カトラリー、ナプキンを出していった。持ってきた料理を見映えよく並べた。バスケットに盛ったスコーン、三段のトレイに並べたティーサンドイッチ、つまみやすいように小さく切り分けたキッシュ。ドレイトンはキッチン内を探しまわって、背の高いピンク色のテーパーキャンドルと真鍮のキャンドルスタンドを見つけ、それをテーブルに置いた。食事会のお客が到着する頃には、ダイニングルームはぬくもりにあふれ、ビュッフェテーブルはおしゃれなお茶の雑誌にのっているような、手のこんだコーディネートがほどこされていた。

「なにもかもすばらしいわ」お客がビュッフェテーブルの前を一列に進んでいくのをながめながら、ドリーンはセオドシアに言った。「お料理だけじゃなく、テーブルセッティングも含めた全部が。キャンドルはうちにあったものかしら？　それともあなたが持ってきてくれたの？」

「ドレイトンがここの戸棚で見つけたの。まずかった？」

「たしか、それ、もう何年も使っていなかったわ」

「少し元気になったみたいね」セオドシアは言った。たしかに、ドリーンはずいぶんしゃきっとしてきていたし、めそめそすることもなくなっていた。しかも、竹ビーズを縫いつけたきらきらする黒いジャケットをワンピースの上にはおっていた。いまや、悲しみにくれるドリーンではなく、きらびやかなドリーンになっていた。

ドリーンは手をひらひらさせた。「ええ……わたしなりに努力しているもの」彼女は何度かまばたきを繰り返してから、目もとをぬぐった。「さっきのスターラの仕事ぶりはすばらしかったでしょう？」

「マスコミを呼び寄せる力をいかんなく発揮していたのはたしかね」

「ええ、わたしとしてはとても満足しているわ」

セオドシアはあたりを見まわした。「スターラさんはいらしてないのね」あなたたちふたりはこのところ、いつも一緒にいるのに、と心のなかで言い添えた。

「そうなの、スパのほうで緊急の用事ができたみたい」ドリーンは顔にかかった巻き毛を払った。「ほら、土曜の夜にスパのオープン記念パーティがあるものだから」

「ええ、わかるわ」パーティをキャンセルせず、延期すらしないのには驚いた。もっとも、ドリーンの一存で決められることではないのだろう。すでにいろいろな企画が準備され、たくさんの業者に連絡がいっているにちがいない。だから……パーティは予定どおりおこなうしかないのかも。

「それで思い出したのだけど」ドリーンがゆっくりと切り出した。「あとでスパに寄ってもらえないかしら？　ええ……家に帰る途中にでも。スターラに届けてほしい封筒があるの」

そう言うとポケットから封筒を出し、どうしたものかしらというように肩をすくめた。

ドリーンはよく肩をすくめる仕種をする。やりたくないことがあるときは必ず。

「もちろん」ドリーンはつづけた。「よっぽどの遠まわりでなければだけど」

「喜んでお手伝いするわ」セオドシアは封筒を受け取った。けれども、これっぽっちも喜んではいなかった。

「そいつはなんだね？」ドレイトンが尋ねた。彼はバスケットにスコーンを補充し、新しいキッシュを並べ終えたところだった。

「ギルデッド・マグノリア・スパに封筒を届けてほしいって、ドリーンに頼まれちゃった」

「いますぐかね？　お使いを頼まれても、いまは少々忙しいが」

「ううん、あとでいいんですって。わたしはなにをしたらいい？　なにを手伝えばいいの？」

「うん、もう終了間近で、ビュッフェに並ぶお客さまも、あまり多くはなさそうだから、あと少ししたら片づけをして荷造りをするとしよう」

「だったら、わたしはキッチンのものをまとめはじめるわ」

「助かるよ」

キッチンに戻ると、セオドシアは持ってきたバスケットにあいたプラスチック容器を詰めていった。バスケットを裏の露地にとめた車まで持っていこうとしたとき、キッチンの窓を叩く小さな音が聞こえた。

なにかしら？

外をのぞくと、ビル・グラスの顔が目の前に現われた。

セオドシアは裏口のドアをあけた。「こんなところでなにをしてるのよ？」と押し殺した声で尋ねた。

「あんたと話をしようと思ってね」グラスは言った。「葬式で姿を見かけたと思ったのに、いつの間にか、ウサギの穴に落っこちたみたいにいなくなっちまったからさ」

「だから、ここまで追いかけてきたわけ？」

「ああ、そうだ。なにか文句でも？」

「出ていってちょうだい。おもてに警官がいるから、ひとこと言って、街から追い出してもらってもいいのよ」

「あんたがそんなこと、するもんか」

「だったらためしてみる？」

グラスはセオドシアににじり寄った。「ゆうべの殺人事件の話を聞かせてくれよ」

セオドシアは意表を突かれた。「えっ！」つづいて「なんで知ってるの？」

「チャールストンのゴシップを知るのがおれの仕事だ。だから、おれの雑誌が成り立ってるんだよ」

「おれのくだらない雑誌でしょ」セオドシアはなかに入ろうと背中を向けたが、グラスに腕をつかまれた。

「車に警察無線を積んでるんだよ」

「それって法律違反じゃないの？」

グラスはにやにや笑った。「おれとあんた、ふたりだけの秘密さ」

セオドシアはため息をついた。「で、なにが知りたいの？」いずれ、グラスは事件の詳細を手に入れるに決まっている。ならば、いま教えても同じことだ。「ネズミのお茶会でウェイターをしていたマーカス・コヴィという人が、自宅で首を吊った状態で見つかったの」

グラスはセオドシアを食い入るように見つめた。「ああ、それはおれも知ってる。警察はどう見てるんだ？」

「最初は自殺だと言ってたけど、いまはなんとも言えないみたい」

「ブリッグズのかみさんが亭主を殺ったと思うか？　コヴィってガキを吊したのも彼女だと？」

「ボー・ブリッグズ、そしてマーカス・コヴィを亡き者にしたいと思った人は大勢いるはずよ」

「ああ、たしかに。だが、あんた自身はどう考えてる？」

「言うつもりはないわ」

「おれなら、共同経営者に金を賭けるね。レジー・ヒューストンに」

「そうね。わたしも彼にいくらか賭けてもいいかも」

「お帰り」

セオドシアとドレイトンがインディゴ・ティーショップの裏口から入っていくと、ヘイリーが声をかけた。

「お葬式はどうだった?」

「気が滅入ったわ」セオドシアは言うと、からのプラスチック容器を詰めたバスケットをヘイリーに渡した。

「ばかな質問だったわ」ヘイリーは言った。「お葬式はいつだって気が滅入るもんね。じゃあ、こう言い直す。食事会はどうだった?」

「大成功だ」ドレイトンは残りの枝編みのバスケットをふたつ、床におろした。「きみのティーサンドイッチとキッシュは大好評だった。ドリーンは料理に満足してくれたし、お客さまも全部きれいにたいらげてくれた。パンの耳ひとつ残らなかったよ」

「あたしが耳を全部切り落としておいたからでしょ」ヘイリーが言った。

ドレイトンは肩をすくめた。「どういう意味かはわかっているくせに」

「お店のほうはどうだったの?」セオドシアは訊いた。正直言って、簡略版メニューのみにしたとは言え、ヘイリーとミス・ディンプルだけにあとをまかせるのは少し心配だった。

「午前中のお茶もランチも、これ以上ないほどうまくいったわ」ヘイリーが言った。「あらかじめ、全部つくっておいたから、あとはお皿にサンドイッチをいくつか並べて、スープをよそうだけだったもん」彼女はにっこりほほえむと、目にかかったブロンドの髪を払った。

「ふたりがいなくても、ぜんぜん平気だった」

ドレイトンが片方の眉をあげた。「ぜんぜん?」

ミス・ディンプルがふたりの会話に気づき、サイズ5という小さな足でよちよちと近づいた。彼女はぽっちゃりした小柄な女性で、七十過ぎという年齢ながらいまも月に二回、店の帳簿を見てくれている。後光のように見える銀灰色の髪と丸顔のせいで、昔はやったキャベツ畑人形によく似ている。

「ヘイリーもわたしも楽しく仕事ができましたよ」ミス・ディンプルは心からそう言った。「ここで働くといつも、気分がうきうきしてきますね」彼女はうれしそうに全身を小さく震わせた。「ティーパーティごっこをしているみたいで」

「あなたがいてくれて本当によかった」セオドシアはミス・ディンプルを抱きしめた。「あなたにピンチヒッターをつとめてもらえるから、いつも本当に助かってるのよ」

「お茶を淹れるのに、なにか困ったことはあったかね？」ドレイトンがミス・ディンプルに訊いた。期待のこもった口ぶりだった。

「ひとつもありませんでしたよ」ミス・ディンプルは言った。「全部きちんと準備してありましたからね。それに、お茶の量り方と蒸らし時間をくわしくメモしてくれたおかげで、楽勝でした。淹れ方がむずかしいと言われた福建省産の白茶(パイ)もすんなり淹れられましたし」

ドレイトンは顎を引いた。「思ったとおりだ。だが、もちろん、このあとはアフタヌーンティーがひかえているし、その時間帯に来るお客さまは、いくらか好みがうるさい傾向にある。だから、しっかり準備をしないとな」彼はそのまま、ひとりぶつぶつ言いながら、いなくなった。

「なにもかも順調だったから機嫌をそこねちゃったみたい」ヘイリーが言った。

「ドレイトンは完璧主義なだけですよ」ミス・ディンプルからすれば、ドレイトンはなにをしても正しいのだ。

「あと何時間か、働いてもらえる？」セオドシアは訊いた。「あなたがいてくれると本当に助かるの」

ミス・ディンプルの目がぱっと輝いた。「そう言ってくれたらいいなと思っていたんです」

19

バスケットとやかんをしまったり、手早くランチを食べたりするうち、二十分が過ぎた。時計が二時半に近くなり、店内がほぼ満席になった頃、ハニーとマイケルのホイットリー夫妻がふらりと入ってきた。

「こんにちは〜」ハニーが甲高い声で歌を歌うように言った。「まだお茶は飲める？」

セオドシアは振り返り、誰だかわかると眉をひそめたものの、すぐさま愛想のいい笑みを顔に貼りつけた。ホイットリー夫妻は来てくれて格別にうれしいお客というわけではないけれど、アフタヌーンティーを楽しみに来たふたりをどうしろと？　どうにもしようがないじゃない。

「どうぞ、お入りになって」セオドシアは言った。「ええ、まだお茶は飲めるわ」

ホイットリー夫妻は嬉々として店内に入った。

「ドリーンのところの食事会に出られなかったんだ」マイケル・ホイットリーが説明した。「だから、おたくの店に寄って、なにか食べようということになってね」

「サンドイッチはひとつも残ってないかも」セオドシアは言った。

「いいのよ、かまわないわ」ハニーが言った。「お茶をポットに一杯と、スコーンがいくつかあれば充分」

テーブルに案内すると、夫妻は上機嫌で腰をおろした。

「ドリーンのところのお食事会には誘われてたんだけどね」ハニーが言った。「でも、大事な用事があったから」彼女は白いブラウスにふわっとした紺色のスカートという、普段着に着替えていた。

「もちろん、午前中のお葬式には参列したよ」マイケルが言った。彼は南部のおぼっちゃん風にミントグリーンのセーターを肩にかけていた。セオドシアは彼のソックスを盗み見た。同じミントグリーンだった。

「マイケルが哀悼の意を述べたのを見たでしょ」ハニーは鼻息も荒くまくしたてた。「それに、お葬式のすてきなことといったら！　あんなに豪華なお花は見たことがないわ。しかも音楽は……」

「マスコミに取材させるとは、たいしたものだ」マイケルは目をぐるりとまわした。「すごい腕前だな」

「ドリーンが雇った広報の女性はまさしく天才ね」ハニーは言い、かすかに顔をしかめた。「あの人の名前、なんていったかしら？」

「スターラ・クレイン」セオドシアはようやく口をはさむことができた。「さて、どんなお茶をお持ちしましょう？　香り豊かなダージリン？　それともコクのあるアッサム？　なんどいかがかしら？」

でしたら、ブラックカラントかパッションフルーツの風味がついた、フレーバー・ティーな

「スパイスがちょっぴりきいたお茶はある？」ハニーが訊いた。

「インド産のおいしいスパイス・ティーがあるわ。アッサム・ティーにカルダモン、オレンジピール、クローブをプラスしてあるの」

「いいわね」ハニーは言った。ハニーがずいぶんと気さくなふるまいをするので、セオドシアは驚いた。これまでは、顔を合わせるといつも、無礼と言ってもいいほど上から目線だったのに。なにか下心でもあるのかしら？

「それにスコーンだ」マイケルが言った。「スコーンも頼まなくては」

「それならあるわ」セオドシアは言った。「たしかポピーシードのスコーンだったはず」

セオドシアはドレイトンにスパイス・ティーのオーダーを伝え、次に厨房に入ると、スコーンを四つ取った。それを花柄の皿にのせ、ガラスの小さなボウルにクロテッド・クリームをこんもりと二さじ分盛りつけた。それらをナプキン、ティーカップ、カトラリー、それにフルーツジャムの小さな容器とともに、シルバーのトレイにのせた。ホイットリー夫妻のテーブルに向かう途中、ドレイトンからスパイス・ティーの入ったポットを受け取った。

「うわあ、すてき」セオドシアが夫妻の前にカップとソーサー、皿にのせたスコーンを置くと、ハニーが感嘆の声をあげた。

「なんともうまそうだ」マイケルも同意する。

「どうぞ召しあがれ」セオドシアはふたりに言うと、ほかのお客の様子を見に、その場を去った。もちろん、三歩前をミス・ディンプルが歩いていて、おかわりを運び、どのお客も公平に王族のようにもてなしていた。とても助かる。というのも、明日のお茶会のことでヘイリーに確認したいことがあるからだ。

二十分後、ティールームにまた戻ってみると、マイケル・ホイットリーがカウンターのところでドレイトンと立ち話をし、ハニーのほうは二杯めか、もしかしたら三杯めのお茶を飲んでいた。

「このあいだ、あなたの宿のお客さまが何人か、店にいらしたわ」セオドシアは打ち解けた会話をしようと思って話しかけた。それとも探りを入れるため？　どっちでもいいわ。

「やっぱりね」ハニーは言った。「最近、宿泊のお客さまが多くて、予約が追いつかないのよ。実はね、ランチタイムにすませなきゃならなかった用事というのは、まさにそのことだったの。不動産業者と会って、あらたな土地の購入について相談していたというわけ」

「いまもドリーンの自宅をねらっているの？」セオドシアは訊いた。

「ええ、もちろん」ハニーは言った。「虎視眈々とねらってるわ。彼女の土地がダントツの第一希望だもの。売る気になってくれたら、すぐにでもふたつの土地をつなげるつもり。あいだに屋根付きの通路を作るの。そうしておいて、〈スカボロ・イン〉にあらたに六ないし八部屋を足して、カルフーン屋敷には八部屋を作るわけ。そうしたら、ドリーンの家のうんと広いキッチンとダイニングルーム、それにとふた部屋ある応接間をお客さま用に使えるでしょ。朝食のときだけじゃなく、ミニコンサート、ワインとチーズのパーティ、結婚のお祝いパーティなど、いろんな用途にね。ドリーンのところには車が三台入るガレージがあるし、セメント敷きのスペースもあるから、駐車スペースも増やせるわ」

「すべて、しっかり計画を練ってあるみたいね」セオドシアはハニー・ホイットリーの猪突猛進ぶりに不安をおぼえた。

「ええ、もう具体的な計画もできてるわ」ハニーは言った。「ささいな問題が、ひとつだけあるけど」

「ドリーンに売る気がないこと？」セオドシアは訊いた。

ハニーは眉をひそめた。「いまのところはね。でも、これからもくどきつづけるつもり。いずれ、わかってくれると信じてる」

「そろそろ帰るよ」マイケル・ホイットリーの声がした。いつの間にか、右手に缶入りのお茶を持って、テーブルに戻ってきていた。「ドレイトンに勧められて買ったんだ」そう言って、缶をかかげた。「イチゴ風味の煎茶だそうだ」

「きっとお気に召すわ」セオドシアは言った。

「ところで」マイケルは言った。「ポスターで見たけど、明日の晩、ここでキャンドルライトのお茶会というのがあるんだってね」

「ええ」セオドシアは言った。

「ハニー、参加する気はある？」マイケルは妻に尋ねた。

ハニーはセオドシアをじっと見つめた。「ふたり分の席はあるかしら」

「詰めればなんとかなるわ」セオドシアは言ったが、実際には、まだあと四席残っていた。

「よかった」マイケルが言った。「ぼくたちも数に入れてください」


「少し早めにあがってもかまわない?」セオドシアは声をかけた。

ドレイトンは読んでいたお茶の雑誌から目をあげた。「もちろん、かまわんよ。ボスはきみなのだから」おもてのドアには〝閉店〟の札をさげてあり、彼はテーブルに着いてアイリッシュ・ブレックファスト・ティーを飲みながら、カナダのケベック州にあるティーサロンに関する記事を読んでいた。

「わたしはボスなんかじゃないわ。三人連合のひとりよ」セオドシアは言った。

「小さな店なのに、ずいぶんと大げさな言い方ではないか。それよりは三銃士でどうだ?」

「ずっといいわ。響きがとっても……古風だし」


ギルデッド・マグノリア・スパの受付デスクの前でセオドシアは声をかけた。

「スターラ・クレインさんに封筒を届けに来ました。午後はこちらにいらっしゃるとうかがいまして」

「ええ、いらしてます」受付係は言った。「サイプレス・ルームにみなさん、集まっておいでです。場所はおわかりですか? それとも連絡して案内に来させましょうか」

「わかると思うわ」

ゆっくりした足取りで奥へと進んだ。果物とヨーグルトをミキサーで攪拌(かくはん)し、泡だった飲みものをつくっているジュースバーの前を過ぎ、大勢の女性が色とりどりのリボンをひらひらさせながら踊っているワークアウト・ルームの前を過ぎた。もしかしたら、あれはリボンじゃなくて、やわらかなゴムバンドかもしれない。まあ、どっちでもいいけど。子どもたちが毛沢東主席の肖像画の前であざやかな色をしたリボンを振る、昔の中国の映像のように見えた。

姿が見えるより先に、スターラのきんきんする怒鳴り声が耳に届いた。

「わたしの話をちゃんと聞いてないの？」スターラがわめいた。

セオドシアはサイプレス・ルームの入り口の前でちょっと足をとめ、なかをのぞいた。ファッションビデオの撮影がおこなわれているようだった。カメラマンが大きなビデオカメラをかまえ、そのまわりに照明と音声の担当者が固まっている。三人のチャーミングな若い女性——きっとモデルだろう——は、カラフルなヨガパンツとハーフトップシャツという恰好だ。スターラはと言えば、顔を真っ赤にし、両腕を大きく振りながら声のかぎりに叫んでいる。

「スモークマシーンを弱くしろって言ったでしょうに」彼女はスタッフのひとりを叱りとばした。

「弱くしました」スタッフは言った。「ちゃんとやってます」

「だったら、もっと弱くしなさいよ。わかってないみたいだけど、いまはスパの宣伝ビデオを撮ってるの。切り裂きジャックがいた時代の、霧深いロンドンの裏通りを再現してるんじゃないんだから」

「はい、わかりました」スタッフは大急ぎでスモークマシーンを再度、調節した。

スターラはさっと振り返ると、こそこそと内緒話をしては、誰かが言ったジョークに忍び笑いを洩らしているモデルたちをにらみつけた。

「そこのあなた」スターラはつかつかと歩み寄り、手足の長いブロンドのモデルの腕をつかんだ。「ちゃんと楽しんでる顔をなさい。もっと気持ちのこもった演技をしてちょうだいよ」それから黒髪のモデルに向き直った。「それからあなた、おなかをへこませなきゃだめじゃない。あなたたちときたら、いま撮ってるのはスパの宣伝ビデオだって、百回言ってもわからないわけ？　健康的ではつらつとした感じを出すくらいのことができないの？」

それからスターラは照明担当の男性に歩み寄った。「上のメインライトにピンクのフィルターをつけるよう言ったのに、どうしてやってないの？」

「やってはみたんです」照明担当の男性はきまじめな口調で言った。「でも、そうすると見映えが悪くなるんですよ。肌の色と干渉してしまって。カメラごしに見るとわかりますが……」

「あなたの意見なんかどうでもいいの」スターラはヒステリックに叫んで、相手の言葉をさえぎった。「いいから、言われたとおりになさい。いますぐによ。もたもたしないで」彼女はうしろにさがり、腹立たしげにかぶりを振った。「あなたたち、時は金なりっていうのをわかってないんじゃない？」

「スターラ」セオドシアは声をかけたが、普段どおりの声を心がけた。

スターラはくるりと向きを変えた。「なによ！」

「あなたに届けものがあって」セオドシアは言った。

スターラは少し態度をやわらげながら、セオドシアのほうにやってきた。

「そう、ありがとう」手をのばし、封筒を受け取った。「あなたが立ち寄るってドリーンが言ってたわ」

「邪魔をしたのでなければいいんだけど」セオドシアは冗談めかして言った。

「大丈夫、大丈夫。よりよいものを撮ろうとしてただけ。本当のことを言うと、撮影はかなりうまくいってるの」

「コマーシャルの撮影？」

「というよりも会社のイメージビデオかな。ギルデッド・マグノリア・スパを簡単に紹介する内容で、土曜の夜のオープン記念パーティで上映するのよ」スターラは頭を前後に振った。「ぎりぎりなのはわかってるけど、しょうがないじゃない？　状況が大きく変わったんだもの」

「たしかに」セオドシアは言いながらも、スターラがなにを指して言っているのか、はっきりとはわからなかった。ボーが亡くなったこと？　ドリーンが情緒不安定になったこと？

スターラがいろいろ引き受けたこと？　あるいは、それとはまったく無関係なこと？

スターラは振り返り、モデルとスタッフを苦々しく見やった。「とにかく、そういうこと」

「ええ」セオドシアは言った。「じゃあ、いつまでも撮影の邪魔をしているわけにはいかないわね」ごたごたした現場からどう撤退しようかと考えながら、一歩うしろにさがった。それから笑顔になって、親指を立てた。「ところで、きょうのお葬式はとてもすばらしかったわ」

「ありがとう」スターラは言った。「感激だわ、あんなに大勢来てくれて。マスコミのことよ」

20

セオドシアはダイニングルームのテーブルに置いた大きな紙をじっと見つめた。帰宅して、自分用に簡単なパスタの夕食をこしらえ、アール・グレイのボウルにドッグフードを入れてやったあと、夢中になってこれに取り組んでいるけれど……うーん、なんだかよくわからない。

まずは相関関係を表わす図を描いた——紙の真ん中にボー・ブリッグズの名前を書き、そのまわりに容疑者と思われる人たちの名前を放射状に書きくわえた。ドリーン、レジー・ヒューストン、スターラ・クレイン、ホイットリー夫妻。さらにその外側に、先週の土曜日の惨劇で端役だった人たちの名前も追加した。

殺人相関図。いま描いているのは殺人相関図だわ。そう心のなかでつぶやいたとたん、落ち着かない気持ちに襲われた。ふたたびサインペンを手にすると、マーカス・コヴィの名を書きくわえた。それを丸で囲んでボーの名前と線で結ぶ。さらにふと思いついて、エンジェル・オーク・ベンチャー・キャピタルの代表者、ロバート・スティールの名前も円の外に書き足した。

目をあげると、アール・グレイが一心不乱に見つめていた。「どうかした？」

「ガルル？」

「ええ、もちろん、出かけるわよ。まさか、今夜は走りに行かないと思った？」

「ウー？」

セオドシアはテーブルに手をつくと、椅子をうしろに押しやって立ちあがった。

「推理もネタ切れになっちゃったところだし」

居間に行って、紫色のフリースのパーカを頭からかぶった。腰を曲げ、手をつま先に軽くつけた恰好で室内を見まわす。思わず頬がゆるんだ。

この家が、この家のすべてがいとおしい。面取りしたイトスギの鏡板を貼った壁に煉瓦の暖炉が埋めこまれている居間も、〈ギルバーツ・アンティークス〉でみずから選んだ油彩画も。贅沢で、ぬくもりにあふれたこの家は、セオドシアの財産だ。もちろん、豪華さという点ではドリーン・ブリッグズが住むお屋敷の足もとにもおよばないが、ぬくぬくと心地よく暮らせればそれでいいので、高級品を飾ることにはあまり興味がない。チンツのソファの上で毛布にくるまり、東洋絨緞には愛犬が寝そべり、暖炉でぱちぱちと火が燃えていれば、天国にいるような心地になれる。まさに、すべて世はこともなし、だ。

「グルル？」

「はいはい、わかった」セオドシアは物思いから覚めた。「待たせてごめんね」

今夜セオドシアが走ったのは、違法すれすれのルートだった。つまり、イースト・ベイ・

ストリートを一気に下る途中で、よそのお宅のドライブウェイにそれ、そこを経由してストールズ・アリーに出たのだ。入り口の幅がわずか煉瓦七個分というこの路地は、昔の姿をいまに残していて、過去のチャールストンにタイムスリップした気分にさせてくれる。大きく張り出した木々と独立戦争の時代にまでさかのぼる背の高い煉瓦壁にへだてられて見えないものの、りっぱなお屋敷がびっしり建っている。ストールズ・アリーは目の保養になる通りでもある。ブラインドがおろされていないことが多いから、由緒あるお宅の暮らしぶりを垣間見ることができるのだ。ほら、革装の本がずらりとならんだ男性的な図書室が見える。数ヤード先の窓からのぞけるのは使い勝手がよさそうなキッチンで、純銀製の取っ手がついた大ジョッキのすばらしいコレクションが再利用した板で作った棚に並んでいる。

チャーチ・ストリートに出たところで、つややかに光る車が通りすぎるのを待ち、それから通りを駆け足で渡った。数秒後、セオドシアとアール・グレイはふたたび暗闇にのみこまれ、あたりは数個の古風なランプが敷石にぽつぽつと光を落としているだけになった。もうひとつ裏路地を抜け、とてつもなく大きな二軒のお屋敷——どちらも白大理石の像と軽快な水音をたてる噴水をそなえた、見事なウォールド・ガーデンがあるお宅だ——のあいだをくねくねと走る狭い通りを駆け抜けた。そこからミーティング・ストリートに折れ、プライシズ・アリーに入る。ここも右側には高さ八フィートもの煉瓦壁がそびえ、その奥にたくさんのタウンハウス——高級なタウンハウスがびっしりと並んでいる。

この界隈の住宅の密集度にはいつもながら驚かされる。とは言え、どの平屋もタウンハウスもお屋敷も、緑豊かな庭、像、小さな反射池、錬鉄の門に囲まれ、ひとつの独立国のような雰囲気をたもっている。世間とは距離を置きながらも、厳然としてそこにあるのだ。

きょう一日のあれやこれやがすっかり吹き飛んだ気がして、セオドシアはアール・グレイのリードをそっと引き、家に帰ろうと向きを変えた。

その瞬間から事態が少しおかしな方向に転がりはじめた。

トラッド・ストリートを渡ろうとしたとき、どこからともなく車がいきおいよく飛び出してきた。エンジン全開で、ヘッドライトをぎらつかせ、セオドシアとアール・グレイのほうにまっすぐ向かってきた。道路の真ん中まで来ていたセオドシアは、どっちに飛びのけばいいかわからず、ほんの一瞬、凍りついたように動けなくなった。

きっと、向こうがよけるわ。運転手にはわたしたちが見えているはずだもの。

ところが運転手は進路を変えなかった。ぼんやりとした輪郭しか見えない運転手は、ハンドルに覆いかぶさるようにしてアクセルを強く踏みこみ、直線コースを爆走するインディカーのようにセオドシアたちにぐんぐんと迫った。

セオドシアは考えるより先にアール・グレイを思いきり突き飛ばし、つづいて自分もあとを追った。車は甲高いブレーキ音を響かせながら後部が大きく振れたものの、すぐに軌道修正し、なおもセオドシアたちに向かってきた。

セオドシアは悲鳴をあげ、うろたえながらもどうにかこうにか飛びのいた。車はほんの数インチのところを猛スピードでかすめていった。

セオドシアとアール・グレイは、脚と腕としっぽをからませながら宙を舞った。恐怖のあえぎと〝ひゃん〟という声がそれぞれの口から洩れた。次の瞬間、セオドシアたちの体は地面に叩きつけられ、跳ね返ったいきおいで低い縁石を乗り越え、アジサイの茂みに着地した。

生きてるの？　朦朧とした頭にまず浮かんだのがそれだった。わたしたち、まだ生きてるの？

先に立ち直ったのはアール・グレイだった。自力で立ちあがると、鼻からしっぽまでを激しくぶるっと震わせ、目をぱちくりさせながらあたりを見まわした。その驚きの表情はこう訴えていた。えー？　どうしてぼくたち、こんなところにいるの？

肩で息をしているものの、大きなショックは受けていない愛犬の様子に、セオドシアは胸をなでおろした。

よかった。大事なアール・グレイが無事で。

セオドシアはゆっくりと体の向きを変え、片手をこぶしに握った。

「誰よ、まったく」腹立ちまぎれの大声で、夜空に向かって毒づいた。「わたしたちをわざとひこうとするなんて」

自分の口から出た言葉にはっとなり、セオドシアはわれに返った。

わざと？　わたしたちをわざとひこうとしたの？　いったい誰が？

とは言え、脳のなかでも理性的で、問題解決能力を有する部分である前頭葉の奥から、答えがゆっくりとつむぎ出された。

「殺人事件の犯人だわ」セオドシアは聞き取れないほど小さな声で言った。「犯人はわたしが実際よりも多くのことを知っていると思いこんでる。血も涙もない犯人は、わたしが真実を突きとめる寸前まで来ていると勘違いしてるんだわ」

花壇に四つん這いになって、手と膝を泥だらけにしながら、セオドシアはこの思いがけない新事実に愕然とした。

そのとき、アール・グレイが鼻でそっと彼女をつついた。もう帰ろうよ、というように。セオドシアはおっかなびっくり立ちあがり、通りの先をじっと見つめた。暗闇を。セオドシアたちを死ぬほど怖がらせた車は、とっくに見えなくなっていた。

物思いに沈みながら、のろのろとした足取りで自宅に向かった。セオドシアはアール・グレイと一緒にトラッド・ストリートを歩きながら、まだ全身をぶるぶる震わせ、激しく鼓動する心臓を鎮めようとした。アール・グレイはなんの異常もないのか、ぴんぴんしているが、セオドシアのほうは左膝がひりひりと痛んだ。明日はもっとひどいことになるだろう。

ドリーン・ブリッグズの家の前を通りながら、庭の向こうに目をやって、背の高いアーチ形の窓をじっと見つめた。ビロードのカーテンがしっかり閉められているが、両端からなかの光がうっすら洩れている。

ドリーンはあそこにいるの？　うすら笑いを浮かべながら、裏口からこっそり入ってきたばかりとか？　うまくいったわと思いながら、廊下にキーホルダーをかけているところ？

裏のガレージでは車のエンジンがゆっくりと冷えているの？　たぶん。ひょっとしたら。

足を引きずりながら歩いていくと、ようやく自宅があるブロックにたどり着き、涙が出るほどうれしくなった。あとちょっとで自分の家だ。けれども、自宅である小さな一軒家の隣に建つ大きなお屋敷の窓という窓で明かりが煌々(こうこう)と灯っているのが見え、セオドシアはおや、と思った。

グランヴィル屋敷は所有者が殺害されてからというもの、一年近く空き家のままだ。いまあそこを見学しているのはいったい誰だろう？　お金持ちであるのはまちがいない。あの家の市場価格は二百九十万ドル程度のはず。それだけの大金をセオドシアが稼ぐには、スコーンとお茶を永遠に売りつづけなくてはならない。たとえ家を手に入れたとしても、カーテンを買うお金すら残らないだろう。

不快な考えがセオドシアの頭に浮かんだ。まさか、ハニーとマイケルのホイットリー夫妻がなかを見てるんじゃないでしょうね。事業を拡大し、あらたなB&Bをオープンさせるつもりとか？

ホイットリー夫妻があのお屋敷を購入したら、セオドシアが取る道はひとつしかない。引っ越すことだ。

アール・グレイのリードを軽く引き、屋敷の正門の前で立ちどまった。疲れ切っていたから、一刻も早く熱いシャワーを浴びてベッドにもぐりこみたかったが、それと同時に、好奇心を激しくかきたてられてもいた。しかも、玄関のなかをいくつかの人影が行ったり来たりしているのが見える。購入を検討している人がなかをひととおり見終えて帰るところかしら？

やっぱりそうだ。それが誰にしろ。小柄な人影がゆっくりとアプローチを歩いてくる。次の瞬間、その小柄な人影は、単なる知り合い以上の女性だとわかった。

「マギー？」セオドシアは声をかけた。かすれた声しか出なかった。無謀運転のドライバーに大声をあげたせいだろう。

マギー・トワイニングはぎくりとし、闇に目をこらしてセオドシアを見つめた。

「セオドシアなの？」マギーは言った。驚きはしたものの、すぐに気を取り直した。「元気だった？」みるみるうちに声にあたたかみがこもった。マギー・トワイニングはサッター不動産で仲介の仕事をしている。セオドシアがいまの自宅を見つけて購入する際、いろいろと手を貸してくれたのがマギーだった。

「まあまあよ」セオドシアは言った。十五分前にひき逃げされそうになった話をする気にはなれなかった。

「会えてうれしいわ」マギーは言った。「それにアール・グレイも」手をのばし、アール・グレイの頭を軽く叩く。「本当にきみはハンサムくんね」

「グランヴィル屋敷を案内していたの？」セオドシアは訊いた。

「案内しただけじゃないわ。売ったのよ」マギーは得意満面で言った。「しかも……」マギーが言いかけたそのとき、いかにも高そうなチャコールグレーのスーツを着た長身の男性が急ぎ足でアプローチを歩いてきた。上機嫌な様子で携帯電話に向かってなにやらしゃべっている。やがて電話を切り、ジャケットのポケットに電話を突っこむと、セオドシアたちのところへやってきた。

「こんばんは」彼はセオドシアに声をかけ、それからアール・グレイに目を向けた。「おや、いい犬だね」

アール・グレイはしっぽを振った。

「いい機会だから、新しいお隣さんを紹介するわ」マギーは言った。「セオドシア、こちらは……」

「お名前は存じあげています」セオドシアは目の前でひとなつっこい笑みを浮かべている男性を見つめた。「ロバート・スティールさんね。このあいだの火曜日、わたしも発表会の場にいたんです」

スティールはセオドシアに目を向けるなり、すぐさま営業口調になって言った。

「ありがたい。興味を持っていただけたでしょうか」

「その前の土曜日にはネズミのお茶会にも参加していました。それに、きょうのお葬式にも」

スティールは少しも動じなかった。頭を振り、愁いに満ちた表情をした。

「痛ましい事件でした。ボーは本当にすばらしい男だった。なにか新しい情報は入ってきましたか？　警察は犯人にいくらかでも近づいているんでしょうか？」

「かなり近づいているみたいです」セオドシアがそう言ったのは、実際にそうだからではなく、スティールの反応が見たかったからだ。

「そう願いますよ」スティールは言った。「見通しは明るいんですね？」

「たぶん」セオドシアは言った。

スティールは立ち去るそぶりを見せた。「世話になったね」とマギーに言い、それからセオドシアには「エンジェル・オークに投資する気になっていただけたのなら幸いです」と言った。

「前向きに検討しています」セオドシアはうそをついた。「でも、まだいくつかお訊きしたいことが出てくるかもしれません」

「いつでも連絡してください」スティールは言った。「なんでも訊いてくれていいですよ」

「そうさせていただくわ」セオドシアは言った。「つまり、連絡するってことです」

「もう、わたしの居場所はわかったことですしね」スティールは購入の契約をしたばかりの家に手をひと振りし、マギーに向かってにっこりと笑いかけた。「書類の処理がスムーズに行けばですが」

「スムーズに行かないわけがありませんものね」マギーが言った。

スムーズに行かない理由ならいくつか思いつくわ、とセオドシアは心のなかで反論した。

21

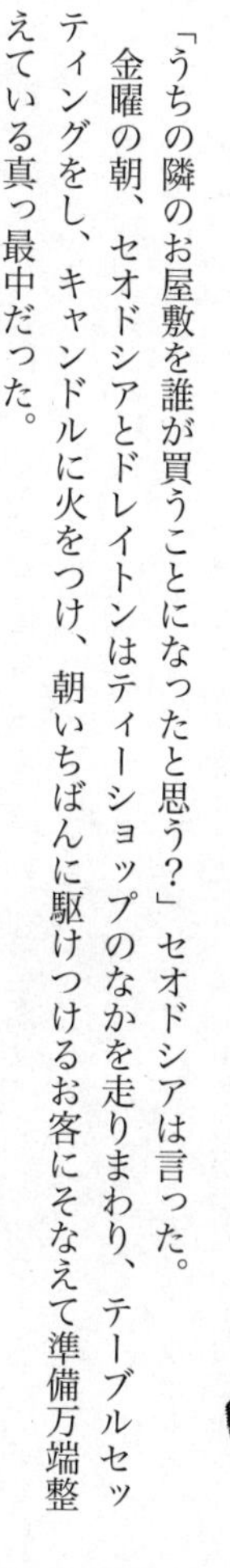

「うちの隣のお屋敷を誰が買うことになったと思う？」セオドシアは言った。

金曜の朝、セオドシアとドレイトンはティーショップのなかを走りまわり、テーブルセッティングをし、キャンドルに火をつけ、朝いちばんに駆けつけるお客にそなえて準備万端整えている真っ最中だった。

「さてね」ドレイトンは足をとめ、きょう使う皿とカップはロイヤルアルバートのオールド・カントリー・ローズにしようか、それともコールポートのピンク・フラミンゴにしようかと真剣な顔で考えこんだ。

「このあいだ、説明会を聞きにいったエンジェル・オーク・ベンチャー・キャピタルの人。ロバート・スティールだったの」

「なんと！　ネズミのお茶会で、ドリーンの真向かいにすわっていた、あのロバート・スティールかね？」

「そう、その人」

「奇妙な偶然の一致もあるものだな。思うに、〈エンジェル・オーク〉は急成長をとげているにちがいない。あの屋敷はそうとう大きいから、住宅ローンを組むにしても、月々の支払いは途方もない金額になるはずだ」

「経営がうまくいってるのはロバート・スティールという人がペテン師だからかもよ」セオドシアは言った。

ドレイトンはぎょっとした顔をした。「セオ、そこまでは断言できんだろう」

「ゆうべ、〈エンジェル・オーク〉について、もう少し調べてみたの。スティールさんがあの屋敷を買うつもりだとマギー・トワイニングから知らされてすぐに」

ドレイトンは棚からレディ・ロンドン・セイロン・ティーの缶をおろした。

「どんなことがわかったのだね？」

「州検事総長だけでなく、証券取引委員会もスティールさんに監視の目を光らせているみたい」

「ベンチャー投資資金の関係で？」

「そうなんだけど、いろいろとこみいっていて」セオドシアは言った。「《チャールストン・ビジネス・デイリー》紙によれば、証券取引委員会はスティールさんが個人的におこなっている投資に注目しているらしいの。彼のベンチャーキャピタルのポートフォリオに名を連ねている企業と財政的な利害関係があるかどうか調べているみたい」

ドレイトンは片手をあげ、頭のてっぺんをさっとなでた。「言っている意味がわからないのだが」

「要するにこういうこと。買い手に勧めている会社の株をスティールさんが所有してたら、個人的に利益を得ることになるでしょ。それはやってはいけないことなの」

「なるほど、ようやく理解できた。利益の二重取りとやらになるわけだな」

ドンドンドン！　入り口のドアをけたたましくノックする音が響いた。

「なんなの、もう？」セオドシアは言った。まだ、ロバート・スティールの件をドレイトンに説明している最中だし、しかも開店まで十五分ある。

ドレイトンがそろそろとドアに向かった。「きっと、せっかちなお客だろう。もう少し待つよう伝えてくるよ」

「お願いだから丁重にね」

「わたしはいつだって丁重に応対しているではないか」

けれども、カーテンを引いて外を見たとたん、ドレイトンは軽蔑するように鼻を鳴らした。

「訪ねてきたのは女性のお茶愛好家たちじゃなさそうね」セオドシアは皮肉っぽく言った。

「そうでなければ、そんないまいましそうな顔なんかしないもの」

ドレイトンは口をきゅっと引き結んだ。「例のビル・グラスだ。追い払おうか？　それとも入れてやったほうがいいかね？」

「入れてやって」セオドシアはあきらめきった声で言った。「入れてやらなければ、いつまでもドアをドンドン叩かれて、こっちがどうにかなっちゃうもの」

ドレイトンはドアを引きあけた。「入っていいそうだが、行儀よくしてもらわないと困る」

「おれはいつだって行儀よくしてるぜ」グラスは言いながら、さっさと店内に入った。わざとらしく急停止すると、セオドシアを見てにやりとした。「よう」

「なによ？　なんの用？」

「まずはお茶を一杯もらおうか」グラスは言った。

セオドシアは取り合わなかった。「今度はどんなよからぬことを考えてるの？」

「あんたに伝えておきたい情報があってね」

「ふうん」

「あの世に行っちまったネズミの件だ」

「なにか新事実でもつかんだの？」セオドシアは訊いた。グラスが言っているのは、あきらかにマーカス・コヴィのことだ。

「念のため言っておくが、おれはお偉いさんにコネがあるんだよ。チャールストン警察のな」

「どうせタレコミ屋だろうさ」カウンターにいたドレイトンが言った。

「だったら、なんだって言うんだ？　本当にでっかいものをつかんでいるなら、どこから手に入れたかなど、どうだっていいだろ」

「でっかいものというのは、要するにゴシップのことだな」ドレイトンが言った。

「で、その新情報とはいったいなんなの？」セオドシアは訊いた。知りたい気持ちはあるものの、グラスのことは生理的に苦手だ。たとえて言うなら、庭をにょろにょろ這うヘビを退治するのに似ている。たしかにヘビはネズミが増えるのを抑えてくれるけれど、それでもヘビであることに変わりはない。

グラスがカウンターをこつこつと叩き、湯気をあげているポットを指でしめした。「そいつを……？」

「わかったわよ。注げばいいんでしょ」セオドシアはブラックカラント・ティーを藍色の紙コップになみなみと注ぎ、グラスに差し出した。

「スコーンもくれよ」グラスはおなかを叩いた。「腹が減ってはと言うじゃないか」

「まだ焼きあがってないの」セオドシアは言った。

グラスはガラスのケーキサーバーにひとつだけ残っているスコーンを指差した。「そいつは？」

「きのうの残りだ」ドレイトンが言った。

「おれは気にしないよ」

セオドシアは前日のスコーンを皿にのせ、グラスのほうに押しやった。

ずるずるお茶をすすり、スコーンをくちゃくちゃ食べる音をしばらくさせたのち、グラスは口をひらいた。「コヴィってやつの車のトランクからえらく興味深いものが見つかったそうだ」

「なんだったの？」セオドシアは目を細め、コヴィの裏庭にとまっていたおんぼろの黒いサーブを頭に思い浮かべた。

グラスはまた、くちゃくちゃ音をさせてスコーンを食べた。

「支線用のワイヤーひと巻ぶんだ。ほら、テントを地面にとめるのに使う、金属のコードみたいなやつがあるだろ。コヴィはそいつで首をくくられたんだ」

「ワイヤーの一種？　そんなものが、彼の車のトランクに入ってたの？」

グラスは、すごいニュースはほかにもあるというように、指を一本立てた。

「しかも……そのワイヤーの隣には、例のPRレディのくしゃくしゃになった名刺が置いてあったんだと」

「なんですって！」セオドシアは叫んだ。「スターラ・クレインのこと？」

「まさか！」ドレイトンの目の色が変わった。

セオドシアはグラスからもたらされた新事実に唖然となった。答えはずっとすぐそこにあったの？　スターラ・クレインが犯人だったの？　スターラがボー・ブリッグズを毒殺し、マーカス・コヴィを吊したの？

「本当に警察は、コヴィ殺害に使われたワイヤーのそばでスターラの名刺を見つけたの？」

セオドシアは息を詰まらせながら、どうにか尋ねた。

グラスはセオドシアを指差した。「理解が早いな、ティー・レディ」

「そ、それで……」セオドシアは言葉に詰まった。「で、いまはどういう状況？　警察はこの事実にどう……？」

「警察はこの事実にどう対処しているのだね？」ドレイトンが割って入った。

「あいにく、おまわり連中が車のトランクを調べたのは、きのうの夜になってからだ」グラスはそこで、目をぐるりとまわした。「たいした仕事ぶりだろ、え？　とにかく、おれが思うに、警察はきょう、ミス・クレインをしょっぴいて、厳しく取り調べるんじゃないかな」

セオドシアはドレイトンのほうに頭を傾けた。

「スターラだったの？　全部彼女の仕業だったの？」

ドレイトンは肩をすくめた。「いまの話からすると……そのようだ」

「でも、どうして？　いったいなにが動機なの？」

「人の心を思いどおりにあやつろうとしていたのかもな」ドレイトンは言った。「ドリーンを支配することで……うーん、そうだな……金の使い方を指図するつもりだったとか？　あるいは、ドリーンの金をだまし取ることまで考えていたのかもしれん」

「そうでなければ、スパを乗っ取る気でいたのかもしれないわね」セオドシアは言った。きのうの午後、スターラ・クレインがモデルやカメラマンにわめきちらしていた姿はいまも記憶に新しい。あのときの彼女は、スパのイメージビデオを、なんとしてでも明日の一大イベントに間に合わせようと必死だった。あのビデオは、自分の手腕を見せつけるためのものなの？　あるいは指導力を？

「すごい情報だったろ、え？」グラスがいかれたチェシャ猫のように、にやにやしながら言った。

セオドシアは心ここにあらずでうなずいた。「なんだか頭が……こんがらがってきちゃった。

た」

数時間後、店内をあわただしく動きまわりながら、セオドシアはまだスターラが犯人である可能性について、つらつら考えていた。チョコレートミント・ティーの入ったポットを取りに入り口近くのカウンターに寄ったとき、思わず疑問が口を突いて出た。

「スターラがボーとマーカス・コヴィを殺したなんて、あり得ると思う？」

「どうにもしっくりこないのはたしかだ」ドレイトンは言うと、マドゥーリー茶園の茶葉を花柄のティーポットに量り取った。「しかし、あり得ない話じゃない」

「当たってるわ」セオドシアは言った。

ドレイトンは茶葉を量り取る手をとめた。「待ちたまえ。なにが当たっているのだね？」

「しっくりこないというのが、当たってるの。言ってること、わかるかしら？」

「セオ、きみの話はいつだってよくわかるとも」

「でも、わたし自身は、なにがなんだかさっぱりわかってないの」

ランチタイムになると、お客が次々と押し寄せてきた。近くの店のオーナーがふたり、ガーデンツアーの企画に頭を悩ませているブロード・ストリート・ガーデン・クラブの女性が六人、午前中いっぱいギブズ美術館で模写をしていた美大生数人。

ヘイリーはすてきなメニューを準備していた。小さめのチキンのポットパイ、アボカドのティーサンドイッチ、エビのサラダ、それにポップオーバー。

もちろん、今夜開催するキャンドルライトのお茶会には、もっと豪勢なメニューを考えてある。セオドシアとドレイトンは必要最小限のことしか教えてもらっていないが、あっと驚くものをいくつか用意してあるという。そのひとつがデザートに出すティプシーケーキ。フルーツとプディングを重ねた、南部版トライフルだ。

このところいろいろあったから、セオドシアはもう、なにを見ても驚かないような気がしていた。

二時になってランチのお客がいなくなり、アフタヌーンティーを楽しむお客がそこそこいるだけになると、セオドシアは言った。「ちょっと〈キャベッジ・パッチ〉まで行って、キャンドルを受け取ってくるわ」

カウンターにいたドレイトンが顔をあげた。「なぜ、またキャンドルを？　店にいくらでも在庫があるではないか」

「ええ。でも、ほとんどがアルミのカップに入ったティーライト・キャンドルだし、あとは細長いテーパーキャンドルが何本かあるだけなの。キャンドルライトのお茶会をひらく以上、ちゃんとしたものにしたくて」

「カウンターの下にある赤いキャンドルではだめなのかね？」

「〈ベンコーズ・ピザ・パーラー〉みたいにしたいなら、それでも充分だと思う。でも、ヨーロッパ風のエレガントな雰囲気を出したいなら、そして店全体をきらきらきらめく感じにしたいなら、もっと上等なキャンドルでなきゃだめなのよ」

ドレイトンは鼈甲縁の半眼鏡に手をやって、ぐいっと押しあげた。

「なるほど。きみの判断とセンスには脱帽するよ」

キャベッジ・パッチ・ギフト・ショップはインディゴ・ティーショップのほんの二軒先にあり、オーナーのリー・キャロルはすでにセオドシアが来るのを待っていた。

「頼まれてたキャンドルが届いてるわ」セオドシアがドアをくぐり、こだわりのギフトショップに足を踏み入れると、リーは声をかけた。リーはアフリカ系アメリカ人女性で、美人で、歳は三十代なかば。アーモンド形の目とセピア色の髪、うっとりするほどつややかな肌の持ち主だ。

「わたしのほうは、ローズヒップ・ティーをおみやげに持ってきたわ」セオドシアは言った。「マラスキーノチェリーのスコーンも一緒に」

リーは心臓のあたりを手で押さえた。「心臓がばくばくいってる」彼女は大のお茶好きだ。日本の玉露からロシアのカントリーブレンドまで、なんでも好む。「このお茶、大好きなのよね」彼女はカップを受け取ると、ふたを取って、ひとくち飲んだ。「おいしい」

「今夜来られるなら、まだ席があるわよ」

「行きたいけど、だめなの」リーは言った。「今夜は無理でも、次にすてきなイベントがあるときは必ず」

「約束よ」セオドシアは店内を見まわし、リーが選んだすばらしい品の数々をながめた。ビーズのバッグ、アンティークのリネン、気品あふれる陶器、シルクの着物、ティータオル、フランスの香水などが並んでいる。それにキャンドルも。セオドシアはきれいに並んでいるキャンドルを指差した。「あそこにあるのが、うちのために注文してくれたキャンドル？」

リーは首を振ると、足もとの白いボール箱を持ちあげ、カウンターに置いた。

「あなたのキャンドルはこっちよ。見てみて」

セオドシアは箱のなかをのぞきこんだ。「うわあ。すてき」クリーム色をした背の高いピラーキャンドルを一本、手に取った。「全部同じもの？」

「ううん。ちゃんとバリエーションがあるようにしたわ。小さな四角い缶に入った小ぶりのキャンドル、細身のねじりキャンドル、それに広口瓶に入ったキャンドルと、三つのサイズを揃えたの。それに、蠟（ろう）の種類もちがうのよ。蜜蠟のキャンドルもあれば、ハニーキャンドルもあるし、ソイキャンドルも何本かあるわ」

セオドシアは手にしたキャンドルを鼻の近くに持っていった。

「でも、香りはついてないのね」

「ええ。おたくのすてきなお茶の香りと喧嘩しないよう、香りなしのものだけを手配したんだもの。しかも、なんともすてきなことに、どれもまったく同じクリーム色なの。だから、キャンドルに火を灯して、天井の明かりを消したら、温かみのある均一の光が浮かびあがるというわけ」リーは手をひらひらさせた。「パリ郊外の小さいながらもたたずまいの上品なチャペルを想像してみて。人工的な光はひとつとしてなく、ゆらめくキャンドルの炎だけが瞑想の場を照らすなか、みんなが祈りをささげている光景を」

「すてき」セオドシアは言った。「今夜のお茶会に来て、いまの話をお客さまに聞かせてほしかったわ。みんな、うっとりと聞き入るはずだもの」

「まあ、すごい」

セオドシアはインディゴ・ティーショップに足を踏み入れるなり感嘆の声をあげた。

「ふたりしてすごい魔法をかけてくれたのね」

皿とティーカップを並べていたドレイトンとヘイリーが、同時に顔をあげた。セオドシアがほんのちょっと留守にしているあいだに、テーブルにはクリーム色のフレンチリネンのクロスがかけられ、ベリークのバスケット模様の皿とティーカップが出され、ウォーターフォードのクリスタルのコップまで用意されていた。

「お客さまがみなお帰りになったのでね、店を閉めて、準備にかかることにしたのだよ」ドレイトンが言った。

「正直に言わなきゃだめよ、ドレイトン」ヘイリーが言った。「さりげなく圧力をかけてたくせに」

ドレイトンは背筋をのばし、ヘイリーに向かって照れ笑いをした。

「いいかげん、わたしがさりげなさの達人なのを悟ったらどうだね?」

「あ、そうそう」ヘイリーは言った。「お届け物がふたつあったわよ。〈フロラドーラ〉からお花が届いたの。セオが注文したとおり、淡いクリーム色のバラ。大きなバケツに入れて、オフィスに置いておいた。あとはガラスの花瓶にいけるだけになってる」

「キャンドルをテーブルに置いたら、すぐにでも取りかかるわ」セオドシアは言った。「もうひとつのお届け物はなんだったの？」

「きっちり包装されてるけど、絵じゃないかな」

「ひとつだけ？」

「もっとたくさん届く予定だったの？」

「この先のドルチェ画廊で、油絵を三点、持ってきてと頼んだの。面倒くさいわね。あとで画廊まで行って、どういうことか確認しなくちゃ」

「じゃ、あとはまかせたわよ、おふたりさん」ヘイリーは手を振ると、セオドシアたちに背を向けた。「あたしは厨房に引っこんで、料理に専念しなくちゃいけないから」

「すてきなキャンドルではないか」ドレイトンは箱からピラーキャンドルを一本出し、しみじみとながめた。「ふむ、蜜蠟キャンドルか。かなり上等なもののようだ」彼は慎重な手つきでテーブルの中央にキャンドルを置いた。「全部で何本あると言ったかな？」

「二ダースよ」セオドシアは言った。「でも、いろんな種類が交じってるの」

セオドシアとドレイトンはそのあと、飾りつけに磨きをかけて過ごした。セオドシアはバラをいけ、ハイボーイ型チェストの棚に商品を補充した。そうしているあいだにも、ヘイリーがいる厨房からただようにおいは、ますますいいものになっていった。

最後に、なにもかもが完璧に仕上がったところで、セオドシアは壁にかかったブドウの蔓のリース三つをおろし、かわりに大きな油絵をかけた。フランスのカフェの外テーブルにすわる女性ふたりを描いた、一八〇〇年代後半の作品だ。やわらかな光がいい感じで、絵の表面には小さなひびが無数に走っている。

「そこに飾ると雰囲気がぐっとよくなるな」ドレイトンが言った。「さっきの話からすると、あと二枚あるのだね？」

セオドシアは絵がまっすぐになるよう、位置を調節した。「あと二枚送ってくれる約束だったのよ。差し支えないようなら、ちょっとドルチェ画廊まで行って、どうして一枚しか届かないのか訊いてくるわ」

「ぜひとも行ってきたまえ」ドレイトンは言った。「なにしろ、一枚かけただけで、洗練された感じがぐんとアップしたのだからね」

22

「リッターさん」セオドシアはドルチェ画廊の入り口をくぐり、歌うように声をかけた。「セオドシアです。ティーショップのオーナーの」

チャールストン港を描いた油彩画がかかっている大きなイーゼルをよけ、狭い店内を見まわした。壁には古いものから現代的なものまで、さまざまな絵が所狭しと飾られている。小さめの絵はあちこちに展示されていた。卓上イーゼルにかけたり、小さな店を複雑なパズルのように見せている半壁にかけたりしてあった。さらに何十点という絵が、アンティークのすかし箱のなかでもたれ合っていた。

「さっき、一枚だけ絵が届いたんですけど、お話ではたしか……」

セオドシアはあわてて足をとめた。狭い画廊で絵を腕の長さ分だけ遠ざけ、夢中になってながめている身なりのいい長身の男性に、まともにぶつかりそうになったからだ。

「いやだ、ごめんなさい。お姿が目に入らなくて」セオドシアは言った。「店主の方を探して……」

相手の男性がセオドシアに顔を向けた。次の瞬間、男性はおやという表情になり、顎の筋

肉に力が入った。

セオドシアのほうも全身に電気が走ったように感じた。「あら、まあ」声がいくらか高くなった。「またお会いしましたね」エンジェル・オーク・ベンチャー・キャピタルのCEO、ロバート・スティールが目の前に立っていた。セオドシアは息継ぐ暇もなく尋ねた。「いったいここでなにをなさっているの?」

スティールは怪訝そうな笑みをゆっくりとセオドシアに向けた。

「この絵を買おうかどうか、迷っているところですよ。しかし、こちらこそうかがいたいですね。あなたはここでなにを?」

「このあたりはわたしの庭みたいなものですから。いえ、つまり、経営しているティーショップが、数軒先にあるの」

スティールはセオドシアをしげしげとながめた。「経営しているティーショップですか」

「ええ、インディゴ・ティーショップといいます」周囲に目をやると、画廊のオーナーのリッターは、奥の部屋で電話中だった。

スティールの顔にゆっくりと笑みが広がった。「ティーショップのオーナーであり、投資家でもあるわけですね」

「ええ。それがなにか?」スティールはセオドシアを崖っぷちに追いつめようとしているようだ。せいぜいがんばることね。こっちは真っ向から立ち向かって反撃するくらい、なんとも思っていないのよ。

「ローンの申請はとおったんですか？」セオドシアは訊いた。

スティールが眉根を寄せたのを見て、痛いところを突いたのがわかった。

「はて、わたしのローンのなにがあなたに関係あるんでしょう」

セオドシアは大きく息を吸い、一気に急所を攻めることにした。この人を問いつめるチャンスなんてそう多くはないのだ。

「実はどういうわけか、わたしにも関係があるんです。ドリーン・ブリッグズに頼まれていて……ドリーンは覚えていますよね？　ゆうべも言ったように、あなたはドリーンのご主人のボーが毒を注入されて急死したとき、同じテーブルにいたんですもの」

「はあ？」

セオドシアは、自分の挑発的な発言をさりげなく消すように、手を振った。

「でも言いたいのはそこじゃありません」

スティールの表情が険悪になった。「だったら、なんです？」

「ドリーンはご主人が投資したお金の返還を求めてる。ボーがあなたの会社、〈エンジェル・オーク〉に預けた七十万ドルのことです」

「え、なんですって？」

「ちゃんと聞こえたはずですよ。だって、わたしが要求しているのは、ものすごく単純なことだもの。ドリーンはご主人のお金を返してほしいと言っているんです」セオドシアは、自分の発言を吟味するように頭を左右に動かした。「正確に言うなら、ドリーンのお金です……ボーがあなたに預けたお金は。それを返してほしいんですって」

「なぜあなたが、ドリーン・ブリッグズの個人資産のことであれこれ言うんです?」

「ドリーンに頼まれたからです。個人的にね。それに、ドリーンはいま、完全にまいっている状態なんです。あなたもきのうのお葬式に来ていたでしょう、スティールさん。彼女がどんな状態だったか見ているはずですよ。二本脚のスツールも同然の状態だったじゃないですか」

「それがわたしのせいだと?」

「投資したお金を返さなければ、そうなるわ。ええ、あなたのせいよ」

スティールは手にしていた絵を下におろした。「いまのはまぎれもない脅しと受け取れますが」

「穏やかな要求と考えてほしいですけど」

「あまり穏やかとは思えませんがね」スティールは言った。

「あなたが勝手にそうとらえているだけでしょう」まったくもう、この人ときたら、ああ言えばこう言うなんだから。どこか落としどころは見つけられるかしら。そうだといいけど。

「ドリーンさんが出資金の返還を希望される気持ちはよくわかります。しかし、書類に署名がされている以上はなんとも」

「そんなの、破棄できるでしょうに」セオドシアは言った。

スティールはゆっくりと首を横に振った。「それはそれで、いろいろと面倒な点があるんですよ」

「それはそうでしょう。でも、まともな弁護士を雇えば、その程度の問題はなんとかしてくれるはずですよ」

「頼みますから、どうか……」

けれどもセオドシアはなおも言いつのった。「なんなら、まずは州検事総長に話を持っていってもいいんですよ」彼女は髪を払い、ほほえんだ。「そうなると、少々荒っぽいことになるんじゃないでしょうか」

「そう簡単に脅しには屈しませんよ」スティールは言った。

「脅しじゃないわ。法的拘束力があるかどうか不明な契約から全関係者を解放するための手段です」

「本当のところ、なにがねらいなんです？」スティールは訊いた。「ティーショップを経営しているそうですが、あなたの話しぶりは弁護士そのものだ」

「あら、意外なことをおっしゃるのね」セオドシアは言った。「ブラウニング&アルストンという法律事務所があるのをご存じ？」

スティールはそれとわからぬほどにうなずいた。

「亡くなった父とその弟が共同で創設した事務所です。父は亡くなったけど、叔父は健在です。その叔父にいまの話を伝えたら、大喜びで引き受けてくれると思いますけど」

「ジェレミー・アルストンのことですか？」ここではじめて、スティールは不安そうな表情になった。

セオドシアはこぼれるような笑みを浮かべた。「ええ、そうです。十年ほど前、副知事をつとめていたのをご記憶ではないかしら。また、法律事務所に戻ってきたの。念のため言っておきますけど、叔父はいまも広い人脈をたもっているからそのつもりで」

「さっきも言ったように、ミス・ブラウニング」スティールは歯ぎしりしながら言った。「わたしは脅しには容易に屈しません」

「いつものわたしなら、虎の威を借るようなまねはしないわ」セオドシアは言い返した。「でも、奥の手を使うしかないときにはためらいませんよ」

スティールは冷ややかなまなざしでセオドシアをにらんだ。

「とりあえず、ドリーンに電話してあげたらどうですか?」セオドシアは言った。「あなたから連絡があれば、きっと大喜びすると思います」そこでくるりと背を向けた。「ご協力をありがとうございました、スティールさん。心からお礼を言うわ」

「絵はどうした?」セオドシアが正面ドアからこっそり入ると、ドレイトンが訊いた。

「ああ、絵ね」セオドシアは言った。「やっぱり、なくてもいいかなと思って」

ドレイトンは肩をすくめた。「ま、いいだろう。ヘイリーとわたしとで決めたのだが、デコレーションした角砂糖を出すことにしたよ」

「サヴァナの女の人が作った、あれ? ちっちゃなお花やテントウムシの模様がついてるやつね」

「そうとも。それから、ホテル・コンチネンタルが廃業したときに買った、シルバーの水差しを使うのも一興かと思うのだが」

「いいと思うわ」

「ずいぶんと機嫌がいいようだな」

「今夜がいまから楽しみでしょうがないの」

「わかるよ」

セオドシアは店内を見まわした。「夜用の服に着替える前に、一度、試運転してみない？」

「いいね」ドレイトンは言った。

天井の小さなシャンデリアも含め、明かりをすべて消して、キャンドルに火をつけた。その結果、店のなかががらりと変わった。インディゴ・ティーショップは、百年に一度現われるという不思議な村ブリガドゥーンにあるコテージのように、きらきらと輝いた。

「なんともすばらしい」ドレイトンがつぶやいた。

セオドシアはうなずいた。「キャンドル、食器、リネン、すべてが渾然一体となって雰囲気を盛りあげているわね。きっとお客さまも感心してくださるわ」

ヘイリーも厨房から顔を出し、見事なまでの仕上がりに見入った。彼女は小さく口笛を吹いた。「うわあ。しゃれたダンスクラブみたい」

「やかましい音楽のないダンスクラブだな」ドレイトンは言うと、少し間を置いた。「いや、そうじゃない。これは……光の当たり具合といい、静物画を思わせるテーブルセッティングといい……レンブラントの絵によく似ている。あるいはフェルメールでもいい」彼は両手で宙に図形を描いた。「ひときわ明るい部分もあれば、闇に包まれている部分もある。そう、光と影が微妙に作用し合う、明暗法そのものだ」

セオドシアはほほえんだ。「とても詩的で、しかも適確な表現ね」

23

セオドシアとドレイトンはキャンドルライトのお茶会にそなえ、おめかしした。セオドシアは淡いピンクのシルクのブラウスと銀色のサテンのロングスカートに着替えた。ピーチ色の口紅を塗って黒いマスカラをつけ、たっぷりした鳶色の髪をゆるいお団子に結いあげた。ドレイトンのほうは、ツイードのジャケットを脱いで仕立てのいい紺のカシミアのジャケットを着た。

「蝶ネクタイも替えたほうがいいだろうか？」彼は訊いた。

「水玉のネクタイをなにに替えるの？」セオドシアは訊いた。

「ワインレッドのシルクのものにしようかと」

「そのほうがいいわ」

「ふたりともすっごく上品な感じ」ヘイリーが言った。「あたしなんか、大きくて白いマッシュルームを頭のてっぺんにのせてるっていうのに」

「シェフの帽子でしょ」セオドシアは言った。「それに努力のたまものである、プロ仕様の白い上着。だってあなたは正真正銘のシェフなんだもの」

ヘイリーは顔をくしゃっとさせ、セオドシアを見つめた。

「本当にそう思ってる？　料理学校でまともに学んだこともないのよ」

「そんなの関係ないわ」セオドシアは小さくうなずいた。「あなたの腕前には数えきれないほど感心させられてきたもの。大きなケーキコンテストで何度も優勝してるし、お客さまの心をがっちりつかんでる。それに、《ポスト＆クーリア》紙にオリジナルのレシピが掲載されたこともあるじゃない」

「うん……まあね。一部はおばあちゃんのレシピでもあるけど」

「あなたの家に代々伝わるレシピなんでしょ。すばらしいことだわ」セオドシアは言った。「だから、自分を卑下するのはやめて。それに、今夜はあなたをお客さまの前に引っ張り出して拍手喝采を浴びてもらうけど、変に緊張したりしないでね」

「そんなことまでするの？　本気？」

「そうしないとお客さまは納得しないわ。おいしい料理を手がけたシェフに感謝の気持ちを伝えたいと思ってくださるはずだもの」


六時ぴったりにお客が到着しはじめた。みんな、どんな会になるのかわからないながら、昂奮した様子で次々に入ってくる。けれども、やわらかなキャンドルの光に照らされたテーブル、きらきら輝く皿やクリスタルのグラス、美しいバラのブーケを目にしたとたん、うきうきとした笑顔は純粋な驚きの表情に変わった。壁にかけられた美しい絵とオーディオから流れるドレイトンが愛するクラシック音楽が、雰囲気をいっそう盛りあげていた。

「すごーい！」夫のマイケルの腕にしがみつくようにして店に入ってきたハニー・ホイットリーが思わず叫んだ。「お店が大変身をとげた感じ」

「実際、大変身したのよ」セオドシアは言った。「かわいらしくて居心地のいいティーショップから、四つ星のエレガントなティーショップに」

「うちのダイニングルームもこのくらいすてきならいいんだけどな」マイケルが愚痴を言うと、ハニーがその腕を軽く叩いた。

それからもお客の到着はつづいた。ヘリテッジ協会のドレイトンの友人、〈フェザーベッド・ハウス〉というB&Bを経営するアンジー・コングドンと新しい恋人、ハーツ・ディザイア宝石店のブルック・カーター・クロケット、そのほか、店の常連客が二十人以上も来ていた。

連れの男性が土壇場でキャンセルになったデレインは、つまらなそうな、疲れきった表情でやってきた。けれども、そんなデレインの不機嫌も、ジェマ・リーがビッグ・レジーを連れずに現われ、ドレイトンがふたりを窓際の小さなテーブルに案内すると、一瞬にしておさまった。ふたりはすぐさま顔をくっつけ合って、ファッション、メイク、地元のセレブの噂話をぺちゃくちゃとしゃべりはじめた。

そして意外や意外、ドリーンとオーパル・アンもやってきた。

「いらっしゃるとは思ってなかったわ」セオドシアは言った。予約リストの名前をひとつひとつ確認したときには、ふたりの名前はたしかになかった。

ドリーンは即座にオーパル・アンに嚙みついた。「あなた、予約をしてくれなかったの？予約してって言ったじゃない」

「お母さんが予約するって言ったのよ」オーパル・アンは怒りを抑えて言い返した。

「大丈夫」セオドシアは言った。「まだあきはあるから」ふた席だけあいていて、本当に助かった！

ドリーンはセオドシアの腕に手を置いて、あなたにだけとっておきの秘密を教えてあげるという声で言った。「ねえ、知ってる？　スターラがきょう、事情聴取に連れていかれたの」

「ええ、聞いてるわ」セオドシアは言った。

「とんでもない話だと思わない？」ドリーンの目が大きく見ひらかれ、巻き毛は落ち着きなく揺れている。「なんでも、首を吊った男性の車のトランクから、スターラのくしゃくしゃになった名刺が見つかったんだとか」ドリーンは昂奮に胸を躍らせ、薬物でハイになっているのかと思うほどテンションが高かった。「それに、あの男の人を吊すのに使ったというワイヤーは……」

オーパル・アンが出し抜けに割りこんで、あとを引き取った。「テントを固定するワイヤーとまったく同じものだったのよね。スターラはつい先週、ハンプトン・パークでチャリティのマラソン大会を仕切ったばかりなんです」

「大会の会場にはテントがたくさん設営されていたの」ドリーンは嬉々として言った。

「あの……それって同一のワイヤーだったということ？」セオドシアは訊いた。

「結果が出るのはこれからなんです」オーパル・アンは言った。

「これで状況が一変しそうね」ドリーンが硬い表情で言った。

あるいはなにも変わらないかもしれない、とセオドシアは心のなかでつぶやいた。

「でも」とオーパル・アンは言った。「有罪とされるまでは、スターラは無罪よ」

「それはそうだけど」ドリーンは言った。「とにかく、あなたにこのニュースを知らせておきたかったの。きょうはそのことでさんざん振りまわされてしまって。それもあって、夜はのんびりと静かに過ごしたくなったというわけ」

オーパル・アンがドリーンを肘で小突いた。「セオドシアさんに例のいい知らせを伝えてあげなきゃ」

ドリーンは目を大きくした。「いやだわ、うっかりしちゃって。出かける直前にロバート・スティールさんから電話がかかってきたの。現在の状況を検討した結果、ボーが投資したお金を返還してもかまわないと判断したそうよ。実際にはわたしのお金なんだけど」ドリーンは手をぱんと打ち合わせた。「それで、もちろん、わたしはそうしてほしいと答えたわ」

「ええ、当然よね」セオドシアは思わず頬をゆるめた。

「セオドシアさん」オーパル・アンが言った。「スティールさんが考えを変えたのは、あなたが裏で手をまわしてくださったからなんでしょう？」

「わたしはスティールさんとちょっと話をしただけよ」セオドシアは言った。

「あなたって本当にすごいわ」ドリーンが感心したように見つめてきた。「どうお礼をすればいいのかしら?」

いまはすぐに席に着いてくれるだけで充分。

セオドシアは意を決してドリーンの腕をつかみ、テーブルに案内した。

「明日の夜のオープン記念パーティは計画どおりに開催するの?」と気づかうように尋ねた。盛大なパーティまでに残された時間はあまりに少なすぎる。

「ええ、開催するつもりでいるわ」ドリーンは言った。「たしかに、段取りはすべてスターラにまかせっきりだったけど」彼女はため息をついた。「いまさらキャンセルするわけにはいかないじゃない。すべてはレジー・ヒューストンしだいだわ」

「わたしにできることがあれば」セオドシアは申し出た。

「お茶を何種類か持ってきてもらえるとうれしいわ」ドリーンは言うと、椅子に腰を沈めた。「シャンパンとフルーツジュースはもちろん出すけど、お茶もいくらかあったら喜ばれるんじゃないかと思いついたの。とてもヘルシーな感じがするでしょ」

「明日の午後、ギルデッド・マグノリア・スパにお茶をいくつか届けるわね」セオドシアは言った。

「ありがとう」ドリーンは言ってから、オーパル・アンの手を軽く叩いた。「でも、今夜はいやなことをひとまず忘れて、心ゆくまで楽しむわ」

「あなたが元気に外出できるようになって、本当に驚いてるの」セオドシアは言った。「だって、きのうボーのお葬式をすませたばかりでしょ」

「いくらか気分がよくなってきたのはたしかよ」ドリーンは言った。「オーパル・アンがね、捜査がどんな方向に進もうと、もっと人とつき合わなきゃだめ、もとの生活に戻さなきゃだめって言うの。それもあって、今夜はここに来たのよ。それに、オーパル・アンが恋人のことで悩んでいるから、キャンドルライトのお茶会はわたしたちふたりにとって、いい息抜きになると思って」

オーパル・アンが椅子にすわったままもぞもぞと体を動かした。「そんなこと、誰かれなしにしゃべらなくてもいいでしょ」

「大丈夫。ここにいる人はみんなお友だちなんだから」ドリーンは言った。

セオドシアは集まったお客をながめわたし、胸のうちでつぶやいた。そうかしら?

「ようこそ」セオドシアは客の前に立ってあいさつした。「ようこそ、わがインディゴ・ティーショップ主催のキャンドルライトのお茶会へ」ぱらぱらと拍手が起こり、セオドシアは先をつづけた。「これだけのみなさまにお越しいただき、わたしたち一同感激していますし、これから四品からなるとてもすばらしいディナーをお出しするのが楽しみでなりません。もちろん、当店のティーマスターであるドレイトンが、各メニューにぴったり合うお茶をじっくりと選びました」

「今夜最初に飲んでいただくお茶は」ドレイトンが進み出た。「ロングビュー茶園でとれたダージリンです。インドのダージリン地方の南西部にあるロングビュー茶園のお茶は、ひと品めのディル風味のザリガニとの相性が抜群です」

　それを合図に、セオドシアはドレイトンがカウンターに置いてくれたティーポットを手にし、お茶を注ぎはじめた。ドレイトンも淹れたてのダージリンが入ったティーポットを両手に持ち、ふたりしてせっせと注いでまわった。それが終わると、厨房に駆けこみ、ヘイリーが用意したザリガニ料理の小皿を手にし、大急ぎでお客のもとに戻った。

　ふた品めはサーモンとアスパラガスのタルトと、チェダーチーズのスコーンだった。この料理にはアール・グレイ・ティーを合わせた。

「もう、最高」ハニー・ホイットリーが言った。「おたくのシェフを奪って、うちの〈スカボロ・イン〉で働かせたくなっちゃったわ」

「それは勘弁して」セオドシアは言った。

　料理が最後のひと口まできれいに食べられ、賞賛の声が大きくなると、ヘイリーがセオドシアに連れられて登場し、拍手喝采を浴びた。ヘイリーは笑顔を見せ、おじぎをし、顔を真っ赤にして厨房に引っこんだ。

「時間がなくてヘイリーは言いませんでしたが」セオドシアはお客に向かって言った。「メインとなる三品めはビーフ・ブルギニヨンです」

「お茶は、金毫（きんごう）を多く含む雲南紅茶を合わせました」ドレイトンが言った。

「もう、びっくり」ドリーンが言った。「四つ星レストランのお料理とワインのペアリングにも負けないくらいすばらしいわ」

「なんて斬新なんだ」マイケル・ホイットリーが言った。

メインの料理は配膳に手間がかかるので、セオドシアとドレイトンはヘイリーの手を借りた。三人は統制の取れた動きでビーフ・ブルギニヨンを運び、うやうやしい仕種でサーブした。

「やっとひと息つけるわ」セオドシアはドレイトンに小声で言った。「全員にメインディッシュが行き渡れば、面倒な部分は終わったも同然だもの」

「同感だ」ドレイトンは言った。「デザートを出すのは楽だからな。小さなボウルに入ったティプシーケーキなら、トレイ二枚で配れるはずだ」

「もう終わりが見えてきたわね」

「しかも、全員が楽しんでいる」

「ドレイトン」お客のひとりが呼びかけた。「このすてきなお茶のことを、もっとくわしく教えてもらえるかしら」

ドレイトンは表情を引き締め、ティールームの中央に大股で向かった。「喜んで。金毫を多く含む雲南紅茶は中国の雲南省で栽培されたものです。この紅茶の葉には金色の産毛がついていて、お湯を注ぐと嫌みのないさわやかな風味が楽しめ――」

どすん！　ばたん！

正面のドアがいきおいよくあき、冷気が一気に入りこんだ。つづいて、びっくり箱から恐ろしげなピエロが飛び出すみたいに、スターラ・クレインが飛びこんできた。表情は思いつめたようにけわしく、逆上したメデューサのように黒髪がもつれ、目を怒りでぎらつかせている。

ドレイトンはあわてて彼女のほうを振り返った。「申し訳ない、いまはお茶会の……」

スターラはその声を完全に無視した。ドレイトンのわきを猛然と通りすぎたが、そのとき、彼は肩を強く押され、あやうくくるりと一回転しそうになった。それからスターラは獰猛なクズリのようにセオドシアの前に立ちはだかった。

「セオドシア！」スターラはあらんかぎりの声でわめいた。「あなたでしょ！　あなたがわたしのことを警察に垂れこんだんでしょ！」

24

「じゃあ、一分だけ」

セオドシアは落ち着いた、氷のように冷ややかな声で言った。頭に血がのぼったスターラに乗りこまれたあげく、せっかくのイベントを台なしにされるわけにはいかない。彼女の肩をつかんで向きを変えさせ、乱暴に押した。

どん！

スターラの姿はまたたく間に、オフィスと厨房がある奥と店内を隔てるビロードのカーテンの向こうに消えた。

「いったいどういうつもり？」肩で息をしながらよろよろ歩いていくスターラに追いつくと、セオドシアは嚙みついた。

「全部、あなたのせいだからよ」スターラはわめいた。

「あなた、どうかしてる」セオドシアは大きな声を出さないようにして言った。「あなたが警察から話を聞かれたのは、わたしのせいじゃないわ」

「そんなの信じるもんですか」

ほどなく、オーパル・アンがあわてたようにビロードのカーテンを払いのけ、セオドシアの弁護に駆けつけた。

「うそじゃありません。事情聴取されたのはセオドシアさんとはなんの関係もないんです。警察からくわしく聞いてないんですか？　なにがあったか聞いてないんですか？」

「聞いてないわ」スターラの目はまだ怒りでぎらついていた。「警察はおんなじ質問を何度も何度も繰り返しただけ」彼女は一歩うしろにさがり、厨房に片脚を突っこみかけていたのに気がついた。

「ちょっと、どこに目をつけてるの？」ヘイリーが注意した。「せっかくのティプシーケーキにあんまり近づかないでよね」

「わたしのオフィスに入って」セオドシアは言った。「落ち着いて冷静に話を整理しましょう」

　スターラはのそのそとセオドシアのあとをついていき、さらにそのあとをオーパル・アンが追った。

「お願いだから信じてちょうだい」セオドシアは言った。「わたしはあなたが警察から事情聴取を受けたことには関係してないの」まあ、ちょっとは関係してるかもしれないけど。

「でも、ライリー刑事とは知り合いなんでしょ」スターラは憎々しげに言った。「本人がそう言ってた」

「ええ、たしかに知り合いよ。でも、協力してるわけじゃないわ」厳密な意味ではね。

「スターラさん」オーパル・アンは言った。「セオドシアさんはあなたを悪者に仕立てあげるような人じゃないわ」

本当は、その反対だけど、とセオドシアは心のなかでつぶやいた。

「セオドシアさんはわたしたちの味方です」オーパル・アンはスターラの説得をつづけた。「百パーセント、わたしたちの味方なんですよ」

「わたしがどれだけ恥をかかされたか、わかってるの？」スターラの下唇が小さく震えはじめ、いく筋もの涙が頰を伝い落ちた。「打ち合わせの場から無理やり引きずり出され、警察署に連れていかれたのよ。そして木の椅子にすわらされた。犯罪者を取り調べるのと同じ、小汚い部屋でね！」

「あなたがわたしのお客さまの前で繰り広げてくれた騒動にくらべたら、たいしたことないと思うけど」

「何時間も尋問されたんだから！」スターラは大声で言い返した。「何時間もよ！」

「それでどうなったわけ？」セオドシアはそう訊くと、すぐに自分の質問に自分で答えた。「帰してもらえたんでしょ。つまり、容疑者とは見なされなかったってことじゃない」

「わたしの名刺が一枚、あっただけなのに」スターラは涙声で言った。「なんで、わたしの名刺があの男の車のトランクにあったのか、さっぱりわからない。あちこちに配ってるから、出所がどこだっておかしくないじゃない。あの会社はわたしの宝物なのよ」

「気持ちはよくわかります」オーパル・アンが言った。

スターラは涙をぬぐって、オーパル・アンをじっと見つめた。「今度のことでわたしを嫌わないでくれる？」

「もちろんです」オーパル・アンは言った。

「ドリーンはどう？」スターラは訊いた。「彼女はとても大事なクライアントのひとりよ。彼女はどう思ってるの？」

「それはスターラさんご自身で対処するしかないのでは」と、オーパル・アンははぐらかした。「わたしからは、母はよく思っていないとしか言えません」

「でも、心のしこりを解消するには、場所もタイミングもふさわしくないわ」セオドシアはスターラに言った。「とにかくいまは、自宅に帰るのがいちばんだし、そうするのが賢明よ」

「そ……そうね」スターラは洟をすすった。もう一度目もとをぬぐい、セオドシアのオフィスを見まわした。縁を赤くした目が裏の路地に出るドアでとまった。「今度もこっちから出ろって？」

セオドシアはうなずいた。「そうしたほうがいいでしょうね」

一時間半後、キャンドルライトのお茶会はすでに過去のものになっていた。ヘイリーの絶品ティプシーケーキとドレイトンがデザート用に選んだシナモンスパイス・ティーが、スターラの派手な闖入（ちんにゅう）騒動を帳消しにしてくれた。お客はといえば、おいしい料理と楽しい会話に満足したのか、スターラのことなどひとことも口に出さないまま食事を終えた。やがて全員が立ちあがって腰をのばし、たがいに握手をし、音だけのキスをかわし、なかにはおみやげを買って帰る人もいた。

デレインとジェマは、次のイベントがあるのか、腕を組んでそそくさと店をあとにし、それ以外のお客はひんやりとした夜のなかにぽつりぽつりと出ていった。

最後に、セオドシア、ドレイトン、ヘイリーの三人だけが残って、バレエを踊るように片づけをはじめた。お皿を積みあげ、テーブルの上を片づけ、ティーポットの中身を捨てた。たいして時間はかからなかった。過去に何度となく同じことをしてきた、経験豊富なチームだからだ。

「キャンドルの火を吹き消すのがためらわれるな」ドレイトンは言った。「揺らめく炎が実に美しい。しかし、どのキャンドルもまだ半分残っているから、次に使えるだろうし」

「何本か、そのままにしておいてもいいんじゃないかしら」セオドシアは言った。「店がすてきに見えるもの」

「ふー」ヘイリーは髪をねじって頭のてっぺんでひとつにまとめると、革のスタジアムジャンパーをはおった。「大変な夜だったたね。それに、あのスターラって人、すごかったと思わない？　ものすごいいきおいで入ってきたと思ったら、お茶会をめちゃくちゃにしようとするんだもん」

「めちゃくちゃにしたわけじゃないわ。ちょっと騒ぎを起こしただけ」

「まったく、彼女もどうかしているよ」ドレイトンは言った。

「セージでも焚いて、ただよってる邪悪な気配を追い払ったほうがいいかもね」ヘイリーが言った。

「スターラの気配ならセオドシアがじつに手際よく片づけてくれたよ。裏口から出ていかせるという方法でな」

ヘイリーはにんまりとした。「きらきら光る、お空のスターラ」彼女は野球帽をかぶると、つばをうしろにまわした。「さてと、あたしは帰るね。厨房はきれいに片づけたし、食器洗浄機のスイッチは入れたし。じゃあ、また明日」

「お疲れさま」セオドシアが声をかけると、ヘイリーはあっと言う間に裏口から姿を消した。

「家に帰るわけではないのか」ドレイトンが言った。ヘイリーは店の二階に住んでいる。かつてはセオドシアの住まいだった部屋だ。

「金曜の夜なのよ、ドレイトン。ヘイリーにとっては、まだ宵の口。きっとお友だちと遊びに行くんでしょ」

「若さだな」ドレイトンは遠い目をして言った。

「家まで車で送りましょうか?」セオドシアは訊いた。

ドレイトンはお茶の最後のひとくちを飲むと、カップを置いた。

「いや、いい。気持ちのいい夜だ。とても穏やかだから、歩いて帰るよ。老いぼれの脚を少しでも鍛えないとな。それに……新鮮な空気を味わいたいのだよ。頭をすっきりさせるために」

「今夜はスターラに派手に邪魔されたけど、気にしてないわよね」

「歓迎する気持ちにはなれなかったのはたしかだな。彼女はわたしの説明を邪魔しただけでなく、めちゃくちゃに引っかきまわしてくれたのだからね。きみが冷静に対処したのが、信じられんよ」

「どうしようもなかったんだもの」セオドシアは言った。「あれだけ大騒ぎされたら、お客さまからできるだけ遠ざけるしかないじゃない」

「彼女のいらいらはおさまったようだったかね？　警察からは放免されたのだろう？」

「なんとも言えないわ。スターラがいまも容疑者かどうかもわからないし。ひょっとしたら、明日、また現われるかも」

「そうならないことを願うばかりだ」ドレイトンはため息をつき、ヘリンボーン地のハンチングをかぶった。

「じゃあ、ドレイトン、気をつけて。また明日」

ドレイトンは指を二本、額に当てて、軽く敬礼した。「もちろんだとも」


ピューターと真鍮のホルダーに挿したキャンドルが細々と燃えるなか、セオドシアはひとりで店に残っていた。椅子をまっすぐに直し、迷子になっていたティーカップが二個、棚に重ねて置かれているのを見つけ、スコーン用のミックス粉と〈T・バス〉製品が少なくなっているのに気がついた。

ありがたいことに、今夜のお客もいろいろと買ってくれた。缶入りのお茶が一ダースとチューブに入ったカモミール入りクリームが何個か、瓶入りの蜂蜜がいくつか、それに、そうそう、ブドウの蔓のリースがひとつ（壁にひとつだけ残しておいたもの！）、新しい家に旅立っていった。

セオドシアはティーショップ全体をながめまわしてほほえんだ。この時間がいちばん好きだ。一日が終わりに近づき、きちんと片づいた小さな店でひとり孤独に浸るこの時間が。物思いにふけり、みずから生み出した小規模ビジネスに対し、心地よい誇らしさを感じる時間。はじめて目をとめたとき、ここがどれほどひどい状態だったか、けっして忘れることはないだろう。それでも、潜在的な魅力を感じ、勇気を振りしぼって賃貸借契約書に署名したのだった。

それから、棚やカウンターをつけ、壁を白く塗った。木釘でとめた木の床を紅茶色に塗り、物販コーナーを設け、それに……それに、愛情をたっぷりと注いだ。だって、夢というのはそういうものだわ。思い切って挑戦するものでしょう？　人生をかけて情熱を注ぐものでしょう？

カウンターの電話が鳴り出し、考え事が中断された。

セオドシアはため息をついた。あの電話に出るべきかしら？　それとも留守番電話に応答してもらう？　そうね、大事な電話かもしれない。あくまで、かもしれない、だ。でも、たぶん、ちがうだろう。

セオドシアはしかたなく五つめの呼び出し音で受話器を取った。

「インディゴ・ティーショップです」そこそこほがらかな声を出した。「ご用件はなんでしょう?」

「セオドシアさんですか?」おずおずとした声が尋ねた。

「はい」相手の声には聞き覚えがなかった。

「ルシール・ハートと申します」相手の女性は言った。「はじめまして。実はお友だちのコナリーさんのかわりに電話しています」

「ドレイトンのことですね?」セオドシアは受話器を握る手に少しだけ力をこめた。ドレイトンがわたしに電話するよう、人に頼んだですって? でも、どうして? いったいなにがあったの?

「ちょっと問題がありまして」ルシールは言った。「コナリーさんは……穏やかな言いまわしが見つからないわ。お友だちはひき逃げ事故に遭われたんです」

「なんですって!」

「だから、コナリーさんは……」

セオドシアは相手の言葉をさえぎった。「怪我の……怪我の具合は?」しどろもどろになって訊いた。とても信じられない。ドレイトンが帰ったのは、ほんの二十分ほど前のことなのに。

「あの……血が出ていました。頭を強く打ったんじゃないかと思います。それに膝を……」

「場所はどこですか？」セオドシアは思わず大声を出した。「すぐ、そちらに向かいます。待って。救急車は呼んだんでしょうか？」

「はい」ルシールは言った。「ほんの二分ほど前に到着しました。でも、コナリーさんはあなたに電話してほしいと言ってきかなくて」彼女はそこで大きく息を吸った。「場所はキング・ストリートとトラッド・ストリートの交差点です」

「できるだけ早く行きます。いますぐ出ます。それから、ありがとう！」

25

セオドシアが到着したときには、ドレイトンはストレッチャーに横になり、赤と白の救急車の後部に乗せられようとしていた。ライトが点滅し、アイドリングの音がやかましく響くなか、ドレイトンは必死に抗議していた。

「大丈夫だ。大丈夫だと言っているだろう」ドレイトンは手当てしようとする若い救急隊員ふたりに言った。そんな彼も、セオドシアがジープを飛びおりて、駆け寄ってくるのを目にしたとたん、恐怖で表情をこわばらせ、片手をあげて力なく振った。「セオ、来なくてもよかったのに」しわがれた声で言った。「なんともないんだ。心配にはおよばない」

「ドレイトン！」セオドシアは叫んだ。本気で言ってるの？　怪我をしてるのよ。これから病院に運ばれるっていうのに、まったくもう！

ドレイトンの顔は青ざめ、白い毛布に覆われた体が少し弱々しく見える。それなのに、酸素マスクを口と鼻にあてようとする救急隊員のひとり――ちりちりの赤い髪をした若い女性――にがみがみ文句を言っていた。

「とにかく、少しでもいいから酸素を吸ってください。いいですね？」女性の救急隊員は言った。「楽になりますから」

「もうなんともないと言ったではないか」ドレイトンは言い返した。

「お願いよ、ドレイトン」セオドシアはドレイトンのわきに立って訴えた。「その人の言うことを聞いて、酸素マスクをつけてちょうだい。楽になるんだから」

「このとおり、本当になんともないのだよ。しかし、それできみの気がすむなら、いいだろう、その変てこなマスクを着けるとしよう」

「助かりました」女性の救急隊員がセオドシアに言った。

隊員はドレイトンの顔にマスクをあてがい、そのあと、男性隊員がドレイトンを救急車の後部に乗せ終えた。男性隊員はなかに乗りこむと、ドレイトンの隣にしゃがみ、救急車の後部扉を閉めた。

「マーシー医療センターの救急治療室に搬送します」女性の隊員がセオドシアに向き直って言った。「うしろからついてきてもかまいませんよ」

「ありがとう。そうします。でも、その前に……」彼女はカーキのレインコート姿で、犬と一緒にわきにひかえている中年女性のほうをしめした。

「あなたがセオドシアさん？」救急車がけたたましい音をさせながら出発すると、女性がそばにやってきた。

セオドシアはあいさつしようと振り返った。「ええ、そうです。あなたはルシールさんね？」

女性はうなずいた。「ええ。ルシール・ハートです」

セオドシアはルシールに両腕をまわして抱き寄せた。「電話をありがとう。彼を見つけてくれてありがとう」うろたえていたし、怯えていたしで、なにを言えばいいのか、よくわからなかった。

「たまたま、お友だちの姿が目に入っただけなの。散歩をしていたんですよ、マディソンを連れて……」ルシールはリードにつながれ、鼻をふんふんいわせている淡い黄褐色のシャーペイ犬をしめした。「そしたら歩道になにか落ちているのが見えたんです。あたりは真っ暗だったから、最初は落ち葉が山になっているか、古いコートだろうと思ったの。そしたら、コートだと思ったものが反転して、うめき声をあげたんです」彼女は激しく脈打つ心臓を静めようというのか、胸を手で押さえた。「死ぬほどびっくりしたわ。あんなもの、ふだんの生活で目にすることなんかないんですもの」

「すばやく対応してくださって、本当に感謝してるわ」セオドシアは言った。「急いで救急車を呼んでくださったでしょ」

「電話でもお話ししたとおり。コナリーさんは、まずあなたに連絡してほしいとおっしゃったんです」

熱い涙が目にしみた。「まさか、彼がそんなことを？」

「どうしてもと言って聞かなくて」ルシールは言った。「でも、わたしとしては、まず助けを求めるべきで、お友だちに連絡するのはそのあとだと判断しました」

「その判断は正しかったわ。本当にありがとう」

「本当におかしなこともあるものね。マディソンとわたしは毎晩のように散歩していますけど、こんなことははじめて」

「ドレイトンは歩道に倒れていたそうね。つまり、事故の直後ということになるわ。車でひかれたのか、強盗に襲われたのかはわからないけど。もしかして、近くに誰かいるのを見かけなかった？」

ルシールは首を横に振った。「残念だけど見ていないわ。さっきも言ったように、真っ暗だったし、とても静かだったんです。それに港のほうから霧がただよってきていたから、音は聞こえにくいし、視界もきかなくて」彼女はいったん言葉を切った。「でも、半ブロックほど先に車が一台見えました」

「車？」心臓が口から飛び出しそうになった。車ですって？ ゆうべ、わたしをひこうとしたのと同じ車かも。

「ええ、と言っても、縁石から離れるところだったので、関係があったようには思えませんでしたけど」

「ひょっとして、ナンバーを覚えていたりは……？」

「ごめんなさい、覚えてないわ。おわかりのように、ものすごく暗かったから」

「どんな車かわかりませんか？」

「車のメーカーや名前にはくわしくないけど、でも、わりと小さな感じでした」

「ホンダやビュイックみたいな?」

「もう少し小さかったかも」ルシールは口を手で覆い、しばらく考えていた。「そう言えば……」

「なにか」

「いまひとつ思い出したけど」

「どんなこと?」

「走り去ったその車は……車高が低くて、丸い形をしていました」ルシールはその瞬間を思い描くように、まぶたを震わせながら目を閉じ、それからひらいた。「なんとなくだけど、虫を連想したの」

「フォルクスワーゲンのビートルみたいな感じかしら?」

「それよりは大きいように思います。幅もあったし。それにもっとしゃれていたわ……高級なスポーツカーみたいな感じ」

セオドシアは、スポーツカーに乗っている人はいなかっただろうかと、急いで記憶のなかを検索した。ビッグ・レジーが乗っているのはポルシェ911だ。そう言えば、ビッグ・レジーは今夜のキャンドルライトのお茶会には来ていなかった。

セオドシアが救急治療室にいるドレイトンを見つけたとき、彼はゆったりと休んでいた。両側に白いカーテンが引かれたベッドで上体を起こしていて、看護師が血圧を測り終えたところだった。

「もう、びっくりしたなんてものじゃないわよ」セオドシアは言った。

「ずいぶんなごあいさつだな」ドレイトンは言った。声はまだかすれ気味だが、顔色はずいぶんよくなっていた。酸素マスクのおかげだろう。

セオドシアは彼のベッドのへりに腰をおろした。「具合はどう？」

「救急治療室のドクターの話では、とくに問題はないそうだ。こぶとあざがいくつかできているだけで、骨は折れていないらしい。ドクターは頭部のＣＴスキャンをするとかなんとか言ったが、自分の頭の骨が硬くできているのは昔からよくわかっていると言ってやったよ」

「でも車にはねられたのよ、そうでしょ？」

ドレイトンは後頭部を手でさわり、考えるような顔をした。「そうらしいな。なにしろ、あっという間の出来事だったのでね。ジャンプカットを多用した風変わりな芸術映画を観ている感じがしたよ。頭のなかでヴィヴァルディの音楽をかけながら元気よく歩いていたはずが、気がついたら真っ逆さまに飛んでいて、歩道に叩きつけられていたのだからね」

セオドシアは歯をぎりぎりいわせたい気持ちになった。「じゃあ、車にはねられたのね？めまいがして意識を失ったわけじゃなかったのね？」

「車だったと思う。軽くかすめていった程度だったがね」

「相手の車を見た？　なにか覚えていることはない？」

ドレイトンはしばらく目をつぶっていた。「車そのものは見ていないのだよ。だが、歩道に仰向けに倒れ、満天の星をながめながら、いったいなにが起こったのかと考えていたとき、なにかがぶつかる音がした。思うに、犯人の車が道路からそれたか、コントロールを失ったか、とにかくわたしをはねたときのなにかが原因で近くの街灯にぶつかったのだろう」

「それはたしかなの?」

「たしかだとも。どんという音がして、そのあとひっかくような音が盛大に聞こえてきたのをはっきり覚えている。ほら、金属同士がこすれ合うような音だ」

「警察に報告しないといけないわね」セオドシアは言った。

「それなら、あとで警官が立ち寄ると看護師さんが言っていた」

「だめよ、それじゃ」セオドシアは言った。「ライリー刑事に電話する」

ドレイトンは困惑した表情になった。「本気かね? こんなことでライリー刑事の手をわずらわせるつもりかね?」

セオドシアは厳しい笑顔を向けた。「かまわないわ」

「絶対にわざとよ!」セオドシアは携帯電話に向かって大声で言った。「道路にいる動物をひくみたいにしてドレイトンを亡き者にしようとしたの!」

彼女がいるのは救急治療室から数百ヤード離れた廊下だったので、ドレイトンに大声を聞かれる心配はなかった。ピート・ライリー刑事につないでもらうのにしばらくかかったが、とにかくいまは、ライリー刑事相手に思い切り怒りをぶちまけていた。

「ちょ、ちょっと落ち着いて」ライリー刑事は言った。「つまり、ひき逃げだと言ってるんですね？」

「そのとおり。だから、こうしてあなたに直接、通報してるんじゃない」

「わかりました」刑事はようやく納得した声で言った。

「しかも、昨夜、わたしもまったく同じ目に遭ったの！」

「セオドシア、いまのは本当ですか？」ライリー刑事は心配するような声で訊いた。ようやく本気で話を聞くつもりになったらしい。「運転していた人物に心あたりは？」

「ないわ。でもレジー・ヒューストンじゃないかという気がする。ドレイトンを見つけて救急車を呼んでくれたルシール・ハートという女性がね、スポーツカーが発進するのを目撃したんですって」セオドシアは昂奮のあまり、息をするのも忘れるほどだった。いったん間を置いて、深呼吸しなくてはならなかった。「スポーツカーに乗っている人といったらわかるでしょ？　レジー・ヒューストンよ。ポルシェ911を持ってるの」

「セオドシア」ライリー刑事は言った。「ちょっと考えてみてください。ヒューストン氏がなぜそんなことをしなきゃならないんです？　ドレイトンさんに怪我を負わせ、あるいは殺害したとして、彼にどんな利益があるんです？」

「本気で言ってるの？　あの人がボー・ブリッグズとマーカス・コヴィを殺した犯人なら、わたしたちに目をつけられてるのに気づいているはずだわ」

「おふたりはヒューストン氏に目をつけているのですか？」ライリー刑事は訊いた。「あるいはべつの人に？」

　セオドシアはちょっと考えてから答えた。「ええ、そうよ。少なくとも、わたしはレジー・ヒューストンがわたしたちを脅して、手を引かせようとしたと考えてる」

「あなたとドレイトンさんの両方を？」

「ええ、わたしたちふたりを。でも、そんなことをしたって無駄よ。手をこまねいて、また、あんなふうに襲われるのを待っていたりしないもの」

「セオドシア」ライリー刑事は言った。「どうか気を静めて」

「こんなことをした頭のおかしな犯人をわたしたちが見つけて、牢屋に入れるまでは、気を静めたりするつもりはないわ！」

「ぼくが犯人を見つけるまでは、です」ライリー刑事は言った。

「それはまたべつの話」セオドシアは言った。ここでギアを入れ替え、スターラの件も持ち出さなくてはいけない。「ヒューストンさんの仕業じゃないかもしれない。スターラ・クレインはまだ容疑者なの？」

「なぜそんなことを訊くんです？」

「だって、彼女は今夜、原子力で飛ぶ魔法のほうきに乗った悪い魔女よろしく、うちの店に飛びこんできたんだもの。警察に連行されて事情聴取されたって、おかんむりだった」

「単に話を聞いただけですけどね」

「わかってるけど、いまのスターラが不機嫌で、ひどくいらいらしてるのはたしかよ。ものすごく頭にきてたから……だから、今夜の無謀運転の犯人は彼女でもおかしくないと思うの。確信があるわけじゃないけど。スターラの車はスポーツカー?」

電話線の反対側に沈黙がおりた。

「そんな、まさか」セオドシアの声が大きくなった。「スポーツカーに乗ってるのね? 本当のことを教えて!」

「スターラは古い型のジャガーXJに乗っています」ライリー刑事は言った。「しかし、そんな人はほかに大勢いますよ。ところで……スターラが今夜、あなたのティーショップに現われたとのことですが?」

「ものすごいいきおいで入ってきたかと思うと、わたしにわめきちらしたの。事情聴取に引っ張られたのは、わたしのせいだと思ったみたい」

「おやおや」

「ね、おやおや、と言いたくなるでしょ。というか、本当のところを言えば、冗談じゃないわって感じ」

「わかりました」ライリー刑事は言った。「すぐにとりかかります。もう遅い時間ですが、少し揺さぶってみますよ」

「助かるわ」セオドシアは言った。「ついでに、ドリーン・ブリッグズとホイットリー夫妻もあらためて調べてほしいの。なにひとつ見落としがないようにしたほうがいいわ」

「いまはまだ病院ですか? この番号にかければ連絡が取れますか?」

「必要なら、ここにひと晩じゅうだっているわ」

セオドシアが救急治療室に戻ったとき、ドレイトンはベッドのへりに腰かけて、靴ひもを結んでいた。

「どこに行くつもりなの？」セオドシアは訊いた。

「自分の家だ」ドレイトンはおざなりにほほえんだ。

「そんなことをしていいの？」

「救急治療室のドクターから退院していいと言われたのだよ」

「本当に？　ここでひと晩、世話を焼かれたり、味気ない病院食を食べさせられたりするのがいやで、うそをついてるんじゃないでしょうね。フルーツの切れ端が申し訳程度に入ってる寒天よせが大嫌いなのは知ってるのよ」

「退院許可証を見せようか？」ドレイトンが言った。

「わかった。信じる」

「車で家まで送ってもらえるかね？」

「いいえ、ドレイトン。救急治療室にいるほかの患者さんに乗せてもらってちょうだい。冗談よ。もちろん、家まで送るわ。いつ出られる？」

「いまでもかまわないかね？」

しかし、ふたり一緒に自動ドアをくぐり、駐車場に出たとたん、セオドシアの電話が鳴りはじめた。

　ライリー刑事からだった。

「おもしろいことになりました」彼は言った。

「事件が解決したの？」セオドシアは声に期待をにじませて訊いた。「レジー・ヒューストンが逮捕されて、ボー・ブリッグズとマーカス・コヴィを殺したことを自ら認めたの？　ドレイトンをひき殺そうとしたことも？」

「そうではありません」ライリー刑事は言った。「レジー・ヒューストンの車は、きょうの午後盗まれていたことがわかりました」

　セオドシアは口をあんぐりさせた。「まさか」

「その、まさかです。ヒューストン氏が届けを出したのは……ええっと……午後四時五分ですね」

「なんとも都合のいい話だわ。レジーがアリバイ工作をしたことくらい、見抜いているんでしょ」

「そうだとしても、彼の車がなくなっている事実は変わりません」ライリー刑事は言った。「ヒューストン氏の車を第三者が運転してドレイトンさんをはねたのかもしれませんし。あるいは、車も運転していた人間もまったくべつとも考えられます。まだ結論はくだせません」

「これからどうするの？」セオドシアは訊いた。

「まずはBOLOを敷きます」ライリー刑事は言った。

「BOLO……？」

「警戒配備を敷くという意味です」

「レジーの車を見つけるのに役にたつだけで、レジー本人はどうなるの？」

「あなたの仮説を信じないわけじゃありません」ライリー刑事は言った。「ヒューストン氏は犯人かもしれない。でも、彼に不利な絶対的な証拠がひとつもないのは事実なんですよ」

「証拠が必要なのね」セオドシアはゆっくりと言った。

「そうです。当然です」

「彼の家にカウボーイよろしく乗りこんで逮捕するわけにはいかないのよね。木の枝に輪にした縄をかけるわけにはいかないのよね」いまも、ドレイトンが襲われた怒りはおさまっていなかった。

「いけません、セオドシア。驚かすようなことを言わないでください」

「ドレイトンの話だと、彼をはねた車は街灯にもぶつかったらしいの。鑑識の人をそこにやれば、こそげた塗料が見つかるんじゃないかしら。レジーのポルシェと犯行現場を結びつけてくれる証拠になるわ」

「そういうことなら、いますぐ連絡しましょう」

「よかった。ありがとう」

「ですがセオドシア……」

彼女はなにも言わなかった。

「ここから先は、捜査とは距離を置いてほしいんです。それも充分な距離を。爆心地から半径二十マイル以内には近づかないように、というのと同じです」

「もちろんよ、ライリー刑事」彼女は猫なで声で言った。「心配いらないわ」

けれども本心ではこう思っていた。ごめんなさいね。それは万にひとつも無理。だってもう、全力で突っ走っているんだもの。

26

セオドシアはひと晩じゅう、奇妙な夢を見つづけた。レジー・ヒューストンが愛車の赤いスポーツカーでチャールストン市内を疾走し、道路を破壊しまくっていた。ようやく追いつめたと思ったそのとき、彼の車はカーブをいきおいよく曲がって見えなくなった。夢はそれからドレイトンが車にはねられ、道路わきに飛ばされた末にぬいぐるみのようにぐったり倒れている場面に変わった。それから不恰好な棺が列をなして、目の前を行きすぎていった。

セオドシアは頭を大きく振って、持っていたティーポットを下におろした。だめよ、と自分に言い聞かせる。夢をフラッシュバックさせるのはいますぐやめなさい。いまいるのは土曜の朝のインディゴ・ティーショップで、問題はひとつもない。まあ、ひとつもないとまでは言えないかもしれない。でも、少なくとも全員がそれぞれの役目を果たしている。少なくともヘイリーとわたしは。ドレイトンは気の毒にも、足を引きずりながらがんばっている。

セオドシアはドレイトンがイングリッシュ・ブレックファスト・ティーをふたさじ量り取るのをじっと見つめ、それから声をかけた。「どうしてきょうは出勤してきたの?」

「きょうは午前中だけだからね」ドレイトンは言った。「終わったら家に帰って、ゆっくり

休むよ」

「いまもゆっくり休んでいればいいのに」

「セオドシア、きみは心配のしすぎだ」

「あなたは心配しなさすぎだわ」

ヘイリーがココナッツのスコーンをのせた皿を手に厨房からふらりと出てきた。

「具合はどう、ドレイトン？」声には思いやりがあふれ、かなり心配そうな顔をしていた。

「セオから聞いたけど、ゆうべはものすごく痛い思いをしたんだって？」

「ばかばかしい」ドレイトンは言った。「このとおりぴんぴんしているではないか。そう見えないのかね？」

「あんまり」ヘイリーは言った。「動きはぎくしゃくしてるし、ガタがきてる感じがする。手を差しのべてあげなきゃいけないんじゃないかって思うくらいだわ。お茶の缶やらなにやら取るのを手伝ってあげなきゃいけない感じ」

ドレイトンは唇を突き出した。「ありがたいが、助けてもらう必要はまったくない」

「だったらどうして、足を引きずってるの？」ヘイリーは訊いた。「ちょっと動くたび、左足を引きずってるじゃない」

「引きずっているのではない」ドレイトンは言った。「かばっているだけだ。まったくちがう」彼はカウンターから二歩進んで、お茶の缶で埋め尽くされた棚のほうに移動した。セオドシアとヘイリーは息を詰めてその様子を見守った。どすん、ずるっ、どすん、ずるっ。

「救急治療室の先生からいいお薬をもらってるんでしょ？」ヘイリーは訊いた。「痛み止めとか」

「わたしの怪我には痛み止めの薬などいらないのだよ。絶妙な配合のお茶があればいい」

「その絶妙な配合のお茶ってどんなもの？」ヘイリーが訊いた。「大麻を混ぜた紅茶とか？」

「知りたいなら教えるが」ドレイトンは言った。「紅茶にローズヒップとカノコソウの根をブレンドしたものだ。消炎剤としてたいへん効果があるお茶でね。筋をちがえたときや捻挫によく効くのだよ」

ヘイリーは納得したようには見えなかった。「ドレイトンがそう言うんなら仕方ないけどさ。あたしもその時代遅れのやり方で痛みを退治してみようかな」

「いまのは聞かなかったことにするよ」ドレイトンは言った。

「冗談よ」ヘイリーは言った。「冗談だってば。本当に体を大事にしてね、ドレイトン。足を引きずりながら歩きまわってたら、怪我がますます悪くなるわよ」

「無理などしないとも。だいいち、きょうの営業は一時で終わりではないか」

「ミス・ディンプルに電話して、来てもらってもいいのよ」セオドシアは言った。

「いいわね」ヘイリーが言った。「そしたらドレイトンは家に帰ってゆっくりできるもん」

「そんな必要はない」ドレイトンは言った。「それに、あのご婦人はわたしよりもゆうに十歳は上ではないか。それに、見たまえ。ちゃんと動けているだろう？　わたしはそこまでやわではない」

けれども、足の引きずり方からすると、痛みがあるとしか思えなかった。

ありがたいことに、ティーショップはそれほど忙しくならなかった。お昼近くになっても埋まっている席は半分ほどで、セオドシアはドレイトンをカウンターのなかから出さないことにし、ヘイリーが二階の自分の部屋からおろしてきたスツールに腰かけさせた。

「こうしたほうが楽でしょ？」セオドシアは訊いた。

「甘やかしすぎだ」ドレイトンは言った。「こんなことまでしてくれなくてもいいのに」

「でも、ここぞと時計に目をやってばかりいるじゃない。家に帰って休むことを考えているとしか思えないわ」

「そんなことは頭をよぎりもしなかった、と言うつもりはないよ」ドレイトンはけっきょく認めた。「だが、この場にいる以上、仕事を放り出すわけにはいかないではないか」

「まったく頑固なんだから」セオドシアは声をひそめて言った。

ドレイトンはきっとなって顔をあげた。「聞こえてるぞ」

セオドシアはお茶を注ぎ、テーブルを片づけ、バターミルクのスコーン、エビのガンボ、パプリカのグリルとブリーチーズのティーサンドイッチを出し、とドレイトンの分まで働いた。幸いなことに、目がまわるほどの忙しさにはならなかった。

ようやく時計の針が一時を指し（セオドシアにとってはちょうどいいタイミングだった）、ヘイリーがひとりで残って店を閉めると申し出てくれた。セオドシアとしても、ドレイトンをひとりで歩いて帰すつもりはなく、本人にもこれ以上ないほどはっきりとそう伝えた。

「わたしなら大丈夫だ」ドレイトンは言った。「片づけないといけない用事がふたつばかりあるのだよ」

「でも、家に帰らなくちゃ」セオドシアは言った。「それもいますぐ。さあ行くわよ。わたしはあなたを自宅の前で降ろしたら、そのままギルデッド・マグノリア・スパに向かうわ。今夜のオープン記念パーティ用にあなたが選んだお茶を届けにね」ドレイトンは、オリジナルのジンジャーオレンジ・ティーを四袋、選んでいた。コクのある中国産の紅茶に、乾燥させたショウガと細かくしたオレンジピールをブレンドしたお茶だ。

「お茶を届けたら、また戻ってわたしを乗せてもらえないか？」

「ドレイトン……でも……わかった、そうする」言い合ったところで意味はない。ドレイトンの頭の固さときたら、たとえて言うなら……言葉が浮かばない。石頭の南部紳士というほかない。

「助かるよ」ドレイトンは言った。

とてもいい天気で、ヤグルマソウのように真っ青な空で大きな太陽が燦々（さんさん）と輝き、気温は二十度に届きそうないきおいだった。いい日和に元気をもらい、いたるところで咲き誇るマグノリアの花に心を癒やされたせいか、セオドシアは運転しながら至福の気分を味わっていた。

それも、ギルデッド・マグノリア・スパの駐車場に乗り入れるまでのことだった。セオドシアは自分の目が信じられなかった。

ぴかぴかの真っ赤なポルシェが駐車場の真ん中に鎮座していたのだ。

ビッグ・レジーの車だわ！

でも、そんなばかな。きのう盗まれたはずなのに。

まさか、盗んだ犯人が改心して返したとか？

でなければ、レジーの車はもともと盗まれてなんかいなかったのかも。

理由はなんであれ、セオドシアはジープを飛び降り、ポルシェをざっとあらためた。思ったとおり、右のフロントフェンダーが大きくへこんでいる。

これだ、と心のなかでつぶやいた。これこそが、レジー・ヒューストンを逮捕するのにライリー刑事が必要としている証拠だわ。白い地に黒で、はっきり書いてあるも同然だもの。というか、この場合は、工場で塗装された真っ赤なペイントにはっきり書いてあると言うべきね。

セオドシアは震える手でライリー刑事の番号を押した。彼が電話に出ると、すぐさま用件に入った。

「ねえ、聞いて。ヒューストンさんの車は盗まれてなんかいなかった。ギルデッド・マグノリア・スパの駐車場にあるわ」

「ええっ！」ライリー刑事はびっくりしたカラスのような声を出した。「たしかにレジー・ヒューストンの車ですか？」

「わたしの目の前にあるの。しかも、右のフロントフェンダーに大きなへこみができてる。人でなしのレジーがゆうべドレイトンをはねたときについたのよ、きっと」セオドシアは頭に血がのぼりそうになるのを必死でこらえた。昂奮した声にならないようがまんした。一連の事件はレジーの犯行だと確信していたとは言え、勝ち誇った声を出すのもがまんした。

「レジー・ヒューストンはいまスパにいますか？」ライリー刑事が訊いた。「自分のオフィスに？」

「だと思う」セオドシアはごくりと唾をのみこんだ。「来てくれるでしょ？　だから、その、いますぐに。ヒューストンさんから話を聞いて、捜索令状も取ってくれるわよね？」

「約束はできません」ライリー刑事は言った。「しかし、必ずそっちに向かいます。念のため、何人か連れていきます。それからセオドシア、これから言うことをよく聞いて。慎重のうえにも慎重に願います、いいですね。レジーに見られたらまずいので、スパには絶対に入らないこと。外で待っているように」

「駐車場から一歩も動かないわ」セオドシアは言った。「そして、彼のふざけた車を、ずっと見張っているつもり！」

セオドシアは電話を切ると、しばらくその場でそわそわしながら待っていた。そうこうするうち、ライリー刑事のアドバイスを受け入れ、人目につかない場所に移動しようと決めた。ジープに乗りこんで駐車場をバックしていき、大きな茶色のごみ容器の陰に車を隠した。エンジンを切って待った。エンジンが冷えていくかちかちという音が聞こえ、胸のなかで心臓がどきどきいっているのがわかる。そうやってレジーの車を見張った。

レジーのふざけた人殺し車。

レジーが歩道に向かって急ハンドルを切り、ドレイトンに突進していくところを思い浮かべたとたん……目に涙がにじんだ。てのひらに白い三日月形の痕がつくほど、爪をぐっと食いこませた。

おとといの夜、わたしとアール・グレイを車でひこうとしたのも、おそらく……ううん、おそらくなんかじゃない、まずまちがいなくレジー・ヒューストンだ。

なんて卑劣な人！　彼が連行される姿を見たら、さぞかし愉快だろう。できれば、そのまま拘束されてほしい。

およそ四十分後、ピート・ライリー刑事が到着した。乗ってきたのは目立たない紺色のビュイックで、制服警官がふたりずつ乗った白黒のパトカーが二台、あとにつづいた。パトカーはすぐさまポルシェの真うしろにとめ、逃げられないようきっちりとふさいだ。

セオドシアは急いで車を降り、駐車場を突っ切ってライリー刑事のもとに急いだ。

「よかった、来てくれて」

ライリー刑事は振り返ると、走ってくるセオドシアを認め、紙切れを一枚ひらひらと振った。

「それって、もしかしてあれ？」

「捜索令状です」ライリー刑事は答えた。「これがあれば、ヒューストン氏のポルシェから塗料のサンプルを採取し、街灯に付着していた疵と比較できる。それに、彼の車の内部を調べて、オフィスと自宅を捜索することも可能です」

「なんてすばらしいの」セオドシアは言った。「でも……?」

「レジー・ヒューストン本人についてですか? 署にご同行願って、事情聴取しますよ」

「いつ?」

「いますぐ」ライリー刑事はひと組めの警官ふたりに向かって指示した。「きみたちはさっそくこの車を徹底的に調べてくれ。必要とあらば、バールを使ってもかまわない」それからもうひと組の警官ふたりに向き直った。「きみたちはぼくと一緒に来てくれ」

ライリー刑事は制服警官ふたりを従え、スパに入っていった。びっくりした顔の受付係の前を通りすぎ、レジーのオフィスに向かってまっすぐ進んだ。セオドシアはどんなひと幕が繰り広げられるのか気になって、三人のあとをついていった。

幸先はあまりよくなかった。

レジー・ヒューストンの秘書のサリーが、つかつかと歩み寄る一団に気づいて、道をふさごうと立ちあがった。

「お入りいただくわけにはいきません」サリーは大声で制止した。いくらか困惑すると同時に、おおいに怯えながらも、彼女はデスクをまわりこんだ。「ミスタ・ヒューストンは大事な電話の最中で、絶対に人を入れるなと厳しく言われています」

ライリー刑事は手で追い払う仕種をした。「警察だ。電話は切って、あとでかけ直せばいい」

そのとき、レジー・ヒューストンがオフィスのドアをいきおいよくあけた。彼はドアのところでぴたりと足をとめ、集まった面々に目をこらした。それから、ライリー刑事がその場にいるのに気づくと、中途半端な笑みを浮かべた。「警察か？　おれの車が見つかったんだな」

「ええ、残念ながら」ライリー刑事は言った。制服警官ふたりが、セオドシアとともに刑事の背後に詰め寄った。

たちまちレジーの顔が不安でゆがんだ。「おい、うそだろ。まさか、大破したなんて言わないでくれよ」

「そんな悲惨なことにはなってないわ」セオドシアは言った。「だって、すぐそこの駐車場にとまっているもの」

「なんだと？」レジーは疑わしそうな顔をした。「ちょっと待て。車泥棒が返してくれたっていうのか？」

「そもそも、本当に盗まれていたのならね」

レジーは首をかしげ、怖い目でセオドシアをにらんだ。「なんてことを言うんだ。というか、なんであんたがしゃしゃり出てくる？」彼はそっけなく手を振った。「出ていってくれ。これはおれと警察だけの問題だ」

「よくわかってるみたいじゃない」セオドシアは言った。「だって、ライリー刑事はあなたにスペシャルなおみやげを持ってきたんだもの」

それを聞いて、レジーはすっかり面食らった。「おいおい、いったいどうなってるんだ？〈ポーキーズ・バー〉のディクシー・ダンカンの差し金か？　もしそうなら、笑えない話だぞ」

ライリー刑事はレジーに捜索令状を見せた。

レジーはこれ以上ないくらい目を見ひらいた。「捜索令状だと！」思わず大声で言った。「本気か？　なにを捜すつもりだ？　言ってくれれば、ちゃんと教える」

「まずはあなたの財務記録からお願いするわ」セオドシアは言った。

レジーは、ますますわけがわからないという顔をした。「どういうことだ、いったい？」

「会社のお金を着服しているわね？　そうやって贅沢な暮らしを維持してるんでしょ。おそらくボーは、あなたの横領の証拠をつかんだんじゃないかしら」

「だから、彼を殺害した」ライリー刑事が言った。

レジーは一歩うしろにさがった。「頭がどうかしてるぞ。おれはボー・ブリッグズを殺してなどいない。だいたいにして、あいつは共同経営者だったんだぞ」

「ライリー刑事？」誰かの声がした。

全員が振り返った。レジーの車の捜索をまかされていたふたりの警官が、深刻な表情で立っていた。

「これを見てください」片方の警官が言った。名札には〝チャップマン〟とある。

「なんだ？」ライリー刑事は訊いた。

チャップマンは小さな茶色のガラス瓶をかかげた。薬局で売っているような瓶だ。ただし、ラベルはなく、白い粉末がほんのわずか入っていた。

「よくやった」ライリー刑事は言った。「ドラッグか？」

「かもしれません」チャップマンは言った。

「ばかばかしい」レジーはせせら笑った。「そんなものは……そんなものは……中身がなんだか知らないが、でっちあげに決まっている。言っておくが、おれの車は盗難に遭ったんだぞ。ちゃんと届けも出した」

「あなたがそう言ってるだけでしょ」セオドシアは言い返した。「ついでに言っておくと、その白い粉はドラッグじゃないと思う。なんらかの毒よ」

「おいおい」警官のひとりがつぶやいた。

「毒だと？」レジーは大声で言うと、ライリー刑事に向かって弱々しくほほえんだ。「わからないかね？　こいつはどう考えてもでっちあげだ。おかしな野郎がおれを残忍な人殺しに仕立てあげようとしてるんだよ。そしてそいつがおそらく……おそらく、本当の犯人だ」

「犯人はあなたよ」セオドシアは言った。「ボー・ブリッグズとマーカス・コヴィを殺した、危険な獣だわ」

レジー・ヒューストンは顔にアイスペールいっぱいの氷を投げつけられたみたいな顔をし

た。「なにを言う？　そもそも、マーカス・コヴィとはいったい何者だ？」

「あなたが殺した若者に決まってるでしょ。ネズミのお茶会のウェイターよ」

「あんたらは頭がどうかしてる」レジーは、とぎれとぎれのアヒルの鳴き声みたいな声でわめいた。「場当たり的にこんな話をでっちあげてるのか？　それとも、滑稽なシナリオでもあるのか？」

「そうはおっしゃいますが、冷酷非道な殺人の証拠がありますのでね」ライリー刑事は言った。

ビッグ・レジーは怒った雄牛のようなうなり声をあげた。「あんたらは正気か？　こんなことは断じて許されんぞ」彼はしばらく頭を左右に振っていたが、ようやく秘書のサリーに目をとめた。「サリー、銅像みたいにぼけっと突っ立ってないで、弁護士に電話しろ……エディ・バニスターにかけるんだ。いますぐ来いと伝えろ」

ライリー刑事はサリーに向かって首を振った。「ここじゃありません。われわれは引きあげますが、上司の方にもご同行願いますので。ミスタ・ヒューストンがどの弁護士を雇うにせよ、警察署まで来るよう伝えてください」

ライリー刑事と一緒だったふたりの警官が手錠を出して、レジーにかけた。

「サリー、とにかくバニスターのやつに状況を説明しろ」レジーは連行されながら、秘書に向かって大声で指示した。「おれははめられたと伝えろ！」

「わかりました、伝えます」サリーはレジーの背中に向かって言った。「でも、今夜のオープン記念パーティはどうなさるんですか？　誰にあとをまかせればいいんでしょう？」

しかし、レジーはすでにドアの外に出されていた。ライリー刑事と残ったふたりの刑事もあとにつづいた。セオドシアはこのうえない満足感にひたりながら、去っていく彼らを見送った。

「ミスタ・ヒューストンは本当に逮捕されたんでしょうか？」サリーが訊いた。雪嵐のなかに蹴り出されたチワワのように震えている。

「手錠をかけたのはおふざけじゃないと思う」セオドシアは言った。

「そもそも、ミスタ・ヒューストンはなにをしたんですか？　だって……ええ、たしかにあの方は無遠慮で、不愉快な人です。いつも、大声で命令をわめきちらしていますし。でも、本当になにをしたんでしょう？」

「まず第一に、彼にはふたつの第一級殺人の容疑がかかっているわ」

サリーは唖然となった。「殺人？　ビッグ・レジーが？」

「それに暴行罪も二件。正確に言うと、ひき逃げね」

サリーは目をいっそう大きく見ひらいた。「そんなこと、とても信じられません」

「でも、本当なのよ」セオドシアは言った。

27

「執行委員会をひらくわよ」セオドシアはインディゴ・ティーショップに戻るなり、大声で言った。レジーの逮捕はあまりに重大なニュースで、とても黙ってはいられなかった。

ヘイリーが詮索好きのプレーリードッグよろしく、厨房から顔を出した。「え？」

「われわれのことだ」ドレイトンはヘイリーに言った。「さあ、出てきてすわりたまえ。セオドシアが一大ニュースを発表する予感でぞくぞくしてきたよ」

ヘイリーはティータオルで手を拭きながら出てきた。「それって、神経がどこかおかしくなってるんじゃないの？」

「まさか」ドレイトンは一笑に付した。

「で、なんなの？」ヘイリーはドレイトンと同じテーブルに着いて、セオドシアを見あげた。

「この店を閉めるとか、そういうとんでもない話じゃないわよね？」

「そんなんじゃないわ」セオドシアは言った。「あなたが職を失う心配はないって、約束する」

「じゃあ、いい知らせ？」ヘイリーは訊いた。

「そうとも言い切れないかな」セオドシアはそこで言葉を切った。「レジー・ヒューストンが殺人容疑で逮捕されたことを、あなたたちに話しておきたかったの」

「なんと！」ドレイトンが声をあげた。

「本当？」ヘイリーが言った。

「警察が、レジーの車のトランクから、毒の入ったガラス瓶とおぼしきものを見つけたの」

「それで……」ドレイトンはもっと教えてほしいとばかりに、片手をくるくるまわした。

「鑑識の分析待ちだけど、瓶のなかの毒はボー・ブリッグズの死を引き起こした毒と一致すると思う」

「うわあ」ヘイリーが言った。「なんて恐ろしい」

「マーカス・コヴィが首を吊った状態で死んでいた事件にも、レジーが関与していたことが証明されるでしょうね」セオドシアはおそるおそるドレイトンの顔をうかがった。「それに、昨夜、あなたがひき逃げされた事件にも」

「なんということだ」ドレイトンは言った。「では、すべてビッグ・レジーの犯行だったわけか。ドリーンでも、スターラでも、頭のおかしな隣人でも、ほかの誰でもなかったのだな」

「ねたみ、嫉妬、お金、憎しみ。レジーの動機がなにかはわからないけど、とにかくすべて彼の仕業だった」

ヘイリーがセオドシアの顔をじっと見つめた。「それをセオひとりで突きとめたの？」

セオドシアは片方の肩をすくめた。「ビッグ・レジーが犯人だという証拠がいろいろと出てきたのよ。ゆうべ、彼がドレイトンをはねたあとはとくに。しかも、車のフロントフェンダーには、証拠となる大きなへこみがついてたし。それだけ証拠が揃えば、あとは点と点をつなぎ合わせるだけのことだったわ」

「でも、変だよね」ヘイリーが言った。「スピード修理の店に車を持っていって、その場で鈑金してもらえばよかったのに。でなければ、せめて車を処分するとか」

「殺人をおかす人が慎重な直線思考の持ち主とはかぎらないのよ」セオドシアは言った。

「ああいう人たちにはある種の欠点があるの」

「どんな?」ヘイリーが訊いた。

「そうね、彼らの大半は反社会的な性格の持ち主だわ。あなたやわたしが普通に守っているルールに縛られないの」

「いますぐドリーンに知らせよう」ドレイトンが小躍りせんばかりのいきおいで言った。

「警察から連絡が行くまえに。きっと大喜びしてくれるはずだ」

「それはどうかしら」セオドシアは言った。「レジー・ヒューストンはご主人のスパの共同経営者だったし、それも、ご主人みずから選んだ人材なんでしょ。だったら、なによりもまず、ショックを受けると思う」

「そうは言っても、やはりわれわれがこの知らせを伝えるべきだろう」

「そうね、あなたの言うとおりかもしれない。ドリーンに電話して、これから行くことを伝える？」

「いますぐ、ドリーンの家に行こうではないか。このニュースを伝えてびっくりさせてやろう。いい知らせかどうかに関係なく、寄付をしてくれるという約束だからね」

「寄付するにしても、しないにしても」セオドシアは言った。「びっくりするでしょうね」

玄関に出てきたのはオーパル・アンだった。彼女は一秒ほどセオドシアの顔をじろじろながめてから、ドレイトンの顔に視線を移した。「なにかあったんですね。びっくりするようなことが」

「悪夢は去った」ドレイトンが告げた。声こそまじめくさっていたが、脚が痛いのも忘れて、バレエでも踊り出しそうな雰囲気だった。「警察がボーを殺した犯人の身柄を確保した」

オーパル・アンは自分の胸に手を当てた。「まあ、よかった」彼女は大きく息を吸うと、頬をふくらませ、それからゆっくりと息を吐き出した。「誰だったんですか？」

「レジー・ヒューストンだ」ドレイトンが言った。

「ビッグ・レジー」オーパル・アンは悲しげで、あきらめきった様子で言った。「やっぱり、あの人だったんですね。ずっとそうだと思ってた」彼女は一歩さがった。「どうぞお入りになって。母にもいまの話を直接聞かせてやってください。わたしも、くわしい話をうかがいたいわ」

オーパル・アンは先に立ってふたりを図書室へと案内し、ドリーンとその息子のチャールズを急いで呼び寄せた。

セオドシアは昨夜、ドレイトンがひき逃げ事故に遭ったいきさつを簡単に伝え、それから、赤いポルシェがギルデッド・マグノリア・スパの駐車場に堂々ととまっていたことを話した。

「フェンダーのへこみが最後のピースだったの」セオドシアは言った。「その証拠をもとに、警察は捜索令状を取ったというわけ」

「もう捜索は始まっているの?」ドリーンが訊いた。唖然とした表情をしているが、セオドシアが危惧していたほどショックは受けていないようだ。

「いま捜索の真っ最中よ」セオドシアは言った。「レジーの車を調べはじめたら、毒とおぼしきものが入ったガラス瓶が見つかったの」

「えええー!」ドリーンは椅子の背にいきおいよくもたれ、肘かけをこぶしで叩いた。「レジー! レジーがわたしの大事なボーを殺したなんて!」

「残念ながら、それが真相らしいわ」

「本当に残念だ」ドレイトンは言った。

ドリーンはゆっくりと首を左右に振っていた。「なんてことなの。でも、これで少なくとも真相がわかったわけね。少なくとも、はっきりした答えが出たのね」彼女は顔をあおぐように、両手を顔の前で振り動かした。「かわいそうなボー。これで彼も安らかに眠ってくれるかしら」

「もちろんだとも」ドレイトンがつぶやくように言った。

セオドシアはドリーンがすべてを受け入れるまで数分待った。やがて口をひらいた。

「いずれ警察が話をしにくるわ。一部始終を説明して、わたしたちの話を裏づけてくれるはずよ」

「とりわけライリー刑事は熱心に捜査してくれたよ」ドレイトンはそこでセオドシアのほうをちらりと見やった。「セオドシアに負けないくらいに」

「すごいわ」オーパル・アンがほれぼれとした声で言った。「ふたりとも」

「わたしたちがこちらに出向いて、直接知らせるべきだと思ったの」セオドシアは言った。

「こちらのみなさんとはご縁があることだし」

ドリーンがドレイトンのほうにそろそろと手をのばした。「あなたはいちばんのお友だちよ」そう言うと、ドレイトンの手を強く握って自分のほうに引き寄せた。「しかもドレイトン、ゆうべは車にひかれるところだったなんて……本当に胸が痛むわ」

「これでわたしたち、ようやく気持ちの整理がつくわね」オーパル・アンが言った。

「ありがとう、セオドシアさん」チャールズが言った。「本当によくしてくれて。思っていた以上にぼくたち家族の力になってくれたこと、心から恩に着ます」

「一生忘れないわ」ドリーンが言った。「前に、謎を解明してくれたら、ヘリテッジ協会への寄付を倍にすると言ったけど、あれはもちろん本気よ」

「ドリーン……」今度はドレイトンのほうがドリーンの手を強く握った。

「月曜日に小切手を切るわね」

「本当にありがたい」ドレイトンはかすれた声で言った。

「ただ、ひとつ問題があるの」

ドレイトンは探るような目でドリーンを見つめた。「問題とは?」

「ギルデッド・マグノリア・スパのことよ。おふたりに関係ないのはわかっているけど、これから誰が経営すればいいと思う?」ドリーンはまわりを見まわし、なにか答えが見つかるのではないかというように、ひとりひとりの顔を見ていった。

「外部の支配人を雇うのがいいんじゃないかしら」セオドシアは言った。「フィットネスや接客業界での経験がある人を」

「わたしの考えはちがうの」ドリーンは横目でオーパル・アンを見やった。「オーパル・アンを迎え入れて、経営をまかせたらどうかと思って」

「わたし?」オーパル・アンの声は驚きのあまり裏返った。「本気で言ってるの?」

「一生懸命やれば、きっとできると信じてるもの」ドリーンは言った。

「ぼくもいい考えだと思うな」チャールズが言った。

「同感だ」ドレイトンが口をはさんだ。「彼女には才能がある」

けれども、オーパル・アンだけはそこまで自信が持てずにいた。「そう言われても……」

「スパの経営はあなたがいずれやりたいと思ってたことなんじゃない?」セオドシアは訊いた。大学を出て間もない若い人には、かなりたいへんな仕事だろう。

オーパル・アンはぎこちなく肩をすくめた。「どうかしら。あんまり考えたことがなくて。

もちろん……ワークアウトやらなにやらは、とても好きですけど」

「ええ、知ってるわ」ドリーンが言った。

「それに……たしかにギルデッド・マグノリア・スパはうちのものなわけだし」オーパル・アンは言った。どうやら、本気で検討しはじめたようだ。「やってみなきゃわからないわよね。スパの経営に情熱が持てるかもしれないんだわ」

「だったらやってみるべきよ」ドリーンは言った。

オーパル・アンははにかむように首をすくめた。「本当にそう思う？」

「当たり前じゃないの」ドリーンは言った。「こんなぎりぎりになって驚かすようなことを言うのはいやだけど、まずは今夜のパーティからお願いするわ」

オーパル・アンは呆気にとられた。「ええっ？」

「オープン記念パーティで歓迎のスピーチをしてちょうだいね」

「本当にわたしがやらなきゃだめなの？　以前からスピーチはレジーがするということになっていたわ。そうでなければ、スターラでしょ。広報関係はすべて彼女が一生懸命やってくれているんだもの」

「いいえ」ドリーンは言った。「今夜の主役はあなたでなくてはだめよ」

「本当の主役はギルデッド・マグノリア・スパだわ」オーパル・アンは言った。「でも、精一杯のことをすると約束する」

「だったら、まずはおめでとうを言わせて」セオドシアは言った。はじめて広報の仕事をまかされたとき、セオドシアはいまのオーパル・アンとさして歳がちがわなかった。当時は自信たっぷりで、不安などひとつもなく、失敗も恐れていなかった。今回の場合も、あれと同じ図太さが必要だ。

「それで、今夜はみなさん、来てくれますよね？」オーパル・アンは言った。「だって、わたしの初仕事なんですから、みんなにいてほしいんです。幸運を呼びこむために」そう言って、照れくさそうに首をすくめた。

「もちろん、行くわ」セオドシアはこの若い女性の気持ちが痛いほどわかった。オーパル・アンはとうとう自分の居場所を見つけたようだ。「あなたの晴れ舞台だもの、なにがあっても見逃すもんですか」

28

土曜の夜、ギルデッド・マグノリア・スパは観光地のような状態になった。サーチライトが夜空を行き来し、赤いジャケット姿の駐車係がアウディ、メルセデスベンツ、ときにはベントレーを次々にとめている。なかに入れば、ロビーは熱狂と昂奮で騒然としていた。何百人という引き締まった小麦色の肌の女性が見るからに裕福そうな男性の腕をしっかりとつかみ、シャンパンと冷えた白ワインがふんだんに提供され、どこを見ても豪華なマグノリアと蘭の花が置かれ、タキシード姿の弦楽四重奏団がジャズ風にアレンジしたポピュラーソングを演奏していた。

ドレイトンは膝が痛むからと言って来なかったが、セオドシアはそれでよかったと思っている。彼にはしっかり休んでもらいたい。それにデレインの相手がふた晩つづけて現われなかったので、セオドシアは慰め役を買って出ていた。

「すてきじゃないこと?」デレインが言った。ふたり並んで混雑したロビーを歩きながら、デレインは昂奮で体を小さく震わせていた。「ずいぶんと大勢来てる。あらあ、パパラッチもいるじゃない」彼女がいちばん近くのカメラに向かってにっこりほほえむと、カメラマン

が近づいてきてふたりの写真を撮った。「あたしたち、新聞の社交欄に載るかもよ」

「ギルデッド・マグノリア・スパは特集記事を組まれるでしょうね、きっと」セオドシアは言った。

デレインはうなずいた。「そうよね。今夜のパーティはすばらしいものになりそうだもの」

セオドシアはほくそえんだ。このパーティが過去のすべてのイベントほど奇妙で風変わりなものになるはずがないのはわかっている。

「ドレイトンが来れなくて残念」デレインは言った。「そのうち、よくなるんでしょ?」

「治るに決まってるじゃない」

「ドレイトンを車でひこうとしたのは、このスパのオーナーのひとりなんですって? レジーとかいう人なんでしょ?」

「そんなにびくびくしなくても大丈夫」セオドシアは言った。「その人はもう牢屋に入ってるから」

「それでも、パーティはつづけなくてはならないってわけね」デレインはあたりをきょろきょろと見まわした。「しかも、そのパーティのすごさといったら」

セオドシアとデレインはカクテルドレスを着ていたし、ほかの女性の多くもそうだった。けれども、一部の女性――おもに若い人が多い――は最近流行のアスレジャー・ファッションで決めていた。体にぴったりしたあざやかな色のドレス、デザイナーズブランドのヨガパンツとハーフトップ、あるいはギャザーがたっぷり入ったロングスカートに細いチューブトップ。

「みんなずいぶんと肌を露出してるわねえ」デレインは皮肉めいた口調で言った。

「スパのオープン記念パーティだもの」セオドシアは言った。「ある程度のカジュアルファッションは許容範囲だわ」

「ところで、あなたがさんざん話してた、例のお嬢さんはどこなの？　きょうになって急にスパを継ぐことになったとかいう娘さんは？」

「オーパル・アンのこと？　どこかそのへんにいるはずよ。彼女のことだから、ばりばり仕事をしていると思うわ」

「あら、あそこでなにをやってるのかしら」

「ファッションショーみたい」セオドシアは言った。

「だったら、いますぐ行って、見物しなきゃ」

セオドシアとデレインは、革のソファと椅子、床から天井まである石造りの暖炉、それに大きなプールに出るフレンチドアがある広いラウンジに向かってゆっくりと歩いていった。プールのまわりに置かれたポリネシア風のたいまつが夜空を背景に燃えあがり、その姿が揺らめく水面に映っていた。なかに入るとＤＪがかけたロックンロールがオーディオ用スピーカーから大音量で流れ、白いプラスチックのランウェイをモデルたちがわが物顔で闊歩していた。

「あの子たちが着てるのは、スパのギフトショップの商品？」デレインが訊いた。

「あのアスレジャールックって、すごく人気があるわよね」

「ふうん」ファッション通のデレインは。鋭い目でモデルたちを観察した。

「たしかにあっちこっちで見かけるわ。それこそ街の中でもね」

「〈コットン・ダック〉にもあの手の服を置いたほうがいいかしら？」

「そしたら、トレンドに乗れること間違いなしよ」セオドシアは言った。

「春のファッションショーで、アスレジャールックを何点か紹介してみるのもいいわね」デレインは通りすぎるウェイターからシャンパンのグラスを受け取った。「ショーまでもう、あんまり時間がないけど」

「がんばってね」

デレインはシャンパンを口に運びながら、ファッションショーに見入った。

「ほかにはどんな催しがおこなわれてるの？」

「健康食品のデモンストレーションがあるのは聞いてるわ」

デレインは鼻にしわを寄せた。「青汁とか、なんとかスプラウトとかの？　差し支えなければ、パスさせてもらうわ。ほかにはなにがあるの？　なにか……？」

「セオドシアさん！」突然、昂奮した声に呼びかけられた。

振り返ると、オーパル・アンが小走りに近づいてくる。

「来てくれたんですね」オーパル・アンはさもうれしそうに言い、胸に手を置いた。「ありがとうございます！」

「わたしとしては見逃すわけにはいかないわ」セオドシアは言った。「それにデレインもね。デレインとは顔を合わせたことがあるでしょう？」

「昨夜、短い時間でしたけど」オーパル・アンは言った。「セオドシアさんのところのキャンドルライトのお茶会で」

「ええ、短い時間だったけどね」デレインは片手を腰に当てた。「まずは、おめでとうを言わせてちょうだい。これからはあなたがギルデッド・マグノリア・スパを切り盛りすることになるんでしょ」

「一生懸命がんばります。だからと言って、外部の顧問はいっさい雇わないなんてつもりもありませんけど」

「それは賢明よ」デレインは言った。「だって、あなたはまだかなり若いし、経験だって足りないもの」

「レジー・ヒューストンのことであらたになにか情報は入ってきてる？」セオドシアは尋ねた。

オーパル・アンは首を横に振った。「いいえ、あの事件はもう解決したものとばかり」

「こちらに来る前、ライリー刑事から電話があったの。徹底した捜査をおこなうと約束してくれたわ」

「当然よね」デレインが言った。「だって、レジー・ヒューストンには殺人容疑がふたつもかかってるんだもの」そう言ってからオーパル・アンにほほえみかけた。「でも、あなたはそんなこと気にしなくていいの。なにしろ今夜はオープン記念パーティなんだから」

「ギフトショップには行かれました?」オーパル・アンは昂奮ではしゃいだ声で訊いた。「とてもすてきな品でいっぱいなんですよ。スパ用ローブ、アロマキャンドル、ヨガ用品、なんでも揃ってます」オーパル・アンはスパンコールを縫いつけたきらびやかなトップスに、つやのある黒いレギンスを合わせていた。大きな茶色い目は愛らしいエルフを思わせる。

「いまのところ、音楽とファッションショーを堪能してるわ」セオドシアは言った。「今夜はほかにもたくさんのお楽しみが用意されてるんでしょう?」

「まだまだ、こんなものじゃありませんから」オーパル・アンは言った「ぜひとも当スパ自慢のジュースバーに立ち寄って、そのあとスパエリアに行ってみてください。今夜はマニキュアとペディキュアを無料でサービスしているんですよ。それに、来てくださった方全員に粗品も用意しています」

「んもう、最高!」デレインが言った。

セオドシアとデレインはジュースバーまで戻った。なんとレジー・ヒューストンの秘書のサリーがカウンターにいるのを見て、セオドシアは唖然とした。手短にデレインを紹介してから言った。「昼間、あんなことがあったけど、少しは元気になれた?」

「まあ、なんとか」サリーは言った。「幸いにもオーパル・アンがスパを引き継ぐことになったので、仕事を失わずにすみますし」

「雇用の確保はホント、大事よね」デレインが言った。「最近はとくに」

サリーは両手をカウンターに置き、身を乗り出した。「さて、なにをお作りしましょうか。ウェイターがシャンパンを配っているのはご存じですよね。でも、こちらでは当店オリジナルのジュースとスムージーがお飲みいただけるんですよ」彼女はシルバーのピッチャーを手にして、セオドシアににっこりほほえみかけた。「これなんか、お気に召すんじゃないかしら。おいしいアイスチャイにココナッツミルクをプラスしてみました」

「いただくわ」セオドシアは言った。

「ほかにはどんなものがあるの？」背の高いグラスにセオドシアのアイスチャイを注ぐサリーにデレインが訊いた。

「ブルーベリークラッシュと名づけたドリンクなどいかがでしょう。生のブルーベリーに粉末プロテイン、フローズンヨーグルトひとさじ、それにアーモンドミルクをブレンドしてみました。イチオシですよ」

デレインはとりたてて興味を示さなかった。「やめておく。シャンパンのほうがいいわ」

「アイスチャイのお味はいかがですか？」サリーはひとくち飲んだセオドシアに訊いた。

「悪くないわ」セオドシアは言った。実際、悪くなかった。

「あの……」サリーは言った。「ビッグ・レジーの件は返す返すも残念です。とてもいい人でしたのに」

「いつも彼に怒鳴られてばかりいたのに？」セオドシアは訊いた。しかも、殺人罪で刑務所送りになるかもしれない人なのよ？

「わかってます。たしかにみんな、陰では悪口を言ってます。それに、ビッグ・レジーもある面においては、あまり褒められたものじゃありません。でも、心根はいい人だって、ずっと思ってました。今夜、これだけの演し物を用意するのに、馬車馬のように働いてらしたんですよ。ミュージシャンを雇い、ファッションショーをまとめ、ギフトショップの商品を揃える仕事までされていたんです。そのビッグ・レジーが、お客さまに交じって努力の成果をながめられないなんて、気の毒すぎます」

「留置場の監房にいれば、なぜあんなことをしたのか考え直すかもね」デレインは、通りすぎるウェイターから、二杯めのシャンパンを受け取りながら言った。

「そうかしら？」セオドシアにはそうは思えなかった。ビッグ・レジーは冷酷な人殺しだ。つまり、おそらくは後悔などするタイプではないだろう。

「今後はいろいろなことが変わっていくんでしょうね」サリーが言った。「オーパル・アンが主導権を握るのですから」

「変更点がひとつもないほうがおかしいわ」デレインが言った。

「何人かの職員が言っているんです。オーパル・アンが関わることで、ギルデッド・マグノリア・スパに若い視点がくわわる点は前向きに評価できると」

「若さは過大評価されがちだけどね」とデレイン。

「さっき、オーパル・アンと立ち話をしたけど」セオドシアは言った。「ずいぶんと張り切っている様子だったわ。あまりに急なことで、少しぼうっとしているところもあるようだけど、スパの支配人としての仕事に燃えている感じがしたわね」

「わたしもよかったと思います。彼女はボーイフレンドと別れたばかりなので、なおさら」

「男の人も過大評価されがちなのよね」デレインが言った。

「あ、そうだ」サリーは言った。「おふたりとも急いでスパエリアに行って、無料のペディキュアをしてもらってください。いますぐ行けば、盛大にアナウンスする前だから、あまり長いこと待たずにすむはずです」


サリーが言ったとおりだった。セオドシアとデレインがスパの施術エリアに入っていくと、列にはふたり連れがひと組並んでいるだけだった。

「ペディキュアのお客さまですか?」フロントの女性が訊いた。

「そうよ」デレインが答えた。「それと、マニキュアもお願いしたいの」

「いまの時間はマニキュアはやっていないんです」女性は言った。「でも、ペディキュアには海塩を使ったスクラブマッサージも含まれます」

「もう、説明を聞いただけで胸がどきどきしてきちゃった」デレインは言った。

「わたしなんか、つま先までどきどきしてる」セオドシアも反応する。

「こちらへどうぞ」スパの従業員が言った。

セオドシアとデレインはその女性について廊下を進み、豪華な施術室に入った。

「どうぞ楽になさってください」女性は言った。「ネイリストの手があきしだい、こちらに来させますので」

「あら」デレインが言った。「ネイル用のリクライニングチェアは一台だけ?」

「そうなんです」

「気にしないで」セオドシアは言った。「あなたが先にやってもらえばいいわ」

「いいの?」デレインはそう言いながらも、さっさと椅子におさまり、ヒールの高い金色のサンダルを脱ぎ捨てた。

セオドシアはその向かいにあった、革の小さなクラブチェアに腰をおろした。「いいのよ」

「トントン」

セオドシアはネイリストが来たと思い、顔をあげてほほえんだ。ところが、オーパル・アンがドアのところに立っていた。

「粗品を持ってきました」オーパル・アンは言った。「いろいろと詰め合わせてあります」

「うれしい! あたし、おみやげ袋って大好き」デレインが甘ったるい声を出した。

「あの、ほかの人には言わないでくださいね。おふたりだけの特別な粗品なので」オーパル・アンは赤と金色のおみやげ袋をセオドシアに、青と金色のおみやげ袋をデレインに渡した。「香水のサンプルやスパ用ソックス、それにゴムのトレーニングチューブはほかのみなさんにもお配りしますが、それ以外にもおまけをたくさん入れてあるんです」

「ありがとう」セオドシアは言った。

「うれしいわ」デレインは言うと、さっそくもらった袋に手を突っこんだ。

「見ていただければわかりますが」オーパル・アンは言った。「メイク用品をいくつかと、手作りソープ各種、それにビーチサンダルが入ってます」

「ゴムのサンダル？」デレインは恐怖に顔を引きつらせた。愛用のマノロブラニクのハイヒールを脱いで、死んだ動物の毛皮を足に巻けと言われたみたいに。

「そのサンダルはいっときだけ履いていただくためのものです」オーパル・アンはデレインの反応にくすりとしながら、笑顔で説明した。「ですから、ペディキュアをしたあとに。塗ったばかりのネイルをだめにしなくてすみますから」

「ええ、わかってる」それでも、デレインの不満そうな顔は変わらなかった。

「では、どうぞごゆっくり」オーパル・アンは言った。「お客さまのお相手をして、たくさんの人に名前と顔を覚えてもらわなくてはいけないので」

「がんばって」セオドシアは声をかけた。「楽しむのよ」

やがてタオルとヘチマを抱えて入ってきたネイリストは、フットバスに湯を張り、ふたりに選べるネイルを記したカラーチャートを渡した。

「あとおひとり、ペディキュアのお客さまがいらっしゃるので、それが終わったらすぐに戻ってまいります。そのあいだに、よろしければお好みの色をお選びください」

「わかったわ」セオドシアは言った。けれどもデレインはすでにカラーチャートに見入っていた。

「あたしはパラダイス・ピーチって色のネイルにする」デレインはきっぱりと言った。「あなたはどうするの、セオ？　どの色を選ぶ？」

セオドシアはカラーチャートをざっとながめた。「ヌードカラーにしようかしら」

デレインは顔をしかめた。「そんなの、ものすごくありきたりでつまんないと思わない？　もっと思い切って、少し派手な感じのを選びなさいよ」

「だったら、あなたが選んで」

「いいわ、選んであげる。これなんかどうかしら……レッド・ラズベリーとか？」

「ばっちりよ。こんな色がいいなと思ってたけど、あるのに気づかなかったわ」

デレインは泡だった湯に足をつけ、椅子の背にもたれた。「ねえ」とさりげない口調をよそおいながら言った。「あなたのおみやげ袋のほうが、あたしのよりもよさそうじゃないこと？」

セオドシアはデレインをじっと見つめながら、心のうちでつぶやいた。ほうら、わたしの好きないつものデレインらしくなってきた。「だったら交換しましょうか？　そういうことなんでしょ？」

「あなたさえ、よければだけど」デレインは小さな声で言った。

「かまわないわ」どうせ、どっちにもまったく同じものが入っているに決まってるもの。セオドシアは袋をデレインに差し出した。

「ありがとう」

そのとき、誰かが施術室をのぞきこんでいるのが見えた。さっきのネイリストではない。スターラ・クレインだった！

29

「スターラ！」

セオドシアの口から大きな声が出た。どうしよう、いったいなにをするつもり？　つかつかと入ってきて、大騒ぎを繰り広げるつもりかしら。

「泥の穴に浸かったブタみたいに楽しそうだこと」スターラはドアから体を半分だけなかに入れ、いまいましそうな声で言った。

「なにしに来たのよ」デレインがぴしゃりと言い返した。「また、なにかねちねち言うつもり？」

しかし、セオドシアは片手をあげて制した。スターラには言いたいように言わせればいい。どんな内容だとしても。

「昼間、ドリーンの家に寄ったの。被害を最小限に食いとめるための対策を講じようと思って。彼女をうちのクライアントとして引きとめておきたかったから」スターラは肩をすくめてセオドシアをにらんだ。「でも、彼女ときたら、一方的にあなたのことをしゃべるばかり。あなたがいかにしてレジー・ヒューストンの本性を暴いたか、自慢げに話してたわ。どこだ

かのベンチャーキャピタルの社長からお金を取り戻したこともね」

「あなたもセオドシアくらい頭がよければよかったのに」デレインが口をはさんだ。

セオドシアは「シーッ」と声に出して言ってデレインを黙らせた。「わたしひとりで突きとめたわけじゃないわ、スターラ。警察もレジーを追っていたの」

「ええ、そうでしょうとも。わたしを追っていたようにね」スターラはまだドアのところに立って、重心を一方の足からもう一方に移していた。オープン記念パーティで来ているのはまちがいないが、仕事についてはほぼ蚊帳の外に追いやられたようだ。

「あなたがあんな思いをしたのは、本当に残念だったわ」セオドシアは言った。ある意味、それも本心だ。

「ええ、口ではなんとでも言える。それでも、あなたには不本意ながら感謝しなきゃね。おかげで警察にまとわりつかれなくなったんだから」スターラは心ここにあらずといった様子でかぶりを振った。「ビッグ・レジーが犯人だったなんて、耳を疑ったわ」

「ふたりも殺した犯人よ」デレインが笑顔で言った。「彼がボー・ブリッグズに毒を盛ったうえ、気の毒な若者を吊したの」

「人が心の奥にどんな秘密を抱えているか、外からじゃわからないものだわ」セオドシアは言った。

スターラは立ち去るそぶりを見せたものの、すぐにまたセオドシアのほうを向いた。

「レジーの件はいまだに納得がいかないわ。わたしの目にはいつも、かなりまともな頭の持ち主と映ってたもの。もちろん、かっとしやすい性格なのはたしか。落ち着きはないし、年がら年じゅう、誰かれなしに怒鳴りつけてる。でも、財務に関しては有能なの。それにいつもきちんとした恰好をしているし」

「外見は当てにならないものね」セオドシアは言った。

スターラは困惑の表情を崩さなかった。「まったくだわ」

「お待たせ～」ネイリストが施術室に飛びこんできた。「まずは海塩スクラブから始めて、そのあとホットストーン・マッサージをしましょうね」

デレインは椅子にすわったまま体をさらに前にずらした。「マッサージもしてくれるの？うれしすぎる」

「ねえ」セオドシアはデレインに声をかけた。「あなたがペディキュアとマッサージをやってもらってるあいだ、ちょっとプールまで行ってくる」粗品の入った袋からサンダルを出して履いた。色はあざやかなピンクで、やわらかくてふわふわした感触だ。ハイヒールで酷使した足に心地いい。もっとも、履いていたのは一時間足らずのことだけど。「またあとでね、デレイン」

デレインはどうにかこうにか片手をあげ、行ってらっしゃいというように手を振った。

セオドシアはサンダルをぺたぺたいわせながら廊下を進み、プールがあるはずの方向を目指した。左に曲がると右にロッカールームが見えてきたので、もう近くまで来ているにちがいない。

たしかにプールはあった。けれども屋内プールだった。

湯気と塩素のにおいにつられ、セオドシアはさらに近くまで行ってみた。ジャズのメロディがいっそう大きくなった。

なにをやっているのかしら？

もう一枚ドアを抜けて、濡れたタイルの床に足をおろしたとたん、全貌があきらかになった。大勢の人々がプールのデモンストレーションに見入っていた。青い水着姿の女性たちが、カワウソがじゃれているみたいにパドルボードのまわりを飛び跳ねている。もしかしたら、タイタニック号が沈んでいくときの模様を再現しているのかもしれない。

見入っていると、女性が近づいてきた。

「ああいうエクササイズができるスタミナはある？」女性は小声で訊いた。

右に目をやると、隣でハニー・ホイットリーが皮肉めいた笑みを浮かべていた。

「どうかしら」セオドシアは言った。「ものすごく体力を使いそうに見えるわね」

「水中での運動はどれもきついの」ハニーは言った。「水の抵抗が大きいから心拍数があがって、一分あたり十カロリーは燃焼する。でも、関節への負担は少ないわ」彼女は疑わしそうな目でセオドシアを見つめた。「あなたの関節はまったく問題なさそうだけど」

「そうであってほしいわ」

「あなた、よく走ってるでしょ。へなへなした大きな犬と一緒に通りかかるのをしょっちゅう見かけるもの」

「週に二度ほど、二、三マイル走るよう心がけてるわ」

「走るのは膝に負担がかかるでしょうに」ハニーは言った。

「これまでのところ、気にしたことはないわ」走ったあとに膝が痛むことはときどきあるが、それをハニーに認めるつもりはなかった。

「オーパル・アンがギルデッド・マグノリア・スパの経営者になったこと、あなたはどう思う？」ハニーは唐突に訊いた。「まともな支配人を雇えるようになるまで、ちゃんと運営していけるのかしら？」

「支配人を雇うべきだと思うの？」セオドシアは訊いた。

「そうするしかないでしょうに。だって、まったくの新規事業なのよ。これからどんどん顧客を呼びこんで、市場でのはずみをつけなくちゃいけないんだから」

「それはわかるけど、オーパル・アンだって実務の知識がいくらかなりともあるはずでしょ。だって、大学でビジネスを専攻してたんだもの」

ハニーは顔をしかめて首を横に振った。

「ちがうわよ。あの子の専攻はビジネスじゃないわ」

「え？」

セオドシアはさっきからずっと、プールの女性たちを見るのに忙しかった。いまは溺れるのとジャンピングジャック運動を掛け合わせたみたいな、ぴょんぴょん跳ねるエクササイズの真っ最中だ。

「ドリーンは口をひらけば、オーパル・アンがいかに頭がいいか自慢ばかりしてるのよ」ハニーは言った。「数学と化学の成績が抜群にいいという話はいやになるほど聞かされたわ」

「でも、専攻したのはそれではないでしょ」セオドシアは言った。

ハニーはぎろりとにらんだ。

「オーパル・アンの専攻は化学でまちがいないわ」

「化学？」セオドシアの頭のなかがなぜか急に真っ白になった。「それ、本当にたしかなの？」

「賭けてもいいわよ」

セオドシアは言葉が出なかった。突然、元素の周期表や分子構造、化合物、毒に関する専門知識のイメージで頭のなかがいっぱいになった。ハニーになんのあいさつもせず、くるりと向きを変えて走り出した。

「セオドシア」ハニーがうしろから呼んだ。「どうしたの？　なにを急いでるの？　セオドシアったら！」

セオドシアはピンクのロッカーが並ぶロッカールームを猛然と駆け抜け、廊下に出た。サンダルがかかとに当たって、ぴしゃぴしゃと派手な音をたてる。

化学？　オーパル・アンが化学を専攻してた？　つまり、有機物質や化学反応や、それらが人体にどんな影響をおよぼすか、よく知っていることになる。

そんなはずないわ。セオドシアははあはあ息を切らせながら、心のなかでつぶやいた。たぶん、ハニーの勘違いよ。あの人ったら、人の話をろくに聞きもしないで、ひたすらしゃべるだけなんだもの。

とは言うものの、オーパル・アンはいつもギルデッド・マグノリア・スパにいると、自分で言っていた。だから、レジーの車のキーを盗むことなど造作もないはず。彼の車を拝借することも。そして……そんな、まさか！

たしか、オーパル・アンはボーイフレンドと別れたばかりだと、サリーが言ってなかった？　こじつけにすぎるかもしれないけど、そのボーイフレンドが、ネズミの扮装をしたウエイターのひとり、マーカス・コヴィだったとしたら？　彼をボー殺害に関与させたものの、けっきょく百パーセント信用できなかったとしたら？　そのうちマーカスが知っていることを警察に洗いざらい話すのではないかと不安になったのかも。

それにもちろん、オーパル・アンがボー・ブリッグズに愛情を感じていなかったことは大きい。なにしろ、血のつながった父親ではないのだから。継父にすぎないのだから。

セオドシアはエステエリアのロビーをものすごいいきおいで突っ切った。ひかえめな照明と豪勢な廊下のせいで、すっかり迷ってしまった。

「デレイン！」大声で呼んだ。「デレイン、どこなの？」神経が高ぶりすぎて、どの部屋にデレインがいるのか思い出せなかった。

右側にある部屋をのぞいた。誰もいない。

三番めにのぞいた部屋で、ようやくペディキュア用ソファにすわるデレインを見つけた。ネイリストがその足もとにかがみこんで、ホットストーン・マッサージをしようとしていた。

「デレイン」セオドシアは息を切らせて呼びかけた。「謎が解けたわ。いますぐ警察に……」

デレインが顔をあげた。「ねえ、変だと思わない？」とうきうきした声で言った。「ゆうべ会ったとき、ジェマはグラム・ベイビー化粧品がパッケージを変えたなんて、ひとことも言ってなかったのよ。なのに、これを見て」彼女はキャップをはずしたばかりのあざやかな赤の口紅をかかげた。「口紅の容器は銅色の四角いもののはずなのに、銀色で丸いのが入ってたの」

「デレイン！」セオドシアは叫んだ。「だめ！　やめて！」

デレインは血のように真っ赤な口紅を唇からわずか一インチのところでとめた。

「どうしてよ？」不機嫌な声で尋ねる彼女の額に、小さなしわが一本走った。「なんだっていうの？」

なんてこと。あの粗品の袋はわたしがもらったものだわ。オーパル・アンはいまも、わたしの調査を妨害しようとしてるんだわ。

「その口紅をわたしにちょうだい」セオドシアは言った。「お願いだから、絶対につけないで！」

デレインは不安な表情で赤い口紅の芯を容器に引っこめ、セオドシアに手渡した。

「なんでだめなの？　なんなのよ、もう」

「この口紅には……なにか混ぜものがされてるの」〝混ぜものがされている〟という表現のほうが、毒がたっぷり入っているかもしれないと言うよりましだろうと思ったのだ。

30

セオドシアは口紅を握りしめ――彼女の手に渡るはずだった口紅だ――廊下を駆け戻った。近くのドアが薄くあいていて、サウナボックスに似たヒーターのようなものが見えた。マッサージ師たちがここで、ホットストーン・マッサージに使う黒くてひらたい石を温めているようだ。セオドシアは黒いメッシュの袋を手にし、そこに温まった石を十個ほど入れた。そして、ふたたび走り出した。

片手に口紅、もう片方の手にホットストーンでいっぱいになった袋をしっかり持ち、サンダルをぴしゃぴしゃ言わせながら廊下を駆けていく自分は、誰の目にも滑稽に映るだろう。でも、そんなことは気にしていられなかった。

目指すゴールはただひとつ。

オーパル・アンを見つけることだ。

誰の目にもとまらぬ速さでジュースバーの前を駆け抜けた。ロビーに出ると、おそろいの金色のジャケット――高級中華レストランのウェイターが着ていそうな代物だ――を着たスパの従業員がふたり、ピンク色のおみやげ袋を手渡していた。ほんもののおみやげ袋だ。

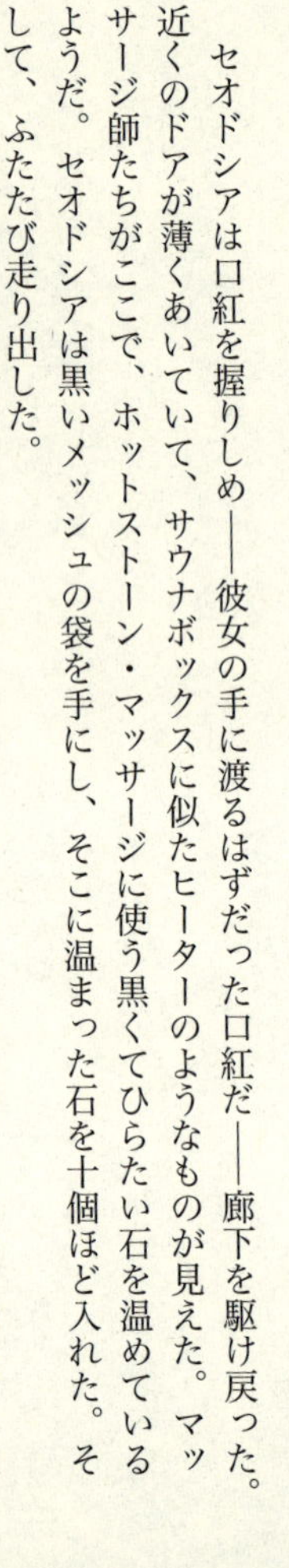

でも、オーパル・アンの姿はどこにもない。

ラウンジに駆けこむと、ファッションショーの第二ステージの真っ最中だった。マリリン・マンソンがカバーした「うつろな愛」がスピーカーから大音量で鳴り響くなか、間に合わせに作ったプラスチックのランウェイをモデルたちがしゃなりしゃなりと、あるいははずむように歩いている。少なくとも五十人がラウンジに詰めかけ、ショーを見物していた。

部屋のいちばん奥に目をやると、フレンチドアに背中をぴったりくっつけているオーパル・アンの姿があった。

セオドシアは人混みをかき分けて奥に進もうとしたものの、あまりに人が多すぎて思うように動けなかった。シャンパンをしこたま飲んで酔っ払っているのだろう、すり抜けようとしても、道をあけてくれる人はひとりもいない。

セオドシアはためらうことなくランウェイに飛び乗り、奥の壁に向かった。オーパル・アンがいるほうに。

セオドシアのすぐ前を行く若い女性が振り返って、長い黒髪を振り払った。

「ちょっと、ここを歩かないでよ。モデル専用なんだから」

「プログラムが変更になったの」セオドシアは女性を押しのけると、ヒョウ柄のレオタード姿で、小道具にエクササイズ用の円柱形の棒(ヌードル)を持った女性の前に飛び出した。「失礼」

「なんなの?」女性はわきによけた。

セオドシアは顎を引いて、先を急いだ。ホットストーンを詰めた袋が脚に何度も当たる。

サンダルがぴしゃぴしゃいっているが、会場内を包む分厚いサウンドにかき消され、ほとんど聞こえない。

オーパル・アンがいるところまであと二十フィートと迫ったところで、大声で呼んだ。

「オーパル・アン！」

ランウェイを行き来するモデルたちに目を奪われていたオーパル・アンは自分の名前が呼ばれたのに気づき、なんだろうという顔であたりを見まわした。

「オーパル・アン！」セオドシアは、今度はもっと大きな声で呼んだ。距離はますます縮まっていた。

オーパル・アンはもう一度、観客を見やったが、今度は自分の名前を大声で呼んでいる相手を突きとめた。視線がセオドシアをまともにとらえた瞬間、彼女は目をむいた。

十五フィートも離れていても、オーパル・アンが無意識にぎくりとしたのがはっきり見えた。

セオドシアはモデルたちの前に強引に割りこみながら、ずんずんと進んだ。紫色のジャンプスーツを着たモデルをまわりこみ、デニムのレギンスを穿いたモデルをランウェイから完全に押し出した。

けれども、フレンチドアの前までたどり着いてみると、片方のドアが薄くあいていて、オーパル・アンは闇のなかに消えていた。

でも、まだそんなに時間はたっていない！

外に出るとそこは屋外プールに通じるパティオで、セオドシアの目が走り去っていく人影をとらえた。

「オーパル・アン！」

人影はプールに沿って走っていくと、べつのドアのところで急停止した。力まかせにあけようとするものの、ドアはしっかり施錠されているようだ。

セオドシアは駆け出そうとしたが、何者かに腕をつかまれた。うしろに引っ張られて身をよじると、相手はビル・グラスだった。

「どうした？」グラスは訊いた。いつものカメラマンベストを着ているが、このときは下は迷彩柄のズボンだった。なかなかしゃれている。

「おいしい記事がほしい？」セオドシアは訊いた。

「当たり前だろ」グラスはばかじゃない。無礼なだけだ。

「だったら一緒に来て」

セオドシアはプール沿いを全速力で走った。燃えさかるポリネシア風たいまつの前を過ぎ、枝編みのラウンジチェアを飛び越えた。「オーパル・アン！」とまたも大声で呼んだ。

いまやオーパル・アンは半狂乱で、あいかわらず施錠されたドアの取っ手をがちゃがちゃやっている。奇跡が起こるかもしれないと、淡い期待を抱いているのだろう。

しかし、天は彼女にほほえまなかった。

セオドシアは距離を縮めながら、ホットストーンが入った袋に右手を突っこんだ。ひとつ手に取ってねらいをさだめ、投げつけた。

がしゃん！

オーパル・アンには当たらなかったが、彼女があけようとしていたガラスのドアに穴があいた。

「なんであんなことをしたの？」セオドシアは大声で問いかけた。もうひとつホットストーンをつかんで、またも投げつけた。

ぴしっ！

今度はドア枠に当たって跳ね返った。

オーパル・アンは振り返ると、身を守るところを探すようにドアに背中をつけて縮こまった。

「わたしじゃない」と叫び返した。けれどもその顔は恐怖で青ざめ、瞳孔が収縮しきっている。うそをついているあきらかな証拠だ。

「あなたがやったのはわかってるのよ」セオドシアは言った。

次に投げたホットストーンは、前のふたつよりも大きかった。今度は金属のプランターにいきおいよく当たり、プランターは上下逆さまにひっくり返った。

がしゃん！

土と観葉植物が、滑りやすい石敷きのパティオに散乱した。

「やめて！」オーパル・アンは泣きそうな声で訴えた。「あなたが思ってるようなことじゃないんだから」

「わたしがどう思ってるかなんて、どうしてあなたにわかるの？」セオドシアは大声で言い返した。袋の奥に手を突っこみ、小さめのホットストーンを探りあてた。それをオーパル・アン目がけてサイドスローで投げると、相手の腰にぶつかった。いまのセオドシアは、ゴリアテを追う現代版ダヴィデだった。

「痛い！　当たったじゃないの！」

「正直に話す気になった？」

オーパル・アンはがまんの限界だった。目を怒りでぎらつかせ、両手を固く握りしめ、口をゆがめて憎々しげな表情をつくった。「これ以上、わたしにいやがらせをするなら、警備員を呼ぶわ」

「いいわよ。さっさと呼びなさいな。そのほうが手間が省けるもの」オーパル・アンは飛びかかって脱出をはかろうというのか、セオドシアを横目でちらりと見た。それで、セオドシアのすぐうしろにビル・グラスが立っているのに気がついた。

「逃さないわよ」セオドシアは一歩前に進んだ。

必死の思いでキツネから逃れようとするウサギのように、オーパル・アンは左に飛んだ。プールの向こう側にまわりこもうと、大股で三歩進んだ。あと少しでうまく逃げられるところだった。運悪く、左足が倒れていたプランターに引っかかった。オーパル・アンの体が傾きはじめた。足がよろけたものの、いったんは態勢を立て直し、しばらくどっちつかずの恰好をたもった。両腕を必死にばたばたと動かし、なんとかバランスを保とうとがんばった。けっきょく、膝から崩れ落ちた。

「あー、やっちまったな」一部始終を見ていたグラスがつぶやいた。

倒れこんだオーパル・アンは破れかぶれで這いずりまわった。散乱した土とつるつるした植物を片脚で意味もなくかきまわした。ようやく片腕で体を起こし、どうにか立ちあがると、ぎこちない足取りで歩きはじめた。次の瞬間、彼女はやけどを負った猫のような悲鳴をあげながら、バランスを崩し、横に倒れた。そのまま、頭からプールに転落した。

彼女の体は鎖のついた錨のように沈んでいった。プールの底にぶつかると、驚いたヒトデよろしく、しばらく張りついたままでいたが、やがて水を蹴って水面にあがってきた。パニックに襲われたオーパル・アンが空気を求めてあえぐたび、水が渦巻き、あぶくがあがった。

「助けて！」オーパル・アンの声はがらがらとしゃがれていたが、しだいに高くなって、血も凍るような悲鳴に変わった。「深みにはまっちゃったわ！」

オーパル・アンは必死の形相で犬かきをしたが、舵が壊れたボートのようにぐるぐるまわるだけだった。

「すげえ」ビル・グラスが目を丸くし、カメラをかまえた。「こいつは撮っておかなきゃな」

セオドシアはその間に、携帯電話を出して警察の番号を押した。

オーパル・アンはまだ大声でののりしながら、みじめったらしく手足をばたつかせている。その罰当たりな言葉を聞きつけ、人が大勢集まってきていた。招待客とモデルの一部がパテイオに出てきて、プールのまわりに集まり、事故現場のやじ馬のように人垣を作っていた。そして、もがいたり叫んだりするオーパル・アンの姿を呆然と見つめていた。

「どうした？」男性が声をかけた。プールのまわりに置かれたポリネシア風たいまつがしゅーしゅーと燃えさかり、この世のものとは思えない不思議な雰囲気を醸している。「まだプールの季節じゃないのに、もう誰か泳いでるのか？」

「あの子、溺れてるんじゃない？」女性の声がした。

「いったい何事？」ジュースバーから駆け出してきたサリーが大声を出した。「もしかして、あれは……」

オーパル・アンは仰向けになると、プールの端に向かってくたびれた様子で水を蹴った。着ているスパンコールのトップスが、水中照明に照らされて魚のうろこのように見える。

「助けて」オーパル・アンは弱々しい声で訴えた。彼女の口からごぼごぼとむせるような音が洩れると同時に、飲んだ水が吐き出された。

「誰か助けてあげて」女性が叫んだ。

セオドシアは長いレスキューポールをつかんで差し出した。

「正直に話す気はある？」セオドシアは訊いた。

「いや！」

セオドシアはレスキューポールを遠くに押しやった。「正直に話したほうがいいのに」

31

ライリー刑事が両脇にふたりの制服警官を従えて到着したときには、オーパル・アンは溺れたネズミのようにびしょ濡れになっていた。プールのへりにつかまっていた――セオドシアはそこまでは容認してやっていた――ものの、水からあがることは許されていなかった。

「彼女はどのくらい、ああしてるんです？」ライリー刑事は訊いた。

セオドシアは腕時計に目をやった。「二十分くらいかな」

ライリー刑事は両手をポケットに突っこみ、かかとを上下させた。「さっき電話で言ってたことは本当ですか？」彼は水色のセーターにジーンズという恰好だった。普段着なのは、自宅から駆けつけたからだ。

「まずまちがいないわ。口紅という証拠もあるし。おそらくシアン化合物かなにかを仕込んだんだと思う」セオドシアは問題の口紅を差し出した。ビル・グラスが気を利かせて、透明なビニール袋に入れてくれていた。「でも、もちろん、鑑識に調べてもらう必要はあるけど」

「毒ですか」ライリーはオーパル・アンをじっと見つめた。プールのへりにつかまった彼女は、とげとげした顔つきをして、塩素のせいで鼻をぐずぐずいわせていた。「なにかしゃべ

りましたか?」

「申し訳ないと言ってたわ」セオドシアは言った。「でも、本心からとは思えない」

ライイリー刑事はあたりを見まわした。少なくとも四十人の野次馬が、頭がふたつあるガラガラヘビでも見るような目で、オーパル・アンをじっと見つめている。

「そろそろ、水から出してやるとするか」ライイリー刑事は言った。

セオドシアはうっすらとほほえんだ。「そうね」


ふたりの制服警官が膝をつき、それぞれが手首をしっかり握ってオーパル・アンをプールから引きあげた。

「寒いわ」オーパル・アンは訴えた。水からは出してやったものの、手はがっちりとつかまえていた。

「お気の毒さま」セオドシアは言った。唇が青く、歯をかちかちいわせている。

「彼女に手錠をかけろ」ライイリー刑事は指示した。

ふたりの制服警官がオーパル・アンの腕を背中にまわし、銀色の手錠をかけた。

サリーが毛布を手にゆっくりと近づいた。

「これを肩にかけてやってもいいでしょうか?」

ライイリー刑事はうなずいた。「かまいません。かけてやったらうしろにさがってください」

オーパル・アンはしずくをぽたぽたさせながら立っていた。濡れた髪はだらりと垂れ、服は体にべっとりと張りつき、アイメイクが流れてパンダのようになっていた。靴は片方しか履いていない。

「きみが毒を盛ったんだな」ライリーは声をかけた。「いったいなぜ？」

オーパル・アンは顎を突き出した。

「あの人のやり方じゃ、どうせこのスパはつぶれてた。理由なんかどうだっていいじゃない」

「どうだっていいですって？」セオドシアは言った。「人ひとりの命を奪っておきながら」

「ふたりの命だ」ライリー刑事が言った。

「そうよ、マーカス・コヴィのことを話して」セオドシアは言った。

オーパル・アンはすねた顔をした。「マーカスの役目は、キャンドルを一本倒すだけだった。無理な注文じゃないわよね。あとは全部わたしが引き受けたんだから」そこで肩をすくめた。「なのに、あの人ときたら怖じ気づくんだもの。計画どおりにやろうとしないから、消えてもらうしかなかった」小さな笑みが彼女の顔に浮かんだ。「ネズミが一匹死んだだけのことじゃない」

「なんと冷酷な」ライリー刑事は言った。そのときドアが乱暴にあいて、タイルを貼ったプールサイドを騒々しくやってくる音が響き、彼はすばやく振り向いた。

デレインだった。

「セオ」彼女は驚いた顔で言った。「ここにいたのね。あちこち探しまわっちゃった」ペディキュアがまだ乾いていないせいで、かかとに重心をかけた恰好でよたよたと歩いている。

「ねえ、まだシャンパンはもらえる……？」彼女は、ずぶ濡れで手錠をかけられむっつり顔で立っているオーパル・アンに気づくと、南部ふうの母音を引きのばした口調で言った。

「あら、まあ。あの子、どうしちゃったっていうの？　下水に流されたみたいなありさまじゃないの」

「オーパル・アンはようやく、正直に話せば魂の安らぎが得られることを悟ったらしいわ」セオドシアは言った。「いまさっき、ふたりを殺したことを認めたところで、これから、盗んだ車でドレイトンをひこうとした理由を話してくれるそうよ」

「あれはもともとあなたをねらってたのよ」オーパル・アンはせせら笑い、セオドシアはどこかと目で探した。「あなたときたら、あちこち嗅ぎまわって、よけいなことに首を突っこんでばかりいるんだもの。それであとをつけようとしたけど、あなたとあのばか犬はいつも狭い路地ばかり選んで走るのよね。それで、ドレイトンを見かけたときに、彼でもいいんじゃないかとひらめいたわけ。彼が動けなくなれば、あなたも怯えて手を引くと思ったの」彼女は肩をすくめた。「それで、ああいうことになったわけ」

デレインは非難するようにオーパル・アンを指差し、相手をひるませるような声で言った。

「よくもあたしの大事な友だちを襲ってくれたわね、この極悪非道の人でなし。刑務所に入れたくらいじゃ物足りない。むち打ちの刑にしてやりたいわ」デレインはかがみこむと、履いていたサンダルをむしり取るように脱いで、オーパル・アンに投げつけた。「そんな安っぽいおみやげ、お返しするわ」

セオドシアは思わずにやりとした。頭に血がのぼって手に負えなくなったときのデレインは、この世でいちばん怖い存在だ。

「いますぐドレイトンに電話するわ」デレインはまだきんきんとわめいていた。「あの車を運転してたのはあなただって、車でひこうとしたのはあなただって彼に伝える。きっとあなたを告発するって言うはずよ」デレインはそこですばやく息継ぎをし、つんと上を向いた。「そのあとドリーンに電話して、あなたと縁を切るよう勧めるわ」

「電話して、レジー・ヒューストンを留置場から出してあげなきゃね」セオドシアはライリー刑事にちらりと目をやった。「それでレジーの気持ちがおさまるとは思えないけど。怒りにまかせて、こっぴどい仕返しをしてきそう」

「おれがスパの特集記事を組んでやってもいいぜ」ビル・グラスが申し出た。「レジー・ヒューストンをちょっとばかし持ちあげてやるよ。ここで起こったことを全部チャラにするような内容でな」

「そうしてもらえると助かるわ」セオドシアは言った。「きっとすべて丸くおさまると思う」ライリー刑事はオーパル・アンをしっかりつかまえているふたりの制服警官にちらりと目をやった。

「村人がピッチフォークやらたいまつやらを持ち出してくる前に、彼女をここから出したほうがよさそうだ」

警官たちがオーパル・アンを連行していくと、ライリー刑事はセオドシアの腕に手をかけ、さりげなく人混みから遠ざけた。「前にも一度質問したけど……」

「どんな質問だったかしら？」薄明かりのなかでも、彼の瞳の青さがはっきりとわかり、セオドシアは驚いた。なんてかわいくて、まじめな人なんだろう。

「どうやって突きとめたのかと訊いたでしょう。どこで情報を手に入れたのかと」

「ええ」

ライリー刑事は問いかけるようなまなざしを向けた。

「なぜオーパル・アンが犯人だとわかったんです？　彼女が殺したことをどうやって突きとめたんですか」

「実を言うとね、動かぬ証拠をつかんだとか、そういうんじゃないの」セオドシアは言った。「なんとなく、そうじゃないかなと思っただけ。彼女が化学専攻だったことがわかって、そのあとおみやげ袋の中身がわたしのものだけちがってることがわかった。そしたら突然、そういうのが全部、ものすごいいきおいでひとつにまとまって……」

セオドシアが話をやめても、ライリー刑事は彼女の顔を見つめていた。耳を傾けてはいるけれど、ろくに聞いていない。心ここにあらずという感じだ。それでも、彼女を意味ありげに見つめる様子からすると、それほど悪いことでもなさそうだ。

「申し訳ないが、そろそろ行かないと」ライリー刑事は制服警官たちがオーパル・アンを連行していった方向を顎でしめした。「なにしろ……」

「ドリーンに電話すると約束して」セオドシアは言った。「デレインが大きな爆弾を落とす前に、ことの顚末を話してあげてほしいの」

「すぐに電話しますよ」

「これから書類仕事で忙しくなるんでしょう？」言うべきことを急いで言わなくては。それもはっきりと。いまを逃したら、もうあとはない。「えっと、ふたつの異なる殺人事件のピースをつなぎ合わせるのは、とても複雑でややこしいものよね。だから、これから何日かは忙しくなるんだろうなと思って。もしかしたら、今夜からかもしれないけど」

「残念ながら……あの、それで、話の要点はなんでしょう？」ライリー刑事がセオドシアにほほえみかけると、目尻にしわができた。

まるでふたりきりで小さな泡のなかにいるみたい。人混みからも、デレインからも、プールからも、そしていましがた繰り広げられた珍騒動からも遠く離れたところで。

「忙しくて、あの、会う時間もないのかなって」セオドシアは訊いた。ついに口に出して言ってしまった。最初の一歩を踏み出してしまった。

ライリー刑事が顔を近づけた。

「いったいなにを言おうとしているのかな？」

セオドシアは顔をぱっと輝かせ、彼を見つめた。

「ティーショップに顔を出してくれたらいいなと思ったの。お茶を一杯とちょっとしたお菓子を用意するから」

「これからすぐ、ということ？」ライリー刑事はセオドシアの顔にやさしく触れた。

「日をあらためたほうがよければ、それでもいいけど」お願いだからがっかりさせないで。

彼はがっかりさせなかった。

彼はさらに顔を近づけ、ふたりの唇の距離がわずか数インチにまで縮まった。

「いや、いますぐにしよう」彼の腕が腰にまわされ、強く引き寄せられた。「話したいことが山ほどありそうだから」

「同感」セオドシアは暗闇にささやいた。

レモンのティーブレッド

＊用意するもの＊

バター……大さじ6

砂糖……1カップ

卵……2個

小麦粉……1½カップ

塩……小さじ¼

ベーキングパウダー……小さじ1

牛乳……½カップ

レモンの皮のすりおろし……1個分

ホイップ・クリームまたはクロテッド・クリーム……適量

イチゴの薄切り……適量

＊作り方＊

1 大きめのボウルでバター、砂糖、卵をよく混ぜ、そこに小麦粉、塩、ベーキングパウダー、牛乳をくわえる。

2 **1**にレモンの皮のすりおろしをくわえたら、油を引いて小麦粉をふるった23cm×13cmの焼き型に生地を流し入れる。

3 **2**を175℃のオーブンで55〜60分焼く。竹ぐしを刺してみて、なにもつかなければ焼きあがり。

4 ホイップ・クリームまたはクロテッド・クリームと薄切りにしたイチゴを添えて出す。

※米国の1カップは約240ml

レーズンのスコーン

＊用意するもの＊

小麦粉……3½カップ

塩……小さじ½

バター……¾カップ

砂糖……½カップ

レーズン(またはドライクランベリー)……½カップ

生クリーム……¾カップ

卵……1個

＊作り方＊

1　ボウルに小麦粉と塩を入れ、そこにバターを細かく刻みながら混ぜる。

2　**1**に砂糖とレーズンをくわえ、真ん中をくぼませてそこに溶き卵と生クリームの半量を入れる。

3　**2**をよく混ぜ、残りの生クリームもくわえて、さらに混ぜる。生地がぱさついているようなら、生クリームを少し足す。

4　打ち粉をした台の上に**3**を置き、暑さが1.5cmになるまで丸くのばし、放射状に6～8等分する。

5　油を引いた天板に**4**を並べ、175℃のオーブンで12～15分、全体がキツネ色になるまで焼く。

アボカドとチキンのティーサンドイッチ

＊用意するもの（12個分）＊

熟したアボカド……1個

チリペースト（またはホットソース）……大さじ1

ライムジュース……大さじ1

ライブレッド……6枚

スライスしたローストチキン……適宜

＊作り方＊

1 ボウルに皮をむいて種を取ったアボカドを入れてつぶし、チリペーストとライムジュースをくわえる。

2 **1**のペーストをライブレッド6枚に塗る。そのうちの3枚にローストチキンのスライスをのせ、残りの3枚ではさむ。

3 **2**の耳を切り落とし四角または三角に切る。

クランベリーの
アイスティー

＊用意するもの（4～6杯分）＊

紅茶（冷ましておく）……1ℓ

クランベリージュース……2カップ

レモンの絞り汁……1個分

砂糖……大さじ2

＊作り方＊

材料をすべて混ぜ、氷を入れたトールグラスに注ぎ入れる。

＊作り方＊

1　ソースパンでバターを溶かし、マッシュルーム、ピーマン、玉ネギを入れてやわかくなるまで炒める。

2　**1**にチキングレービーとチェダーチーズをくわえ、チーズが溶けるまで加熱する。

3　**2**に鶏肉、スパゲッティ、トマトをくわえ、沸騰するまで混ぜる。

超簡単チキンのテトラツィーニ

＊用意するもの（4人分）＊

バター……大さじ2

缶詰のスライスマッシュルーム……1缶（約115g）

粗いみじん切りにしたピーマン……¼カップ

みじん切りにした玉ネギ……¼カップ

缶詰のチキングレービー……1缶（約280g）

細かく刻んだチェダーチーズ……½カップ

火をとおしたのち粗いみじん切りにした鶏肉……1カップ

ゆでたスパゲッティ……2カップ

粗いみじん切りにしたトマト……¼カップ

ヘイリーのバナナマフィン

＊用意するもの（8個分）＊

小麦粉……2カップ

砂糖……1カップ

ベーキングパウダー……小さじ1

重曹……小さじ1

つぶしたバナナ……1カップ

サワークリーム……1カップ

刻んだナッツ……½カップ

＊作り方＊

1 大きなボウルに小麦粉、砂糖、ベーキングパウダー、重曹を入れて混ぜる。

2 **1**につぶしたバナナとサワークリームをくわえてよく混ぜ、さらに刻んだナッツも入れる。

3 油を引いたマフィン型に**2**の生地を流し入れ、175℃のオーブンで20分焼く。

リンゴとナッツのスクエアケーキ

＊用意するもの（約12個分）＊

卵……2個

砂糖……1½カップ

バニラエクストラクト……小さじ1

小麦粉……1カップ

ベーキングパウダー……小さじ2

塩……小さじ½

粗いみじん切りにしたリンゴ……2カップ

刻んだくるみ……1½カップ

＊作り方＊

1 ボウルで溶いた卵、砂糖、バニラエクストラクトを混ぜ、ふわっとするまで泡立てる。

2 べつのボウルに小麦粉、ベーキングパウダー、塩をふるいにかけて入れ、そこに**1**をくわえてよく混ぜる。さらにリンゴとくるみもくわえる。

3 油を引き小麦粉をふるった20cm×30cmの焼き型に流し入れ、175℃のオーブンで30分焼く。冷ましてから四角く切り分ける。

＊作り方＊

1　大きなボウルでバターをよく練り、グラニュー糖、ブラウンシュガー、バニラエクストラクトをくわえてよく混ぜる。
2　**1**に割りほぐした卵をくわえて充分に混ぜる。
3　**2**にピーナッツバターをくわえ、さらに重曹と小麦粉をくわえ充分に混ぜる。
4　スプーンで**3**の生地をすくいとって小さく丸め、グラニュー糖（分量外）の上で転がす。
5　**4**を天板に並べ、190℃のオーブンでおよそ8分焼く。
6　焼きあがったクッキーの真ん中にミルクチョコレートのかけら、またはキスチョコを埋めこんで冷ます。

ピーナッツバターのブロッサムクッキー

＊用意するもの（12〜15個分）＊

バター……½カップ

グラニュー糖……½カップ

ブラウンシュガー……½カップ

バニラエクストラクト……小さじ1

卵……1個

ピーナッツバター……½カップ

重曹……小さじ1

小麦粉……1½カップ

ミルクチョコレートまたはハーシーのキスチョコ……適量

column and recipe illustration by GOTO Takashi
artwork by KAMIMURA Tatsuya (base on shape)

訳者あとがき

みなさま、こんにちは。〈お茶と探偵〉シリーズの第十八作、『オレンジ・ペコの奇妙なお茶会』をお届けします。

物語はセオドシアとドレイトンが〝ネズミのお茶会〟という、奇妙な名前のお茶会に招かれるシーンから始まります。各種の芸術活動や慈善事業を積極的に支援している資産家のドリーン・ブリッグズが主催するこのお茶会、実は第二次世界大戦中にチャールストンでさかんにおこなわれていたものだとか。作中にも説明がありますが、人口増加とともに急激に増えたネズミを駆除するための作戦を、後方から支援しようという趣旨だったそうです。

ネズミのかぶりものをしたウェイターたちが給仕するなか、お茶会は楽しくなごやかに進行しますが、主催者の夫であるボー・ブリッグズが急に苦しみはじめ、大勢の招待客の目の前で亡くなってしまいます。はじめのうちは発作を起こしたか、食べ物を喉に詰まらせたかしたのだろうと思われましたが、実は毒を盛られていたことが判明。ボーの死は殺人事件として捜査されることになります。

現場にはたくさんの人がいたにもかかわらず、事件の解決に役立ちそうなものを目撃した人はひとりもいません。警察の捜査だけでは物足りないとばかりに、ドリーンはセオドシアに独自の調査を依頼します。それも、ドレイトンが理事をつとめるヘリテッジ協会への多額の寄付をちらつかせながら。そのやり方にセオドシアはかちんときますが、友人としても仕事の右腕としても大切なドレイトンのために、と依頼を引き受けるのでした。

調べを進めるうち、ボーはいろいろな事業に投資しては失敗するを繰り返していたことがわかります。しかもドリーンのお金を使って。となると、代々受け継いできた財産を食い物にされたドリーンにはボーを殺す動機があることになります。また、ボーとともにスパの経営をしている男性には会社のお金を着服している疑いがあり、短気で荒い気性もあいまって、なんとなくあやしく思えますし、ボーに投資を勧めていた投資会社の社長にも、どこかうさんくさいものが感じられます。

多額のお金がからんでいるせいか、誰も彼もがあやしく思えてきますが、これといった証拠があるわけではなく、セオドシアの調査も遅々として進みません。さらには、第二の殺人事件も発生し、状況は混迷するばかり。さて、セオドシアは真相を探りあてることができるのでしょうか？

毎回、趣向をこらしたお茶会の登場で楽しませてくれるこのシリーズですが、今回もその期待を裏切りません。セオドシアのお店でのポンパドゥール夫人をテーマにしたフランスづくしのお茶会も、キャンドルのあたたかみあふれる光のなかで楽しむディナーもとてもすてきでした。でも訳者がいちばん興味を惹かれたのは、セオドシアがスパを訪れるシーンです。被害者のボー・ブリッグズが経営するギルデッド・マグノリア・スパは、金めっき（ギルデッド）というその名がしめすとおり、そこかしこに金色のものをあしらったとても贅沢なスパです。そんな豪華な施設を案内してくれた女性の引き締まったボディを見たセオドシアがフィットネスに励もうと決心するくだりを訳しながら、わたしも仕事のやり方を調整して、ちょっとずつでもエクササイズをする時間を作ろうと固く固く決心しました。お金と時間に余裕があるならエステサロンにも通ってみたいですが、それよりはだらけっぱなしの筋肉に活を入れたい。そんなお年頃です。

さて、最後に次巻の *Plum Tea Crazy* のご紹介を少し。イベントのさなか、銀行家の男性が高所から転落します。それだけでも大変に悲惨な事故ですが、なんと男性は転落する前にボウガンで撃たれていたことが判明します。セオドシアははからずも調査をすることになるのですが……。事件の行方とともに、今回初登場となったピート・ライリー刑事との関係も気になりますね。翻訳版は二〇一九年三月の刊行を予定しています。どうぞ楽しみにお待ちください。

二〇一八年六月

コージーブックス

お茶と探偵⑱

オレンジ・ペコの奇妙なお茶会

著者　ローラ・チャイルズ
訳者　東野さやか

2018年　6月20日　初版第1刷発行

発行人　成瀬雅人
発行所　株式会社　原書房
〒160-0022 東京都新宿区新宿 1-25-13
電話・代表　03-3354-0685
振替・00150-6-151594
http://www.harashobo.co.jp
ブックデザイン　atmosphere ltd.
印刷所　中央精版印刷株式会社

落丁・乱丁本はお取り替えいたします。
定価は、カバーに表示してあります。
 ISBN978-4-562-06081-8 Printed in Japan